Cindy Roberts
215-495-8989

ANDREA DE CARLO

4330 Larchwood

big gren book of
italian verbs

Franklin, saggese

saggio = essay

prestare attenzione — una scelta
(pay attention)

danno attenzione
ordine

Di Andrea De Carlo
presso Bompiani

GIRO DI VENTO
DUE DI DUE
NEL MOMENTO
MACNO
UCCELLI DA GABBIA E DA VOLIERA
YUCATAN

Andrea De Carlo
Treno di panna
romanzo

 TASCABILI
BOMPIANI

Realizzazione editoriale: studio g.due s.r.l.
ISBN 88-452-5629-4

© 2006 RCS Libri S.p.A.
Via Mecenate 91 - 20138 Milano

I edizione Tascabili Bompiani aprile 2006

A Ginetta Vittorini

Treno di panna

Uno

Alle undici e venti di sera guardavo Los Angeles dall'alto: il reticolo infinito di punti luminosi. Stanco com'ero cercavo di seguire la vibrazione dei motori, così come arrivava al mio sedile attraverso la struttura di metallo in tensione. Ero sicuro di scoprire qualche cambiamento improvviso di ritmo, o vuoto di frequenza. Cercavo anche di leggere le scritte al neon in basso, man mano che venivano a galla nel buio, i contorni delle freeways vicino al mare.

Non mi piaceva girare in circoli nel vuoto, inclinato di tre quarti e quasi senza equilibrio; sospeso in aria per pura brutalità di motori. Non mi piacevano le fodere gialle a fiori viola dei sedili, l'effetto d'insieme che creavano fila dopo fila. Non mi piacevano le hostess che parlavano tra loro e si annodavano foulards al collo e guardavano orologi senza occuparsi dei passeggeri.

Siamo scesi ancora, quasi a picco, e la prospettiva mi slittava da tutti i lati. Questo più che paura mi faceva rabbia. Tenevo le mani strette ai braccioli, la testa all'indietro, le gambe distese. Avevo la nausea e volevo essere altrove.

C'era una ragazza seduta di fianco a me con una vera faccia di luna: occhi stretti e piccoli, guance larghe. Leggeva un libro e non guardava fuori. Le sembrava scontato atterrare senza problemi. Andavamo giù come precipitare.

Alla fine siamo arrivati in basso, quasi sopra le case. Siamo rollati sulla pista. Attraverso il vetro spesso ho visto la pioggia sull'aeroporto, luci di altri aerei nell'acqua.

Ho guardato le hostess per capire quanto erano sollevate. Sorridevano false; con soprabiti di cammello sulle divise blu e rosa della Queen Jemina Airlines.

Con la mia borsa fotografica a tracolla, sono passato per il tubo grigio di collegamento. Mi sono infilato nel bagno della sala arrivi a guardarmi la faccia.

La luce al neon era falsa e piatta: sembravo teso e stanco più che in realtà. Nemmeno la mia abbronzatura veniva fuori come mi ero immaginato. Mi sono passato il pettine tra i capelli, che ho sottili e sensibili all'umidità. Li ho tirati indietro sulla fronte, per controllare la stempiatura. Considerato che avevo venticinque anni e tre mesi, c'era abbastanza spazio libero sopra la linea delle sopracciglia.

Gli occhi sotto le sopracciglia invece erano molto azzurri, come capita mi diventino di mattina presto, o dopo un viaggio lungo o scomodo. Non mi sono sembrati privi di luce o di profondità. Ho provato due o tre espressioni allo specchio: dilatato le narici, piegato gli angoli della bocca, gonfiato le guance. Ho controllato i due profili: sinistro e destro, in successione ravvicinata. Alla fine qualcuno è scalpicciato dentro; sono uscito nella sala arrivi.

Ho fatto due o tre passi a caso, e subito Tracy mi si è gettata contro, da qualche punto della sala dove era rimasta seduta ad aspettare. Non ho avuto il tempo di vederla arrivare, se non negli ultimi centimetri di percorso: di colpo mi era <u>addosso,</u> a premermi le mani sulle spalle, schiacciarmi il torace, pizzicarmi le braccia. Gridava frasi di saluto, mi pungolava di domande. Dopo il primo <u>slancio</u> e il primo impatto è tornata indietro di due passi, mi ha guardato con la testa inclinata e mi si è buttata contro di nuovo. Urlava che stavo benissimo, che non ero affatto cambiato.

Ero in piedi nella sala verdastra, tra viaggiatori in arrivo che travolti dall'ansia correvano verso le scale mobili, e guardavo Tracy che mi saltellava attorno e raccontava dettagli di avvenimenti. Pensavo a come la sera era umida e piovosa, diversa da quello che mi aspettavo. Ho chiesto a Tracy dov'era Ron. Lei ha detto che era a una riunione di lavoro. Mi sono immaginato Ron alla riunione di lavoro: seduto a un lungo tavolo.

Siamo scesi con la scala mobile al ritiro bagagli. Abbiamo aspettato a venti metri dal nastro trasportatore, tra gruppi di viaggiatori nervosi, preoccupati solo di recuperare le proprie valigie. Guardavo Tracy nella luce di neon: la sua faccia marcata di ragazza californiana, i tratti così espliciti delle sopracciglia e del naso; gli occhi rapidi.

Sono filtrato tra la folla, fino al nastro trasportatore. Tracy mi guardava a distanza, bilanciata sui tacchi.

C'erano decine di cartoni di ananas hawaiani, che i miei compagni di viaggio avevano comprato all'aeroporto di Honolulu: passavano in circolo sul nastro trasportatore, coricati e coperti di cartellini. La gente aspettava a semicerchio, pronta a liquidare piccole conversazioni per scattare verso le valigie. Quando qualcuno riusciva a recuperare le sue, le alzava in aria più del necessario, forse per rivalsa con quelli che attendevano ancora. I cartoni di ananas invece continuavano a girare in tondo, troppo uguali tra loro per essere scelti a colpo d'occhio.

Ho raccolto le mie due valigie, le ho appoggiate dietro di me. Poi ho visto un cartone di ananas che passava, e senza pensarci molto l'ho preso. Ho guardato in giro per scoprire possibili reazioni. Ma i viaggiatori erano troppo focalizzati sulle valigie, stanchi e tristi all'idea di aver appena esaurito una vacanza.

Ho porto il cartone a Tracy, tenendolo per lo spago. Ho detto «È per te». Lei lo ha preso; ha detto «Giovanni». Stava con il cartone tra le braccia, senza sapere dove appoggiarlo. Ho pensato che se lo teneva così in vista qualcuno l'avrebbe notata. L'ho sospinta verso l'uscita.

Siamo passati oltre le porte automatiche, attraverso la strada bagnata e lucida, ingombra di taxi. Avevo freddo alle caviglie. Siamo sgusciati tra le macchine del parcheggio: Tracy con gli ananas e la mia borsa fotografica, io con le valigie. Camminavo due passi dietro di lei e la vedevo andare

11

avanti con il suo passo marcato sui talloni: incurante e sistematica come la ricordavo da Ibiza l'estate prima. I jeans le stringevano il sedere largo, le cosce spesse, i polpacci che si esaurivano in un paio di scarpe sottili.

Non so come sia diventata in questi due anni, ma Tracy non era precisamente grassa. Il problema era nel disegno dei suoi tratti: nella distribuzione delle linee dritte e curve attraverso la sua persona. Mi ricordo di averla osservata nuda sulla spiaggia dove io lei e Ron ci eravamo conosciuti. C'era un'omogeneità peculiare nel suo modo di essere fatta, una tessitura di luci che la rendeva del tutto impermeabile alla nudità. Era densa, più che grassa: composta di un unico materiale, solido, elastico. La guardavo entrare in acqua, e il suo sedere era una semplice continuazione funzionale della schiena. Avrebbe potuto essere una foca, o un'ampia lontra marina.

In ogni caso, eravamo nel parcheggio tra le automobili bagnate, e da due passi dietro le ho detto «sei dimagrita moltissimo». Ho visto che sorrideva, mentre girava la chiave nella portiera.

Abbiamo sistemato le valigie e la scatola sui sedili di dietro della Mustang. Siamo usciti dal parcheggio. Abbiamo slittato a passo d'uomo nei giri viziosi attorno al terminal. Parlavamo poco: seduti nell'umido della macchina, a guardare fuori come topi bagnati.

Poi Tracy ha svoltato a destra e siamo entrati in un flusso di fanali in scorrimento semiveloce. Il resto del paesaggio si è dissolto completamente. Davanti a noi si percepivano solo luci rosse di automobili nella stessa nostra direzione, fari bianchi di quelle che venivano in senso opposto. C'era intorno questo vuoto, riempito di luci e strinamenti di luci, curve di fanali, lampeggiamenti di frecce. Solo a tratti apparivano visioni più ampie, avvolte in un alone opaco; confuse nel buio e l'acqua che scorreva sui finestrini.

Avevo un paio di sandali ai piedi e volevo togliermeli e infilarmi delle vere scarpe calde. Mi sono girato a frugare in una delle valigie sul sedile dietro. Ho tirato fuori calze di cotone, un paio di mocassini.

Tracy parlava, regolava la radio, rideva dei miei gesti obliqui attorno ai mocassini. Mi colpiva la sua capacità di fare i movimenti giusti, ruotare il volante e azionare frecce, cambiare marcia, regolare la radio, e allo stesso tempo condurre una conversazione, anche se molto superficiale. Mi interrogava, si guardava la faccia nello specchio retrovisore. Si guardava una porzione di faccia: un occhio, un sopracciglio. Ogni tanto smetteva di parlare e con lo sguardo fisso su un cartello o segnalazione stradale passava da un flusso all'altro di fanali nel buio. Seguiva i tempi delle altre macchine in questi aggiustamenti di rotta, come in un gioco a incastri. C'erano svolte da riconoscere e interpretare; grovigli di percorsi.

Dopo una ventina di minuti siamo usciti dal nulla. Scendevamo lungo una spirale, e ho visto due o tre medi grattacieli illuminati nella distanza. Tracy ha detto «Siamo quasi a Westwood».

Abbiamo attraversato qualche incrocio; Tracy ha accostato a un marciapiede e fermato. Intorno c'era una specie di finto villaggio mediterraneo: edifici bianchi e bassi, a spigoli smussati. C'era gente che camminava lungo i marciapiedi, si aggruppava ai semafori.

Siamo scesi dalla macchina, e la pioggia era svaporata in umidità densa. Abbiamo camminato raso ai muri bianchi del finto villaggio. Tracy adesso era proiettata nell'incontro con Ron: inclinata nella prospettiva. C'erano un paio di automobili parcheggiate lungo il marciapiede, con tubi di scarico cromati, cruscotti di radica.

Tracy si è fermata appena oltre un angolo, davanti a una porta a vetri. Ha pressato il tasto di un citofono. Ha detto «Tracy. Di' a Ron di scendere». Si è girata verso di me: con uno sguardo di anticipazione. Siamo stati cinque minuti in attesa, senza muoverci molto. A un certo punto mi ha irritato aspettare in questo modo. Ho detto a Tracy di raccontare a Ron che non mi aveva trovato all'aeroporto. Mi sono nascosto dietro l'angolo, appoggiato al muro. Ron ha continuato a non scendere; Tracy ad affacciarsi e far cenno di non scoprirmi.

Alla fine Ron è uscito; ha girato direttamente l'angolo senza farsi trattenere da Tracy. Così con poca sorpresa ci siamo salutati; senza nemmeno molto calore perché lui sembrava stanco e distratto. Si è mosso attorno qualche minuto, ha fatto un paio di domande circa il mio arrivo. Aveva un modo di oscillare la testa mentre parlava, per affrettare la comunicazione forse: scrollava capelli biondi sopra le spalle larghe.

Dopo questi saluti Tracy gli ha chiesto com'era andata. Si vedeva che era in ansia, quasi rovesciata in avanti; lo stringeva contro il muro tenendolo per un braccio. Lui ha detto «Bene. Fra tre giorni al massimo mi danno una risposta». Sotto la stanchezza ho notato questa sua euforia di fondo, che gli faceva brillare gli occhi alla luce del lampione.

Si è girato verso di me e ha detto «È il soggetto. Ho finito adesso di parlare con Jack Zieler. Dice che gli sembra buono. Dice che fra tre giorni al massimo mi danno una risposta».

Tracy lo stava a guardare in ammirazione; beveva il suo accento newyorkese, il suo modo di pronunciare le parole così da suggerire riflessioni parallele più profonde. Lui ci ha smossi dal nostro stare a guardarlo dietro l'angolo. Ha fatto un cenno verso l'altro lato della strada. Ha detto «Be', andiamo, andiamo».

Siamo tornati verso la macchina, e nel frattempo un vento sottile aveva preso a smuovere l'umidità a banchi. Mi passava attraverso il golf e la camicia.

Tracy ha guidato via veloce; di nuovo eravamo nella freeway. Ron le stava seduto di fianco in atteggiamento di chi si affida ad altri per le attività più meccaniche: adagiato all'indietro, con i piedi sul cruscotto e la testa larga perduta nello schienale. Si girava ogni tanto, non del tutto rivolto a me: mi presentava un profilo di tre quarti. Mi chiedeva «Come va, allora?», oppure «Com'era la Nuova Guinea?». In ogni caso non mi lasciava abbastanza spazio per rispondere; davo risposte molto semplificate.

Un paio di volte ha detto «Stai benissimo». Ho risposto «Anche voi due state benissimo».

Tracy guidava adesso senza parlare. Si lasciava andare alla sua natura seconda; pilotava nella freeway come in altre parti del mondo uno può correre o nuotare. Osservavo la tessitura dei suoi gesti, gli sguardi davanti e di lato, i movimenti delle mani. Aveva anche una serie di gesti paralleli, forse indipendenti dalla guida: grattarsi la punta del naso, scorrere le dita sulla coscia sinistra di Ron.

Poi siamo usciti dalla freeway; abbiamo girato lungo un anello discendente. Tracy ha percorso un paio di isolati e fermato la macchina.

Sono sceso con le mie due valigie, le ho trascinate per qualche passo raso al marciapiede. Ron si è girato ed è venuto indietro a prenderne una: me l'ha tolta di mano, l'ha portata in alto con il suo braccio spesso. La freeway era ancora a pochi passi, appena al di là di una linea di casette collegate tra loro da minuscoli giardini.

Ron ha indicato la casetta di fronte a noi. Ha detto «Ecco la nostra incredibile villa», in tono di sarcasmo. Abbiamo attraversato il prato che univa la casetta alla strada; il rumore è diventato più forte. Quando siamo stati davanti alla porta d'ingresso ho visto che in realtà la casetta era quasi sotto la freeway: quasi toccava i piloni della sopraelevata. Le macchine passavano pochi metri più in là e più in alto. Da sotto si vedevano i fari che schizzavano avanti; si trascinavano via intere strisce di buio nella distanza.

Appena oltre la porta Ron e Tracy hanno preso ad assumere i loro atteggiamenti da dentro casa: gesti alla ricerca di oggetti, appendimenti di giacche all'attaccapanni. Mi sono seduto per terra a guardarli mentre giravano per il salotto e la cucina.

Il pavimento era ricoperto di moquette rossa, che con gli anni e l'aria della freeway si era versata su un tono violastro opaco. Questo mutamento di colore era stato combattuto con ripassaggi profondi di aspirapolvere, che avevano lasciato tracce parallele per la lunghezza della stanza. C'era un divano rifoderato contro il muro. Gli altri oggetti di arredamento erano uno sgabello e un tavolo con due sedie combinate davanti alla finestra. C'era una macchina da scrivere ibm sul tavolo, e una pigna di fogli bianchi. Sopra il divano era appeso un manifesto di James Dean, ritoccato in diversi punti con un pennarello rosa, così da creare accenti di coloritura che a distanza parevano incomprensibili.

Mi sono alzato e sono andato in cucina. Le gambe mi tremavano ancora per il volo; non mi sembrava vero di stare in piedi sul sicuro. Sullo scaffale sopra il lavello era impuntinata una pattina a forma di anitra in costume svizzero. In basso vicino alla finestra c'era una targhetta di porcellana che a caratteri blu e oro diceva "Il mio cuore è in camera da letto; il mio stomaco in cucina". Dalla finestra si vedevano vampate di luce, quasi sopra la testa.

Ron e Tracy si aggiravano per questo scenario come due tassi nella tana. Ogni loro gesto sottolineava la loro relazione con il posto, con gli oggetti e i particolari. A un certo punto si sono messi a litigare, a proposito di alcune spese che Tracy voleva fare per mettere a posto la Mustang. Si sono spostati litigando verso il bagno, lungo un piccolo corridoio. Da lì le due voci, avvinghiate e piene di rabbia, mi arrivavano come grovigli di bisbigliamenti.

Ron diceva «Stai a sentire, Tracy. Tracy stammi a sentire». Ripeteva le stesse parole, come una macchina. Tracy aveva una voce acuta, che acquistava consistenza solo a tratti: emergevano singole parole, o porzioni di parole.

Dopo cinque minuti Ron è venuto fuori dal bagno. Ha fatto un paio di giri vaghi attorno al punto dove ero seduto; si è seduto anche lui sul pavimento, con la schiena alla parete. Non dicevamo molto: nascosti tutti e due dietro piccoli schermi di stanchezza ostentata. Lui oscillava lo sguardo per diversi punti della stanza. Poi ha scosso la testa, ha detto «Mi dispiace. Ogni tanto capitano queste discussioni. Tracy dice che le uso la macchina e me ne frego delle riparazioni. Non è vero. Il mese scorso ho pagato io il carburatore e una batteria nuova». Mi colpiva il suo continuo spostare gli occhi attraverso la stanza; mi irritava.

Ha acceso una sigaretta, dopo aver socchiuso la finestra a ghigliottina per far uscire il fumo. Entrava in cambio un filo di notte umida, e frecciate di rumore a ogni passaggio di macchina. Abbiamo avuto una breve conversazione, fatta di scambi di dati e notizie, senza grande interesse. Avevo sonno e non sapevo come fare per andarmene a dormire.

Tracy è uscita dal bagno, con occhi arrossati. È passata

16

attraverso il salotto due o tre volte con il pretesto di andare in cucina, finché le abbiamo detto di sedersi con noi. Si è lamentata ancora per la macchina; ha ripetuto gli argomenti che già avevo sentito. Diceva «Io lo rispetto, ma anche lui deve rispettare me». Passava e ripassava su questo concetto guardandomi in cerca di conferme. Ron la guardava e poi guardava me, con espressioni diverse. Nelle occhiate a me mescolava tracce di insofferenza; quando si rivolgeva a Tracy appariva mortificato.

Di colpo mi è sembrato ridicolo restare lì seduto ad ascoltarli. Ho detto che me ne sarei andato a dormire volentieri. Loro hanno detto «Certo, dopo il viaggio. Certo». Hanno sgomberato il salottino. Tracy è tornata un minuto dopo a portarmi coperte e lenzuola, le ha disposte sul divano.

Poco dopo ero sdraiato e guardavo in alto tra le pieghe di due grandi cuscini a fiori. Dovevano essere ormai le quattro; la stanchezza mi aveva informato le gambe. Ogni passaggio di camion sulla freeway smuoveva onde di vibrazioni che si ripercuotevano attraverso la struttura fragile della casa, fino a scrollare gli infissi e le tazze in cucina. I suoni sembravano più forti a ogni passaggio; si dilatavano nel vuoto della notte con un'intensità furiosa. Quando c'era un intervallo prima che un'automobile si precipitasse per la sopraelevata, anticipavo i rumori che avrebbe prodotto al suo arrivo; la ripercussione sui miei timpani.

A un certo punto mi sono alzato e mi sono messo a camminare per la stanza, senza saper bene cosa fare. Non c'era ancora luce attraverso la tenda alla finestra; solo un riflesso di luminosità innaturali in continuo spostamento.

Due

La prima volta che ho visto Ron e Tracy, erano seduti in un bar all'aperto: adagiati all'indietro su sedie bianche. Ron parlava con un ibizano ubriaco, a due tavoli di distanza. Mi ricordo bene il loro modo di essere; il loro modo di essere vestiti. Si muovevano con la più incredibile naturalezza, come se conoscessero il posto da sempre, nelle piccole sfumature.

Ron parlava uno spagnolo grottesco, che più tardi mi ha detto di aver imparato durante una vacanza di venti giorni in Messico. Conosceva pochi termini chiave; li pronunciava male, senza riflettere. L'ibizano era ostile; sconnesso, oscillante. Ricorreva a piccoli trucchi per tirare la conversazione dalla sua. Legava le parole due a due, le accentuava in modo da venarle di ridicolo; giocava sugli accostamenti per creare altri significati.

Ron era impermeabile a queste sottigliezze: gli scivolavano addosso come piccole frecce senza punta. Raccoglieva a caso pochi elementi della conversazione e li ricomponeva secondo un ordine lineare. L'ibizano era costretto a un discorso ingenuo, amichevole; indipendentemente da quello che diceva, dal suo modo di dirlo. Girava in circoli inutili. Ron lo ascoltava e sorrideva, faceva cenni di mano.

Alla fine l'ibizano si è messo a bestemmiare per la frustrazione; si è alzato in piedi gridando. Ron è riuscito a cambiare anche il senso di questo scatto, lo ha interpretato come una manifestazione di giovialità rozza. Si è alzato anche lui, con un bicchiere di Madeira in mano; ha gridato parole a caso.

Tracy era perduta nella contemplazione di Ron; nella cura di se stessa di fronte all'estate spagnola. Stava appoggiata sul gomito sinistro, così da allungare la gamba discosto al tavolino: dorata, lucida. Aveva un vestito di cotone bianco in stile Roma antica, stretto in vita da una cintura marocchina. Il colore dei suoi seni abbronzati filtrava attraverso la trama del tessuto, emergeva alle punte dei capezzoli.

Anche così non era attraente: priva di eleganza, poco sensibile. Ma la sua sicurezza mi colpiva, il suo modo di muoversi attorno come se non potesse sbagliare in ogni caso. Anche lei ricomponeva la realtà come voleva, senza curarsi delle sfumature. Questo le dava una forza incredibile. La ragazza italiana che era in vacanza con me mi è sembrata incerta al confronto, piena di esitazioni.

Mi è venuto in mente che ho continuato per sette mesi a visualizzare Ron e Tracy come li avevo conosciuti d'estate.

Tre

Sherman Oaks, 23 novembre '78

Caro Giovanni, abbiamo ricevuto la tua lettera da Haleiwa ieri, certo che ti _invidiamo_ da pazzi per le tue vacanze e i posti che vedi! Noi non possiamo neanche pensare di andare via prima di quest'estate anche se lo so che è un peccato che non riusciamo a incontrarci lì, perché è vero che non siamo così lontani o per lo meno non lontani come quando eri in Italia. Il tempo qui è uno schifo perché ha piovuto anche ieri e l'altro ieri e sembra che continuerà così per sempre, speriamo di no. A proposito, grazie per la lettera dalla Nuova Guinea, che viaggio emozionante deve essere stato, mi sembrava di guardare il "National Geographic" a leggere la tua lettera! Spero che siate riusciti a fare delle foto super anche se il fotografo il Signor Formaro era così stupido, ci hai fatto morire dal ridere a raccontarci le vostre discussioni. Ron dice che devi metterti anche tu a scrivere perché hai un modo comico di raccontare, io gli do ragione, non ho mai riso così tanto con una lettera, davvero. Deve essere stata certo un'esperienza emozionante, poter girare quei paesi misteriosi e anche essere pagati anche se immagino che non è tutto rose e fiori perché è un vero lavoro come qualunque altro.

21

Noi avremmo voglia di tornare in Europa dopo la vacanza incredibile dell'estate scorsa ma bisogna anche guadagnarsi da vivere, ci stiamo dedicando tutti e due alle nostre carriere e cerchiamo di fare il meglio che possiamo. Ron sta finendo di scrivere un soggetto importante, sta ritoccandolo adesso e sta mettendo a posto i diversi particolari che è il lavoro più delicato, poi dovrà portarlo in giro a farlo leggere alle persone giuste, è già innervosito solo all'idea. Io lavoro nella compagnia di mio padre faccio l'assistente-manager nel settore ricerche di mercato, mi danno trecento dollari alla settimana non è male anche se non diventiamo certo ricchi. Ron è molto nervoso ed eccitato, dice che questa è la cosa migliore che ha scritto e credo anch'io che sia vero perché sarebbe un grosso film di sicuro se solo si trova la persona giusta che riesce a capire il potenziale, stiamo a vedere. Ron ha venduto un paio di storie per una serie di pubblicità della Coors pagate abbastanza bene, basta poco per darti l'idea che quello che fai non è inutile o che quello che fai ha senso.

Cerchiamo di conservare uno spirito disteso e un corpo sano! Stiamo facendo tutti e due una cura di erbe che sono abbastanza fantastiche anche se non abbiamo provato la cura per molto tempo, ci sentiamo già molto meglio tutti e due. C'è questa specie di stregone che ha un posto a North Hollywood dove ti visita e prescrive le erbe e anche le vende nello stesso posto, le tiene dentro grandi barattoli di vetro. Ha capito subito un sacco di cose sul nostro carattere, davvero incredibile! non è un imbroglione ha delle doti particolari. Anche Ron che è il Grande Intellettuale Newyorkese si è convinto che bisogna prendersi più cura del proprio corpo. Se dai di più puoi anche pretendere di più.

Forse cambiamo casa tra poco ma rimaniamo sempre a Sherman Oaks perché non possiamo permetterci di andare in altri posti perché gli affitti sono ridicoli dappertutto. Cos'altro c'è da dire? Ah, ho visto Al Pacino ieri sera a una festa dove sono andata con mio padre e siamo stati a parlare con lui e con un produttore che è il tipo più ridicolo, dovresti vederlo, Al Pacino è simpatico e non si dà arie per niente è come una persona qualsiasi, è gentilissimo. Ron dice che il protagonista della sua storia è modellato su Al Pacino il che è una coincidenza, non ti pare? Siamo andati a sentire gli Eagles la settimana scorsa e Gino Vannelli sabato al Roxi, è un uomo fantastico! C'era un sassofonista incredibile, anche.

Be' ti saluto perché non c'è più spazio, Ron ha detto di salutarti (adesso è andato a parlare con della gente per il sogg. a Pasadena).

Mantieniti in buona salute e scrivi ancora. Ciao.

Tracy

Quattro

Los Angeles, 9 gennaio '79

giovanni ciao le macchine passano sopra la mia testa in una
catena senza fine di movimento & scuotono la casa & le girano
attorno in anelli di energia che si trasmette dalle pareti della casa alla mia schiena & poi lungo il braccio fino alla punta della
mano che tiene questa penna con cui ti sto scrivendo. ho quasi
finito il soggetto per il film più incredibile della storia del cinema & l'idea mi comunica strane sensazioni & forse un senso di
panico & vedremo se la via verso la gloria sarà liscia & facile da
percorrere o invece irta di ostacoli & difficoltà. tu *folle* italiano
sognatore sei nel sole & nel blu assurdo di oahu a far l'amore
con invitanti danzatrici di hula mentre noi siamo racchiusi sotto questa cupola di nevrosi in questo ranch di talenti in attesa
che arrivi uno con un *lazo* a tirarci fuori dal *branco* & portarci
finalmente verso la esposizione totale che ricerchiamo & vor-
remmo evitare allo stesso tempo. vorrei essere distaccato come
te & quasi ascetico nel disprezzo del successo & del denaro &
avere tutta quella profondità imperscrutabile dell'europa antica
e misteriosa che forse ti dà altre motivazioni & ti permette di
goderti la vita alle hawaii mentre noi ce la *avveleniamo* ogni
giorno alla ricerca di un attimo di gloria che dovremo difendere
con i denti & dopo cui sarà impossibile adattarsi ad altro & a

meno & sarà come aver mangiato davvero il frutto proibito del-
la civiltà del consumo & dello spreco che ci tenta dagli schermi
di milioni di televisori & ci bombarda con la forza radioattiva
delle infinite luci al neon che affogano la vita nelle strade men-
tre cerca di trascinarsi oltre sulle sue ruote patetiche di cadillac
di seconda mano. (scritto davanti alla finestra della cucina alle
cinque & trenta di notte ancora troppo fatto di coca & di rie-
sling californiano per riuscire ad addormentarmi & troppo stan-
co d'altra parte per mettere mano alla mia storia & cosa c'è di
meglio che scrivere nella notte con una penna per non far ru-
more con la macchina da scrivere & svegliare tracy che dorme
forse meglio di come riuscirò mai a scrivere.) ron.

Caro Giovanni, ti mando questo pezzo che ha scritto Ron
un paio di settimane fa perché era una specie di lettera che ti
voleva mandare, è raro che Ron si decida a finire una lettera
soprattutto adesso che è così agitato per il soggetto. La tua
"mezza idea" di venirci a trovare è eccitante di sicuro! Credo
che sarebbe incredibile potremmo riprendere i discorsi di Ibi-
za e ti faremo vedere un sacco di posti e ti faremo conosce-
re moltissima gente interessante, ci divertiremo come pazzi
davvero. Se sei stato solo a New York non hai idea di cos'è
questo posto, è molto più America di quello che hai visto sono
sicura. La nuova casa dove siamo è carina anche se è un po'
vecchia e molto vicina alla freeway e in certi momenti è mol-
to rumorosa ma ci si abitua, in compenso abbiamo un giardi-
netto nostro. C'è un prato davanti che è molto verde perché
continua a piovere e siamo davvero stufi di pioggia per que-
st'anno! non sembra neanche più di essere in California.

Abbiamo comprato una Mustang convertibile del '67 per
duemila dollari ma è un classico è in perfette condizioni, è una
macchina incredibile siamo riusciti a trovarla per caso. Non è
un otto cilindri è un sei cilindri, grazie a Dio non consuma
molto perché con la storia dei razionamenti di benzina ci sono
delle code lunghe dieci isolati e devi aspettare in coda per ore
prima di fare il pieno. Credo che hai ragione quando dici che
ci si annoia alle Hawaii perché non c'è molto da fare oltre a
prendere il sole e fare il surf che certo è piacevole ma forse bi-

sogna anche pensare al futuro soprattutto in questa fase della nostra vita. Se vieni a Los Angeles cerca bene tra i voli charter perché si risparmia quasi la metà e gli aerei sono identici, a Honolulu ci sono un sacco di agenzie che fanno sconti basta cercare un po. Stai bene e facci sapere qualcosa se decidi di venire manda un telegramma così ti veniamo a prendere. Ciao.

Tracy

Cinque

Verso le undici di mattina sono uscito con Ron. Tracy era già andata a lavorare da un paio d'ore; l'avevo sentita camminare per il salotto ma ho fatto finta di dormire.

Abbiamo seguito la strada di traffico che fiancheggiava la freeway. Camminavamo lungo il marciapiede, paralleli alle macchine che ci superavano ogni frazione di secondo. L'aria era ancora densa di umidità dalla notte prima: gocciava in finta pioggia. Tutti i colori tendevano al grigio. Ron camminava con le mani in tasca, in atteggiamento di non responsabilità nei confronti del paesaggio. Ogni tanto indicava una casa mentre passavamo oltre; mi guardava per osservare le mie reazioni.

Continuavamo a camminare di buon passo, e le linee del paesaggio restavano identiche. Non pareva di essere più vicini a un punto, o lontani da un altro; tranne che le casette tra la strada e la freeway avevano sottili particolari diversi. C'erano dettagli nelle porte, nella sistemazione dei giardini: giusto appena distinguibili. L'unico elemento che emergeva all'orizzonte era l'insegna di una stazione di servizio; man mano che procedevamo lungo il marciapiede appariva più grande, ma anche più lontana. Dopo venti minuti che camminavamo era immensa, ancora a qualche chilometro di distanza. Questo dilatava lo spazio, lo appiattiva e spampana-

29

va nel mattino tardo. Stavamo zitti quasi tutto il tempo; al massimo canticchiavamo.

Alla fine siamo arrivati a un grande parcheggio ingombro di automobili e carrelli da spesa infilati uno dietro l'altro in lunghi serpenti snodati. Una ragazza bionda in calzoni e grembiule arancioni spingeva uno dei serpenti tra le porte di vetro del supermarket. Decine di altri carrelli venivano sparpagliati tra le automobili dai clienti che uscivano.

Davanti alle vetrine c'erano un paio di miserabili giocattoli meccanici, di quelli che vibrano e oscillano per simulare movimento: una locomotiva e una diligenza molto semplificate. Due bambini messicani si erano seduti nella diligenza ma senza infilare monete nella fessura. Stavano lì seduti e fermi, con berretti di tela a spicchi cacciati sulle teste tonde.

Il supermarket era sconfinato, diviso in settori indicati da grandi segnali gialli. Ci siamo messi a girare tra pareti di bottiglie e scatole: io spingevo un carrello, Ron camminava avanti. Appena siamo stati lontani dalle casse, Ron ha preso a occhieggiare dietro gli angoli per vedere se qualcuno stava arrivando dall'altra parte. Mi ha detto «Vieni vicino con il carrello. Coprimi da questo lato».

Eravamo davanti a un grande bancone refrigerato dove erano esposte le carni, ordinate a seconda dei tagli e dei prezzi. C'erano cartellini adesivi sui pacchetti, con scritte come "offerta speciale", o "formato famiglia", o "taglio da gourmet". Ron ha preso due confezioni di filetto, se le è infilate sotto la cintura. L'ho visto con il filetto in mano, pareva considerare se comprarlo o no, e di colpo il filetto non c'era più. A meno di non aspettarselo già, era difficile capire cos'era successo; soprattutto perché lui sembrava disteso, quasi annoiato. Sotto la giacca aveva una camicia di velluto a coste che teneva scampanata sui calzoni, in modo da dissimulare qualunque sporgenza ragionevole.

Siamo andati ancora in giro con il carrello, assorti nella specie di calma astratta che comunicano i supermarket quasi vuoti. C'era quel ronzio di fondo, di frigoriferi e luci al neon. Ron continuava a infilarsi via scatole di tonno, confezioni di prosciutto e formaggio a fette.

Doveva essersi specializzato nel tempo, fino a diventare davvero abile. Creava una successione di movimenti fluidi così da offrire l'impressione di un'azione naturale, o nessuna impressione del tutto. A un certo punto si fermava, si chinava su una confezione particolare, la raccoglieva e alzava davanti a sé come per guardarla; in un unico gesto la pressava contro il petto e la faceva scivolare verso il basso, raso allo stomaco. Quando non c'è stato più posto davanti, si è infilato un paio di pacchetti sui fianchi. Poi si guardava in giro, assumeva atteggiamenti diversi al passaggio di signore con carrelli; ricomponeva le maniche della giacca.

A un certo punto mi ha indicato due o tre vetri specchianti in alto sulla parete di fondo, attraverso cui forse venivano osservati i gesti dei clienti. Ha detto «Speriamo che non abbiano visto niente da lì». Ma questo più che altro per scaramanzia.

Ho comprato due cartoni di latte e una scatola gigante di fiocchi d'avena. Ho spinto il carrello davanti alla cassa, cercando di essere più naturale che potevo. La cassiera mi ha sorriso molto, mi ha chiesto come stavo. Ho detto «Bene, grazie», prima di capire che era una frase di pura convenzione.

Siamo tornati a casa per vie residenziali vuote di traffico. Guardavamo le case suburbane medio-borghesi, le siepi nei giardini e le finte piccionaie, le decorazioni di legno sulle facciate. Ron ogni tanto mi indicava uno di questi particolari. Mi diceva «Guarda questo». Lampeggiava ironia didascalica. Forse si sentiva in dovere di sottolineare i caratteri più patetici del paesaggio prima che io potessi notarli e fargliene una colpa.

Fermo davanti ad una casa in stile di granaio, mi ha detto «Lo vedi com'è tutto morto? Non c'è nessuno fino alle cinque di pomeriggio. Solo casalinghe inquiete che bevono e guardano la televisione». Ha indicato vagamente la strada che avevamo percorso, perduta all'orizzonte nel ritmo dei giardini uguali.

Ma appena siamo usciti sulla strada parallela alla freeway la vita era evidente: furiosa e meccanica, poco decifrabile. Le macchine arrivavano a ondate, ci passavano davanti in

31

un flusso di rumori su diverse frequenze. Quando il semaforo poco lontano diventava rosso, l'ondata si sfilacciava, si esauriva con le macchine più lente. Siamo stati qualche minuto in bordo al marciapiede a guardare questo spettacolo e riempirci i polmoni di gas di scarico.

Nei giorni seguenti ho scritto qualche lettera, guardato la televisione, camminato per vie secondarie vicino a casa mentre Tracy era al lavoro e Ron seduto al tavolo davanti alla finestra guardava la macchina da scrivere.

Jack Zieler non gli aveva fatto sapere nulla a proposito del soggetto, e lui passava le giornate in uno stato di tensione continua. Guardava la macchina da scrivere, oppure attraverso la finestra; ogni tanto si alzava di scatto e componeva un numero di telefono. L'ho sentito telefonare un paio di volte in cerca di informazioni: si riversava sulla cornetta e faceva domande ansiose. Litigava con le segretarie. Non riusciva mai a parlare con chi cercava; continuavano a rimandarlo.

Dopo qualche giorno Jack Zieler gli ha rispedito il soggetto. Non gli ha neanche telefonato per avvertirlo: ha mandato un fattorino. Ron mi ha letto la nota di accompagnamento che definiva la storia "brillante ma purtroppo non commerciabile". È diventato isterico di rabbia. Si è messo a sbattere il manoscritto in giro. Urlava che Zieler era un porco. Camminava in giro con il suo passo che faceva presa facile sulla moquette; agitava le braccia. Diceva «Che figlio di puttana». Ha fatto almeno cinque telefonate per raccontare l'episodio.

In seguito si è ripiegato in uno stato di depressione autocompiaciuta. Scuoteva la testa, sosteneva che il soggetto era troppo in anticipo sui tempi per essere capito. Tracy la sera è apparsa costernata; ha peggiorato ancora la situazione.

Ron mi ha fatto leggere il soggetto, dopo una lunga introduzione didascalica per spiegarmi tutti i riferimenti. Era la storia di un chitarrista rock che tenta di sfondare a Los Angeles e alla fine ci riesce, malgrado una serie di difficoltà; diventa ricco e famoso.

Ho letto le pagine seduto sul divano, di fianco a Tracy che mi controllava. La storia era così convenzionale e stupida che non capivo come Zieler potesse averla definita "brillante", o aver mai pensato di utilizzarla.

Per non dare un'impressione di disinteresse continuavo a soffermarmi sulle pagine dopo averle lette; tornavo indietro con gli occhi a ripercorrere un passaggio particolare. Dicevo «bello», o anche «fantastico» ogni tanto. Tracy era pronta a rincalzare i miei commenti con aggiustature e didascalie. Ron guatava dal lato opposto della stanza, attento alle nostre parole. Ogni volta che io o Tracy dicevamo qualcosa, lui si sporgeva in avanti a fare osservazioni. Diceva «Sì, non è male questo», o «È abbastanza divertente, no?».

Tracy ha esaurito tutto il suo entusiasmo per me la sera che mi è venuta a prendere, quando sosteneva di avere infinite cose da dirmi. Si è irrigidita progressivamente, fino a diventare ostile.

Quando tornava a casa, verso le cinque e mezza, di solito stavo guardando la televisione: seduto per terra nella sua stanza, appoggiato di schiena al suo letto. Lei mi guardava con aria di dire che non c'era abbastanza spazio per tutti e tre. Era come se ogni pomeriggio lo scoprisse per la prima volta.

Appena entrata si metteva a distribuire gesti di riappropriazione: spostava oggetti, apriva armadi, faceva domande con voce irritata. Mi sentivo come uno su una sedia quando gli lavano il pavimento di sotto, e deve bilanciarsi avanti e indietro, far finta di nulla finché la scopa è passata.

Tracy trafficava per un'ora in cucina, con una pentola a vapore cinese che riempiva di verdure e salsa di soia. Cercavo sempre di mangiare prima di loro, perché l'idea di stare lì seduto a fare conversazione mi riusciva insopportabile. In questi momenti di affollamento facevamo finta di non vederci; ci pestavamo i piedi ma seguivamo fili diversi. Frugavo direttamente nel frigorifero e mi scaldavo un sandwich nel forno, in modo da finire prima che loro si sedessero a tavola.

Di sera io e Tracy guardavamo la televisione, sdraiati a pancia in giù sul letto. Il letto aveva una consistenza molto migliore del divano su cui dormivo, che in realtà stava andando in pezzi. Ogni volta arrivavo al punto in cui mi sembrava innaturale lasciare il letto per andare a dormire sullo scomodo. Ho cominciato a detestare Ron e Tracy per il loro materasso a molle.

33

Spesso Tracy parlava al telefono mentre guardava la televisione. Stava seduta con i piedi per aria e la testa vicina allo schermo e mormorava nella cornetta. Aveva la stessa capacità di sdoppiamento di quando guidava sulla freeway: perfettamente concentrata su due azioni parallele.

Anche Ron guardava la televisione, ma non voleva riconoscerlo apertamente. Ogni volta diceva «Stasera devo scrivere». Oscillava la testa larga e biondastra, per rimproverarmi di non essere altrettanto attivo intellettualmente. Andava a sedersi al tavolo a guardare la ibm, e poi si alzava ogni cinque minuti per venire a vedere cos'era successo alla televisione. Dovevamo continuamente aggiornarlo sugli sviluppi. Allo stesso tempo ironizzava sul mio interesse; diceva «Giovanni, sei un video-tossicomane».

Un'altra cosa che faceva era mettersi a filosofeggiare ogni volta che stavamo per andarcene a dormire. Si sedeva sul mio divano, così da togliermi vie d'uscita.

Sortiva le parole dopo averle ricercate a lungo, credo per il suono; non parlava mai con naturalezza. Quando lo ascoltavo avevo la sensazione di uno sforzo continuo da parte sua. Cercava di essere all'altezza di qualche modello che si era posto. Era come quando mi indicava il paesaggio, credo. Tirava fuori parole, curvo in avanti sul divano con le sue spalle massicce; recitava in gran parte per Tracy.

Tracy a volte gli chiedeva il significato di un termine, in atteggiamento di scolara di fronte al maestro. Avevano sviluppato i loro ruoli come due attori che lavorano sempre insieme e ritoccano e ritoccano i propri modi di fare finché si compendiano in modo perfetto.

Ron allineava in ordine di tempo gli episodi della sua attività di scrittore per il cinema da quando si era stabilito a Los Angeles; disponeva a seguito una gamma di possibili sviluppi. A seconda del suo umore, questi sviluppi diventavano molto reali e vicini, o remoti come prospettive lunari. In questo caso si spostava vicino alla finestra e fumava marijuana. Soffiava il fumo fuori dalla finestra, perché Tracy non voleva che la moquette si impregnasse.

wall to wall
carpet

Tutti e due tendevano ad assumere un tono didascalico nei miei confronti: mi illustravano gli errori che stavo facendo in America, le radici dei miei atteggiamenti sbagliati. In questi casi li stavo ad ascoltare con enorme irritazione. Annuivo con la testa, senza guardarli direttamente.

Una mattina Tracy mi ha svegliato per chiedermi se volevo accompagnarla a Beverly Hills, visto che doveva andarci per una commissione.

Siamo saliti con la Mustang lungo una strada che seguiva il profilo di un canyon. Man mano che ci alzavamo sopra la valle le case diventavano più consistenti, i giardini più ampi, le siepi più spesse. Più avanti c'erano colonne sulle facciate, cancelli elettronici.

Quando siamo stati al culmine della salita si vedeva la San Fernando Valley in basso, avvolta in una foschia densa e giallastra; sgranata in migliaia di tetti di piccole case, chiazze verdi di giardini intorno alle case.

Tracy ha guidato in discesa dal lato opposto del crinale. Manipolava i tasti della radio senza mai essere davvero contenta del risultato. Le case da questo lato erano più ricche, con architetture più elaborate. Davanti ai garages c'erano grandi automobili importate. Quando siamo calati in piano i giardini si sono ristretti, ma era chiaro che valevano ancora più degli altri. Tracy ha preso a indicare le case, raccontarmi la storia dei proprietari, o almeno il loro nome.

Ogni tanto capitava di vedere un uomo sui trentacinque anni mentre usciva da una macchina o trafficava davanti alla porta d'ingresso: vestito con camicie aperte sul petto; i capelli tagliati corti e tirati indietro sulla fronte. Tracy rallentava e si spostava verso di me per vedere meglio. A voce bassa mi chiedeva «Hai visto?». Mi spiegava di che attore si trattava, a quale attrice più famosa era legato.

Molti dei nomi non li conoscevo, perché erano celebrità troppo recenti per essere già note in Europa; in gran parte celebrità della televisione. Pensavo che i loro film a puntate sarebbero arrivati in Italia quando ormai in America nessuno se li ricordava più.

Alla fine siamo arrivati ai negozi di Beverly Hills, incanalati nel traffico di grandi automobili. Abbiamo lasciato la Mustang in uno spazio a parchimetri lungo il marciapiede. Tracy mi ha guidato alla svelta attraverso la strada e lungo una via vetrinata.

Guardavo i negozi italiani di abiti che si affacciavano sulla strada in forma di immense scatole di confetti. C'erano gioiellerie come ambasciate ottocentesche: con pilastri e marmi sulle facciate, tende di velluto negli atrii. Altri edifici erano inconsistenti, fragili; bianchi e squadrati. Era un giorno grigio, di luce opaca diffusa, di bassa pressione. Andavo dietro a Tracy e respiravo con una certa difficoltà; guardavo in giro in preda a una strana ansia morbosa.

Tracy camminava davanti a me, veloce, marcava il passo con un'oscillazione delle braccia. Cercava di trascinarmi dove voleva andare, senza curarsi del mio interesse per il paesaggio. L'ho seguita per qualche minuto in atteggiamento di pecora condotta in giro: svogliato, lento agli incroci. A un certo punto il suo modo di camminare e strattonarmi avanti mi è diventato insopportabile. All'altezza di un negozio di orologi le ho detto che potevamo vederci alla macchina più tardi. Lei mi ha guardato alla svelta; ha detto «Va bene, va bene». Sono tornato verso la strada che avevo visto all'inizio.

Guardavo la gente davanti e dietro alle vetrine, le grandi macchine che passavano raso al marciapiede e si fermavano per qualche minuto senza aprire le portiere. Fermo a un angolo ho osservato una signora mentre parcheggiava una Rolls Royce grigia in uno spazio ristretto tra due altre automobili. Cercavo di registrare i suoi gesti, il suo modo di inclinare la testa per vedere nello specchio retrovisore chi guidava dietro di lei e chi invece arrivava lungo il marciapiede. C'era una connessione tra i vestiti che aveva, la lentezza dei suoi movimenti, i riflessi sui vetri della sua macchina.

Guardavo gli oggetti esposti nelle vetrine: mi colpiva la loro consistenza, la loro densità nella luce.

Guardavo ragazze che camminavano veloci, con calzoni larghi chiusi alle caviglie e guance arrossate; signore di mezz'età con occhiali pesanti e sandali sottili; uomini con pance e abbronzature di diverso spessore. Non riuscivo bene a capire chi faceva davvero parte della scena, e chi invece era ai margini e si limitava a indossare modi di fare e abiti di ruolo. Quasi tutti avevano espressioni che li legavano al posto, alle sfumature del posto. Pensavo che alcuni dovevano essere in realtà commessi di negozio, o segretarie ad alto livello, o ragazzine dei suburbi; ma avevano assorbito abbastanza dallo scenario da assumerne i caratteri. Si erano rivoltolati nella brillantezza abbastanza a lungo da divenire brillanti a loro volta.

Dopo qualche minuto il cielo si è incrinato e aperto; nel giro di poco era azzurro. La strada ha acquistato contrasto di colpo. Dal punto dov'ero i dettagli venivano fuori tridimensionali, brillanti. Cercavo di assorbirli più che potevo; di inalarli, quasi.

C'erano gruppi di persone sedute ai tavoli di un bar all'aperto: radiavano attorno quantità enormi di benessere e sicurezza di sé. Si rigiravano nel piacere di essere seduti in quel punto particolare a quell'ora del giorno, come uno può rigirarsi in un bagno di schiuma. La schiuma era costituita dai loro vestiti, dalle espressioni di quelli che passavano, le automobili in costa al marciapiede, i bicchieri guarniti sui tavolini.

Il sole mi passava attraverso; mi sentivo vestito in modo inadeguato, leggermente goffo e opaco. Non sapevo bene cosa fare o come reagire. Tutta la scena comunicava una sensazione strana di accessibilità, e allo stesso tempo mi spingeva alla sua periferia come una centrifuga.

Poco alla volta la mia convivenza con Ron e Tracy è diventata difficile; si è venata di tracce di irritazione sempre più frequenti.

Ron e Tracy erano come due giovani squali insicuri, rissosi, frenetici attorno al telefono ogni volta che squillava. Erano sempre sul chi vive, attenti a non tradirsi o dimostrarsi troppo ingenui. Vedevano Los Angeles come una pista a ostacoli, e ogni salto come l'ultimo di una serie; suddividevano il numero sconfinato di salti necessari ad arrivare in generi e sottogeneri. Giravano in circolo alla ricerca di frammenti di successo da divorare subito per crescere a giovani squali di maggiore dimensione. Da ogni minuto episodio si aspettavano conseguenze di qualche importanza per le loro vite. In certi momenti di frenesia totale i numeri di telefono sulle agendine non bastavano a calmare la loro fame di occasioni o spunti per esporsi e farsi conoscere in qualche modo.

Poco alla volta questa loro ansia mi si è comunicata; credo di averla assorbita dall'aria. Vivevamo nella casetta di Sherman Oaks ed eravamo tesi tutto il tempo; involti in una competizione astratta.

Il bagno era l'unico spazio davvero privato della casa, e ciascuno di noi cercava di passarci più tempo possibile. A volte mi chiudevo dentro, aprivo il rubinetto e stavo semplicemente a guardare lo specchio; non focalizzato sulla mia immagine, ma oltre. Quando uscivo era come essere esposto da tutti i lati, senza il minimo riparo.

In ogni caso, mi lavavo molto spesso i capelli; stavo mezz'ora sotto l'acqua calda e mi lasciavo scorrere via i problemi. Dopo una settimana ho trovato sul lavandino un piccolo cartello con scritto "Giovanni per piacere ricordati di comprare lo shampoo". Non so bene perché, ma questa nota mi ha infastidito in modo quasi intollerabile. Tracy teneva il suo shampoo in un barattolo di vetro da un litro sotto la finestra del bagno. Era uno shampoo naturale opaco, che produceva pochissima schiuma. Dopo il cartello ho preso a usarne molto più di quanto me ne serviva; mi lavavo la testa anche due volte al giorno. Credo di avere una tendenza a esasperare le tensioni che già esistono. Non è una tendenza ragionata. Ogni volta che entravo in bagno avevo l'impressione di peggiorare le cose. Una sera ho sentito Tracy piangere in camera da letto. Diceva «Mi sta consumando tutto lo shampoo, non ne posso più di questa situazione».

Questo è solo per spiegare come le nostre tensioni erano sminuzzate e circoscritte. Sembrava che se avessi comprato anch'io lo shampoo la nostra convivenza sarebbe diventata facile.

Un giorno Tracy ha scoperto che un negozio di cibi naturali aveva bisogno di due persone per una breve iniziativa pubblicitaria. Era attaccata al telefono e faceva gesti a me e Ron; indicava con le dita quanto avrebbero pagato all'ora. Ron faceva finta di non vederla. Stava aggrappato alla ibm con aria sorda, in attesa che qualcuno lo venisse a cercare per il soggetto.

Ho detto subito a Tracy che il lavoro mi interessava. Mi restavano non più di una trentina di dollari nella vita. Tracy ha dettato il mio nome al telefono, scandendolo lettera per lettera. Anche lei era attirata; chiedeva particolari sul lavoro, ma apparentemente era un segreto. Dopo aver messo giù la cornetta ha continuato a pensarci. Diceva «Certo che mi incuriosiva l'idea». Alla fine non ha resistito; ha telefonato all'ufficio di suo padre per chiedere un giorno di permesso. Mi ha detto «Non è tanto per i soldi». Aveva sempre questa attitudine, di aspettarsi svolte o coincidenze da ogni singola occasione che le capitava.

Il giorno dopo ci siamo alzati presto, perché dovevamo essere a Westwood prima delle nove.

Alle otto e mezza di mattina il paesaggio attorno a casa era ancora più inconsistente del solito: piatto e grigio nei contorni degli edifici. Abbiamo fatto un breve percorso fino al raccordo con la freeway. Sembrava ridicolo viverci sotto e poi dover perdere cinque minuti per raggiungerla di nuovo. L'aria era umida, satura di rumore e puzzo di motori. L'unico elemento vivo erano le automobili che scorrevano a fiumi, dilagavano lungo i tracciati nella pianura.

Westwood era molto più allegra e bianca; mi sono sentito meglio quando ci siamo arrivati. Abbiamo lasciato la macchina in un parcheggio, poi abbiamo percorso una strada a piedi. Tracy camminava nel suo solito modo irritante; mi sembrava molto strano fare un lavoro con lei.

Il negozio aveva una facciata di legno grezzo, con l'insegna *Harvey's* a caratteri chiari d'abete. In vetrina erano esposti barattoli di miele, sacchi di zucchero integrale, zoccoli ortopedici svedesi. Siamo entrati. Una ragazza alta è venuta subito a salutare Tracy e darle una quantità di toccatine sulle spalle e strette di braccia. Credo che si conoscessero dalla scuola; o erano state vicine di casa. Era sempre difficile capire dove Tracy rintracciava i suoi contatti.

La ragazza alta, che si chiamava Frieda e portava un apparecchio per i denti, ci ha condotti nel retro del negozio, in atteggiamento da cospiratrice. Ha indicato un tandem appoggiato al muro, e una grossa scatola di cartone. Ha detto «Ecco». Tracy era tremendamente curiosa; si è messa a fare domande veloci. Frieda ha detto che avremmo dovuto aspettare un certo Alvin per le spiegazioni: il padrone del negozio.

Poco dopo è arrivato Alvin; è venuto nel retrobottega a distribuire gesti di efficienza. Aveva un completo di lana a scacchi, che gli dava un tono da clown serio. Era sui trentacinque anni, con capelli opachi di un colore indefinito; denti spessi, occhi arricciati dietro gli occhiali.

Si è messo subito a parlare freneticamente, senza mai guardare Tracy o me in faccia. Ha detto «Bene bene eccovi qua devo dirvi che sono contento di avere a che fare con voi invece che con qualcun altro e adesso vi spiego cosa dovrete fare ma prima lasciatemi dire che sarete pagati dieci dollari all'ora perché questo è un lavoro che richiede una certa capacità» ecc... Era immerso in questa recita di personaggio secondario; forse con l'impressione di risultare spiritoso. Ho riso due o tre volte, nei punti del discorso che prevedevano qualche tipo di reazione. Tracy stava più all'erta: non scontenta dei dieci dollari all'ora, ma ansiosa circa le connessioni.

Alla fine Alvin ha aperto la scatola di cartone con un gesto abbastanza teatrale. In qualche modo le sue espressioni facciali non corrispondevano del tutto ai gesti che faceva con le braccia; erano un filo più sciatte e neutre. Comunque, ha aperto la scatola e ne ha tirato fuori una specie di sacco di plastica color caffè. L'ha disteso tra le braccia: aveva una forma circolare, come una pizza di plastica marroncina. A distanza di cinque centimetri uno dall'altro erano cuciti pezzi di plastica più scura e grinzosa. Io e Tracy guardavamo perplessi; la ragazza Frieda ridacchiava.

È risultato che il sacco di plastica era in realtà un costume da biscotto gigante. I pezzi più scuri avrebbero dovuto essere le uvette nel biscotto, o frammenti di cioccolata. Tracy era costernata, ma ormai non voleva rinunciare ai dieci dollari l'ora.

Alvin ha detto che dovevamo girare con il tandem per le vie di Westwood, cercando di richiamare il più possibile di attenzione. Aveva un modo ansioso e frenetico di rivolgersi a Frieda ogni poche frasi per chiederle conferma di quello che diceva. Chiedeva «Ti pare?», oppure «Sei d'accordo?», o «Non pensi anche tu?». Frieda rispondeva «Certo, certo», con una sorta di automatismo che aveva sviluppato nel tempo.

Alvin ha tirato fuori due dischi di polistirolo espanso, li ha infilati sotto il sacco in modo da tenderlo in un effetto biscottesco. Tracy si è infilata dentro il biscotto, con espressioni di grande impaccio. Frieda le ha chiuso la cerniera lampo attorno, così che uscivano solo le gambe e le braccia da quattro aperture nella plastica. C'erano due fori per gli occhi, dissimulati da uvette giganti, e un taglio all'altezza della bocca per respirare. Alvin guardava Tracy vestita da biscotto; la toccava in diversi punti per mettere in tensione la plastica. Tracy camminava intorno con passo saltellante, da nano. Chiedeva «Va bene così?».

Frieda ha tirato fuori per me una tuta verde a maniche lunghe, del genere di quelle che usano i meccanici. Davanti e dietro una scritta rossa diceva "I biscotti naturali alla carruba di Harvey's, il negozio naturale". Alvin mi ha dato anche un cappello, me lo ha calcato bene sulla testa. Era una specie di cono da mago, di cartone lucido verde. Gli ho chiesto che cappello era; lui ha detto un cappello da verdura. Mi ha indicato una trombetta fissata al lato destro del manubrio, mi ha detto di provarla. Sembrava un funzionario dei servizi segreti mentre spiega il funzionamento di una nuova arma: prendeva sul serio queste istruzioni. Ho provato la trombetta: produceva un suono cupo di corno da caccia. Se schiacciavo più volte, si sguaiava e irrochiva i toni più allegri. Alvin mi ha detto di suonarla continuamente, per richiamare l'attenzione della gente in macchina e sui marciapiedi.

Dopo queste spiegazioni ci ha chiesto se avevamo capito tutto. Abbiamo detto di sì; Tracy con voce attutita dalla plastica e il polistirolo. Non poteva aprire la cerniera dall'interno, e nessun altro ha pensato di farlo. Stava in piedi in atteggiamento da biscotto gigante, senza sapere dove appoggiarsi o cosa fare.

Alvin ha raddrizzato il tandem, lo ha guidato fuori, con una mano sul manubrio e l'altra sulla sella anteriore. Ho lasciato la mia giacca nel retrobottega, vicina alla borsa di Tracy. Siamo usciti in fila indiana dietro al tandem. Alvin mi ha mostrato come tenerlo in equilibrio da fermo. Non ci sono riuscito subito, perché era lungo e pesante. L'ho portato giù dal marciapiede, mi sono seduto alla guida. Il cappello da verdura complicava le cose; rendeva i movimenti più difficili, anche se non capivo come. Tracy è venuta a sedersi al suo posto. Si chinava per vedere dove metteva i piedi; rischiava di rovesciare il tandem. Frieda ci osservava dal gradino di ingresso, ridacchiando. Ha detto «Ragazzi, siete fantastici!». Alvin era troppo compiaciuto per dire qualcosa; ci guardava e arricciava gli occhi. Alla fine ci ha detto di partire perché erano già quasi le dieci.

Ho cominciato a pedalare raso al marciapiede. Tracy era pesante e sbilanciata; aveva troppa paura di cadere. Non vedeva quasi nulla, dato che i fori per gli occhi erano molto piccoli e per di più non corrispondevano perfettamente. Vedeva con un occhio e mezzo al massimo, o con uno alla volta, a seconda di come si spostava il costume da biscotto con i movimenti. Le gridavo continuamente di stare dritta, per paura che si sbilanciasse di colpo in un movimento inconsulto. Adesso c'erano decine di macchine che ci passavano di fianco; potevamo farci travolgere come niente.

Siamo andati avanti fino al primo incrocio: oscillando in modo pauroso. Abbiamo acquistato una certa velocità, e il tandem è diventato un poco più stabile; ma all'incrocio ho dovuto frenare, e di nuovo siamo quasi caduti. Ogni volta che c'era una variazione di velocità o uno sbandamento, Tracy tendeva a mettere a terra un piede o l'altro. Non riusciva a capire cosa succedeva, e reagiva in preda al panico. L'idea di questo grande biscotto in preda al panico può sembrare ridicola, ma non avevo nessuna voglia di farmi travolgere. Ho preso a gridarle delle segnalazioni, come «Sto rallentando», o «Giro a destra». Questo ha migliorato leggermente la situazione. Poco alla volta siamo riusciti a non sbandare; abbiamo coordinato la pedalata e i movimenti alle curve.

Abbiamo fatto un giro completo dell'isolato, fino a ripassare davanti a *Harvey's*. Alvin era sulla porta, abbastanza agitato. Ha gridato «Perfetto! Siete fantastici!», per incoraggiarci. Mi sembrava di essere un bambino che impara a pedalare sotto gli occhi di genitori apprensivi.

Tracy continuava ad aggiustare il costume da biscotto all'altezza del sedere, dove tendeva a piegarsi in dentro lungo la linea del sellino. Vista da dietro doveva dare l'impressione di un grande biscotto mezzo mangiucchiato.

Pedalavo e guardavo avanti; cercavo di non incontrare gli sguardi di quelli che passavano lungo i marciapiedi. Tracy almeno aveva il vantaggio di essere nascosta nel biscotto; io ero esposto lì davanti, con la tuta verde e il cappello da verdura. Ogni tanto si accostava una macchina e qualcuno si sporgeva dal finestrino a gridare qualcosa. Cercavo di pensarci poco.

Dopo tre ore di pedalare in giro le gambe mi facevano male per lo sforzo. Tracy dietro si lamentava: diceva che stava soffocando. Parlavamo solo per decidere le curve, perché era troppo faticoso farlo senza una ragione precisa. Alla una siamo tornati al negozio.

Alvin stava parlando al telefono, con lo stesso tono concitato di quando ci aveva spiegato il lavoro. Appena ci ha visti entrare ha fatto un cenno per dire «Perfetto»: agitando il braccio libero. Siamo passati nel retrobottega trascinando le gambe. Erano anni che non andavo in bicicletta.

Ho aperto la cerniera di Tracy e lei è emersa fino alla vita, con la faccia arrossata e gonfia. Ha detto «Cristo, che schifo di lavoro. Ron dirà che sono stata scema a chiedere un giorno di permesso per questa cavolata». Non era solo mortificata; era delusa. Non so cosa si era aspettata; forse di dover lavorare per la televisione. Frieda è rientrata nel negozio, è venuta ad aiutare Tracy a liberarsi le maniche. Chiedeva a tutti e due «Com'è andata?». Ho detto benissimo, che mi facevano solo un po' male le gambe. Anche le mani mi facevano male, perché per paura di perdere il controllo stringevo il manubrio con troppa forza.

Alvin ha finito di telefonare; è venuto a darci altre istruzioni. Mi ha detto «Giovanni devi pedalare meno veloce perché se no nessuno ha il tempo di vedervi e allora non c'è più ragione di fare tutto questo ma per il resto mi pare che ve la caviate benissimo e davvero non c'è problema a parte la velocità che è importante e dovreste ricordarvene». Ha preso a chiedere conferma a Tracy, come faceva con Frieda. Aveva bisogno di domandare «Va bene?» a una donna ogni cinque secondi. Non lo faceva per sentire altre opinioni; solo per essere rassicurato. Era così ansioso che non stava perfettamente eretto, ma inclinato in avanti: con i talloni appena sollevati da terra. Frieda più tardi ci ha detto che Alvin aveva guadagnato un'enorme quantità di soldi in pochissimo tempo.

Frieda ha portato per noi un paio di sandwich di tonno, gonfi di germogli di alfalfa e fettine di pomodoro. Ce li siamo mangiati alla svelta, seduti su casse di datteri ancora da aprire. Lei ci stava a guardare; beveva succo di carota da una bottiglietta di plastica opaca.

Mi ha chiesto da dove venivo. Le ho detto dall'Italia. Ha detto «Lo so; da quale città». Ho detto da Milano. Lei ha detto «Fantastico». Non mi ha spiegato perché la cosa la colpiva in questo modo. Mi ha chiesto come mai parlavo inglese così bene. Mi faceva queste domande seduta su una cassa di ananas candito, più alta delle casse di datteri. Le ho detto che avevo studiato in Inghilterra un paio di anni. Mi dava fastidio risponderle da seduto più in basso. Lei ha detto «Sono stata a Firenze una volta, cinque anni fa. Mi sono innamorata follemente della guida del tour. Era un uomo fantastico». Ci ha pensato sopra; ha detto «Forse lo conosci. Si chiama Marco Pormiano». Ho detto di no. Lei ha detto «È di Genova». Ho detto «No, non lo conosco». Volevo dirle che in Italia ci sono sessantacinque milioni di persone; stavo cominciando a irritarmi.

Quando abbiamo finito di mangiare ci siamo sgranchiti le gambe, ci siamo rivestiti e siamo tornati in strada. Tracy sosteneva che tanto valeva fare il maggior numero di ore possibili. Alvin le ha aggiustato il biscottone all'altezza del sedere. Ha osservato che altrimenti sembrava mezzo mangiucchiato.

Siamo andati intorno fino alle cinque, sempre lungo gli stessi percorsi. Non avevamo più molti problemi a pedalare, fare le curve giuste e mantenere stabile il tandem. Dopo qualche giro la gente fissa in un punto, come davanti ad un bar o una gelateria, ci vedeva arrivare e faceva cenni. Mi chiedevo se avrei potuto ancora camminare per Westwood senza essere riconosciuto.

La gente in movimento invece non ci notava quasi, al massimo girava la testa un attimo. Ci capitava anche di incontrare più volte la stessa persona; la vedevamo in atteggiamenti diversi. Per esempio, passavamo oltre una giovane coppia che mangiava un gelato camminando, poi incontravamo lui o lei mentre se ne tornavano al lavoro; o anche tutti e due, in punti diversi e lontani.

Dopo qualche tempo ho cominciato a controllare gli spostamenti della gente per Westwood. Giravo apposta lungo certi percorsi, a seconda di chi volevo rintracciare e dove. A Tracy non importava molto, perché in ogni caso non riusciva a vedere.

Quando era possibile cercavo di arrivare alle spalle di chi mi interessava; dopo averlo superato cercavo di intuire i suoi obiettivi, le sue ragioni per spostarsi a piedi invece che in macchina. La gente seguiva un certo numero di direttrici principali: andava verso i parcheggi, verso i grandi magazzini, verso l'università. Ma c'erano centinaia di obiettivi sparsi come negozi, banche, ristoranti, uffici. Il soggetto che seguivo poteva sparire di colpo, come una marmotta nella tana. Magari passavamo proprio davanti al punto dove si era imboscato e non riuscivo a vederlo per una questione di secondi. Il meglio era quando riuscivo a sorprendere qualcuno nell'atto di entrare o uscire da un luogo particolare; o di incontrarsi con qualcun altro. La sensazione di controllo era più forte. È abbastanza insignificante vedere uno che cammina soltanto, senza altre intenzioni che camminare.

Alle cinque abbiamo riportato il tandem al negozio. Ci siamo tolti la tuta e il vestito da biscotto. Oltre alle gambe e le mani adesso mi davano fastidio i polmoni, per tutto il gas di scarico che avevamo respirato. Frieda ha segnato su un foglio le nostre ore di lavoro; lo ha fatto firmare ad Alvin, poi ci ha dato due assegni da settanta dollari. Tracy ha avuto una breve discussione, sostenendo che ci avevano sottratto almeno un'ora. Mi imbarazzava essere coinvolto nella rivendicazione; avevo voglia di tornare a casa. Alla fine Alvin ci ha dato altri dieci dollari a testa in contanti, poco convinto e a questo punto irritato con Tracy. Tracy era soddisfatta e indignata in misura uguale.

A Sherman Oaks abbiamo trovato Ron ironico e irritante stravaccato ai piedi del letto a guardare la televisione. Ha chiesto «Avete avuto fortuna nella pubblicità?». Ha preso a stuzzicare Tracy per sapere in cosa consisteva il lavoro. Lei non voleva dirglielo; ripeteva «Vai al diavolo». Alla fine ho raccontato io la storia del biscotto gigante, con molti particolari sul costume e l'aspetto sbocconcellato che assumeva quando Tracy era seduta male. Ron si è messo a ridere nel modo più sguaiato: rovesciato sul letto, con la bocca aperta e le mani sullo stomaco. Tracy è andata a chiudersi in bagno; ha sbattuto la porta.

Un giorno sono uscito per prendere l'autobus per Santa Monica, ma ho fatto l'errore di non camminare parallelo alla freeway. Mi sono infilato per vie secondarie, e dopo dieci minuti ero perso.

Ho continuato a girare a vuoto, senza riuscire a rintracciare la strada che avevo seguito all'inizio. Non c'era nessuno intorno; i giardini davanti alle case erano immobili.

A un certo punto ho visto un ragazzino portagiornali, che girava in bicicletta a buona velocità. Teneva i giornali arrotolati in un cestello fissato al manubrio; davanti a ogni casa di abbonato ne prendeva uno e lo lanciava, senza fermarsi o rallentare. Quasi sempre il giornale cadeva giusto davanti alla porta. Visto da lontano mentre veniva verso di me lungo la via sembrava una specie di seminatore di giornali: zac zac zac li distribuiva attorno secondo un ritmo regolare.

Quando è arrivato alla mia altezza gli ho chiesto dov'era la freeway. Lui ha frenato; ha girato la testa per guardarmi con un occhio solo. Ha detto di non averne idea; il che era impossibile. Si è rimesso a pedalare e lanciare giornali verso le porte. Ho pensato che per il fatto di girare a piedi dovevo essergli sembrato abbastanza ambiguo. Ma gli avrei tirato volentieri un sasso, se solo ne avessi visti intorno.

Mentre camminavo i cani mi sentivano e si affacciavano sulla strada ad abbaiare. Infilavano i nasi nelle fessure dei portoni di legno, o tra le maglie delle reti, e mi abbaiavano contro. Cercavo di non fare rumore, come pestare i tacchi o canticchiare; ma i cani in qualche modo mi sentivano, venivano fuori furiosi a minacciarmi. Creavano catene tra loro; si rimandavano a distanza l'informazione del mio arrivo.

A un certo punto camminavo lungo l'argine di un canale scolmatore, il più lontano possibile dalle case per evitare i cani. Ho pensato che il paesaggio non mi piaceva; che le scarpe mi facevano male ai talloni. Non avevo voglia di tornare alla casetta sotto la freeway, né di girare così a vuoto. Mi sembrava per la prima volta di non vedere la situazione con distacco.

Passavo in quel momento davanti a una grossa Buick bianca e lucida, e ho visto la mia immagine riflessa nel vetro dei finestrini. Mi sono fermato a guardarla per cinque minuti: pieno di rabbia generica.

Sei

Il giorno dopo sono andato fino al grande magazzino meno lontano da casa. Ho comprato carta da lettere e buste, un paio di fogli Letraset in caratteri corsivati. Ho perso quasi tre ore tra andare e tornare indietro.

A casa ho preparato la carta intestata di un ristorante di Roma. Di fianco al nome ho disegnato a china un Nettuno con tridente in mano. Il padrone del ristorante mi raccomandava a chiunque mi volesse impiegare, nei termini più positivi che un padrone di ristorante può trovare per descrivere un cameriere che se ne va.

Il pomeriggio sono tornato al supermarket e ho fatto un paio di fotocopie della lettera. Il risultato era credibile: i nomi, il tono e l'aspetto. Sono andato a prendere l'autobus, che per fortuna non era lontano.

Sulla panchina della fermata c'erano una ragazza con dischi sottobraccio e un cieco piuttosto grasso. Il cieco stava mezzo inclinato in avanti verso la strada, per decifrare il rumore dell'autobus tra quelli delle migliaia di automobili e camion che passavano. Quando si è accorto che mi ero seduto alla sua destra, mi ha chiesto come mai l'autobus non arrivava. Gli ho detto che non lo sapevo. Lui mi ha rimbeccato «Ma come non lo sa? È qui a prendere l'autobus e non sa quando viene?». La ragazza alla sua sinistra ha tirato fuori un orario e ha cominciato a leggergli meccanicamente le ore e i minuti degli arrivi previsti. Lo occhieggiava di lato per vedere se seguiva. Il cieco ha detto «Ho capito, ho capito», con un gesto villano delle mani. L'autobus è arrivato poco dopo.

Ci ha trascinati quasi a passo d'uomo su per la pendenza che porta fuori dalla San Fernando Valley. Gli altri passeggeri erano tre o quattro vecchie e vecchi vestiti in modo strano; un signore con le tasche della giacca piene di giornali.

Dopo venti minuti siamo arrivati al perimetro dell'università, dove gli eucalipti che costeggiano la strada si aprono su prati e campi sportivi. Si vedevano giovani in calzoni corti e magliette a strisce correre lungo i contorni di una pista; altri saltare non lontano dalla strada. L'autobus ha seguito una serie di curve in discesa. Ho visto una ragazza dal grande seno che veniva in su di corsa trascinata: gonfia dallo sforzo e rossa in faccia. Il sole a un certo punto mi picchiava sulla tempia destra, amplificato dal vetro del finestrino.

Sono sceso a Westwood, tra gente fitta che attendeva a un semaforo. Ho camminato via svelto; erano quasi le quattro e mezza. Dopo il lavoro del tandem con Tracy mi pareva di conoscere ogni angolo del villaggio, ogni incrocio o vetrina di negozio. Sono passato oltre un cinema che sembrava una chiesa, con un pinnacolo alto sopra i tetti mediterranei. Cercavo un ristorante italiano lì vicino.

La scritta *Alfredo's* in neon verde era proprio all'angolo di due strade, sopra una porta di legno massiccio. Dalle vetrine sulle due vie non si vedeva molto, perché erano schermate con tendine di bambù. Tra il vetro e le tendine c'erano un paio di piccole bandiere italiane, qualche pupazzo folcloristico, fiaschetti di vino in miniatura.

Ho seguito il muro a destra dell'ingresso, fino alla porta di servizio. Subito dentro c'era una scala e una seconda porta che dava sulle cucine, da dove uscivano folate di odore di cibo. Sono salito per la scala, dietro una freccia che indicava "Amministrazione". Ho tentato le maniglie di una serie di porte chiuse lungo il corridoio del primo piano. Alla fine c'era una targa con la scritta "Signor Alfredo Michelucci".

Sono entrato, e ho visto il signor Michelucci seduto alla scrivania. Era appuntito con lo sguardo su una pigna di carte; appena mi ha sentito entrare si è drizzato. Aveva una piccola testa di capelli radi, tirati indietro e pressati alle tempie.

Mi ha guardato con i suoi occhi a spillo attraverso la stanza: incerto e insospettito sui miei motivi.

Mi sono presentato; gli ho porto la lettera di raccomandazione. Sono rimasto in piedi vicino alla scrivania. Cercavo di ottenere un'espressione seria e onesta, semplice. Ero vestito in modo da non creare sospetti: con una camicia di Ron ad alettoni, un paio di calzoni scampanati color panna. Vestito così non mi riusciva difficile stare in piedi nel modo più goffo, con le mani raccolte dietro la schiena.

Dopo qualche minuto Michelucci mi ha guardato. Ha sollevato gli occhi dalla mia lettera di raccomandazione. Ha detto «Signor Maimeri, non lo conosco questo ristorante dove ha lavorato». Aveva un accento genovese, leggermente deteriorato attraverso gli anni. Ho detto «Strano». Ho pensato a una frase per chiedergli indietro la lettera prima di andarmene via. Lui ha detto «Sa, c'è molta gente che vorrebbe lavorare qui. Si guadagna molto bene, con le mance». Mi ha fatto cenno di sedermi; mi sono seduto.

Ero seduto davanti a Michelucci e lui mi guardava, e a un certo punto mi è parso che i miei tratti fossero interpretabili in chiave di cameriere. Più dei miei tratti, il mio modo di stare leggermente accasciato sulla sedia, con le mani sulle ginocchia.

Michelucci mi guardava, bilanciato all'indietro sullo schienale della poltrona. Pensava senza riuscire a decidere. D'improvviso ha avuto un piccolo guizzo: si è tirato su dritto. Ha detto «Va bene, Giovanni, proviamo dal prossimo lunedì».

Quando sono sceso per la scala ho visto un cameriere messicano che mangiava, appoggiato alla porta della cucina in modo da tenerla aperta. Mangiava un'insalata di ceci, a forchettate rapide e ansiose. Teneva la giacca rossa sulle spalle, come una specie di mantelluccio. Si infilava in bocca una mandata dietro l'altra di ceci e lattuga; guardava al margine del campo visivo due o tre aiuto cuochi che parlavano tra loro. Recuperava l'olio dalla ciotola con un pezzo di pane e se lo cacciava in gola: alzando il braccio e rovesciando la testa all'indietro in modo da raccogliere le gocce. Appena mi ha visto ha capito che ero andato a chiedere lavoro al proprietario. Mi ha chiesto «Cosa fai qui?», con faccia arrogante. Gli ho detto che ero appena stato assunto.

Sabato mattina sono andato in giro a comprarmi i vestiti da cameriere. Michelucci mi aveva detto che il ristorante forniva la giacca rossa, era scontato che io avessi il resto.

Ho camminato almeno tre ore alla ricerca di un farfallino nero. Le commesse dei grandi magazzini si stupivano quando ne domandavo uno; dicevano di non averne mai visti in vita loro. Alla fine ho trovato un negozio che vendeva e affittava abiti da cerimonia, in un centro commerciale a quindici chilometri almeno da casa. In vetrina c'erano tre o quattro manichini in smoking rosa e azzurri: inamidati come personaggi di un museo delle cere. La commessa mi ha mostrato un'intera cassettiera a scomparti piena di farfallini in diversi stili e colori. Ne ho scelto uno che mi sembrava adatto a una divisa da cameriere: satinato e ampio più del necessario, con le due punte spioventi verso il basso. Costava venti dollari, così non mi è rimasto molto per comprare il resto.

Ho trovato un paio di calzoni neri giapponesi in un magazzino non lontano da casa. Erano sciatti e tagliati male, con un taschino portamonete sul davanti. Quando mi sono guardato allo specchio del camerino l'impressione era desolante.

Più tardi ho comprato un paio di scarpe nere in un grande negozio frequentato da messicani, che a gruppi si aggiravano tra gli scaffali producendo una quantità di gesti e vociamenti. Erano una sorta di scarpe da tennis nere, disegnate e messe in vendita con chissà quali intenzioni. In tutto il negozio non c'era niente di meno costoso; nemmeno un paio di sandali o pantofole. Per qualche strana ragione la suola però era bianca: avvolgeva il profilo della scarpa con uno spessore di gomma zigrinata che guastava completamente l'effetto nero. Le ho prese lo stesso, perché non avevo molta scelta.

Sulla strada di casa mi sono fermato in un grande magazzino a comprare un boccetto di smalto nero per modellismo. Ho passato la sera a verniciare di nero le suole, con piccole pennellate meticolose. Ron e Tracy ridevano; non riuscivano a capire se stavo scherzando.

Alle quattro e mezza di lunedì mi sono presentato da *Alfredo's*, con i miei vestiti da cameriere in un sacchetto di plastica. Sono passato dall'ufficio di Michelucci a chiedergli cosa dovevo fare. Lui mi ha indicato un altro ufficio; ha detto che la segretaria mi avrebbe spiegato tutto. Aveva un tono molto più sbrigativo di quando gli avevo parlato la prima volta: da proprietario di ristorante che si rivolge a un cameriere.

La segretaria era una signora polacca di una certa età. Indossava una specie di casacca da lavoro color carta da zucchero, con una grande tasca centrale in cui teneva spesso le mani. Parlava con accento ancora forte, marcato sulle consonanti. Mi ha guardato per qualche secondo appoggiata di gomito allo stipite della porta. Poi ha detto «Adesso vediamo se c'è una giacca della tua misura».

Mi ha guidato in una stanza-magazzino, occupata da scatole di cartone e decine di pacchi di cancelleria da ristorante. Dalle cucine in basso arrivavano odori di cibo condito con pesantezza; rumori di piatti sbattuti. La segretaria ha aperto un armadio di ferro dove erano appese diverse giacche rosse da cameriere. Ne ha toccate due o tre con la punta delle dita; ne ha tirata fuori una e me l'ha porta. Ha detto «Provala, tanto per avere un'idea della misura».

La giacca mi stava larga e lunga: ricadeva ai fianchi in pieghe e imbarcamenti di tela rossa. Le maniche mi arrivavano a metà mano, tanto che i movimenti delle dita non erano del tutto liberi. Ho detto alla segretaria che era due misure almeno più della mia; ho indicato le altre giacche nell'armadio con l'idea di provarne subito una migliore. Ma sembrava che la prima scelta fosse in qualche modo vincolante, come una specie di impegno preso. La segretaria ha detto «Le altre sono troppo piccole o troppo grandi. Questa in fondo va bene».

Così ho preso la giacca e sono andato nello spogliatoio dei camerieri. Ho scambiato un paio di battute con un messicano dai baffi sottili, che si stava infilando in testa un berrettuccio da aiuto cuoco. Parlava inglese molto male, senza riuscire ad articolare i suoni giusti. Le parole perdevano forma prima che lui le avesse pronunciate completamente: si sfaldavano a metà, come fiocchi di burro in un tegame.

Mi sono infilato i pantaloni, la camicia, la giacca rossa e le scarpe; sono andato nel bagnetto a controllare l'allacciatura del farfallino. C'era un odore acuto di deodorante industriale, del genere che tende ad assorbirsi nei vestiti e non perde intensità che dopo qualche giorno. Mi guardavo allo specchio e immaginavo i camerieri messicani che si lisciavano i capelli lì davanti, si cospargevano la testa di olio e qualche profumo pesante. La giacca rossa mi faceva le spalle larghe e cadenti; il farfallino era fuori proporzione, ampio e sbilanciato verso il basso.

Sono sceso per una scala a chiocciola nel retrocucina, ingombro di pentole e piatti sistemati a cataste vicino ai lavelli. C'erano due o tre lavapiatti giovanissimi, aggruppati a parlare e gesticolare prima che il lavoro cominciasse. Un cuoco stava mangiucchiando una fetta di pizza, appoggiato alla porta in modo da guardare dentro la sala del ristorante: con un'espressione scettica di attesa. Per il resto non c'era molta attività, tranne un paio di ventole furiose che giravano per convogliare fuori il vapore dei pentoloni d'acqua sul fuoco. Il cuoco e i lavapiatti facevano finta di non avermi visto; ma era chiaro che cercavano di capire cosa volevo. Ho attraversato la cucina un paio di volte in imbarazzo.

Poco dopo sono arrivati altri due camerieri sulla quarantina, con i colletti alzati per allacciarsi il farfallino. Hanno risposto a un mio saluto senza grandi slanci. Ho chiesto a uno dei due se sapeva cosa dovevo fare; lui mi ha guardato come se non capisse bene il senso della domanda. Poi mi ha indicato un messicano alto che stava entrando dalla porta girevole sulla sala. Ha detto «Chiedi al *capitán*». Il *capitán* era vestito come un poliziotto italiano in borghese: atticciato in un completo di cattivo taglio, con i calzoni che strabordavano sulle scarpe. Mi ha dato la mano; ha detto «Sono Enrique». Doveva essere una specie di controllore di sala, o capo cameriere.

Mi ha guardato come aveva fatto la segretaria, credo per giudicare la mia professionalità dall'aspetto. Mi ha chiesto «Il blocchetto ce l'hai?», indicando la tasca destra della mia giacca. Ho detto no. Lui mi ha guidato attraverso la sala del ristorante, con passo lungo e sbilanciato di cameriere divenuto arrogante. Seduta al banco vicino all'ingresso c'era una ragazza abbastanza carina, che faceva conti alla calcolatrice. Enrique mi ha presentato; lei mi ha porto la mano. Era vestita con molta cura, per dare una prima buona impressione ai clienti. Mi ha consegnato un blocchetto di ordinazioni, con il mio nome sbagliato già scritto sulla costa.

Quando sono tornato nella cucina gli altri camerieri erano già tutti scesi dalla scala interna. Aspettavano l'apertura come cani da cinodromo sul filo di partenza: nervosi, scossi da piccoli scatti secondari. Alcuni stavano appoggiati al bancone del cuoco: smaneggiavano i farfallini, aggiustavano le punte dei colletti. Altri lanciavano brevi battute, che mescolavano ad ammiccamenti e sorrisi e rotazioni del busto. Erano tutti messicani, per lo più sulla quarantina.

Dovevano aver fatto aggiustare da un sarto le giacche rosse, che apparivano molto diverse dalla mia, tese alle spalle e ai fianchi. Alcune erano anzi satinate, con le flappe del colletto più ampie del normale; con bottoni vistosi. Anche per il resto della divisa si erano sbizzarriti: avevano camicie gonfie a pettorina, scarpe di vernice lucida, calzoni di lanetta nera.

C'era un unico cameriere senza baffi, più giovane degli altri. Pareva un piccolo indio, con la pelle scura e il profilo della fronte che continuava quello del naso. Quando ha notato che lo stavo guardando è venuto avanti e mi ha porto la mano, con un piccolo inchino. Ha detto «Mi chiamo Cormál». Gli altri camerieri mi hanno fatto cenno con la testa. Si sono girati verso di me allo stesso momento, come per caso; come se dovessero comunque girarsi dalla mia parte.

Dall'altro lato del bancone c'erano tre cuochi immobili: tangenti a una linea di scaffali a parete. Al bancone era sovrapposto un secondo piano, che serviva ad appoggiare i piatti caldi; i due piani formavano una lunga finestra orizzontale, attraverso cui occhieggiavano i cuochi.

Cormál mi ha detto che il vero cuoco era un italiano che veniva di notte a preparare tutto; quelli che vedevo si limitavano a scaldare il cibo già pronto e cucinare i piatti più elementari. Mi dava queste informazioni a scatti: con la testa piccola inclinata verso l'alto; con voce aguzza. Lo stavo ad ascoltare senza grande cordialità; senza capire bene cosa diceva.

Alle cinque sono entrati tre ragazzotti sedicenni, vestiti con giacche bianche a collo tondo. Dovevano essere fratelli, o parenti in ogni caso, perché avevano la stessa faccia, gli stessi capelli lucidi pettinati all'indietro; gli stessi movimenti. Tra loro e i lavapiatti hanno riempito alla svelta la cucina di grida, di rumori di vassoi sbattuti. Urlavano parolacce, si pizzicavano i gomiti; si inseguivano lungo i percorsi liberi. Riuscivano a spostare casse di bicchieri e posate da un punto all'altro con grande rapidità.

I cuochi ridacchiavano tra loro, più truci e pesanti dei ragazzotti; rinchiusi in atteggiamenti a corazza. Dedicavano una serie di gesti bruschi e meccanici al travaso di olio da barattoli a padelle.

I camerieri erano schierati fianco a fianco e gomito a gomito; partecipavano solo a occhiate all'atmosfera della cucina. Si mantenevano al di sopra della mischia.

Alle cinque e dieci Enrique è tornato in cucina; ha battuto le mani per darci il via. È passato vicino a Cormál e gli ha detto senza guardarlo «Cormál spiega tutto a Giovani qui capito?». Cormál ha detto «Va bene». Enrique gli ha chiesto ancora «Capito?» con grande arroganza.

Sono uscito nella sala dietro a Cormál. Lui sembrava a disagio per la responsabilità di spiegarmi tutto. Cercava di passarmi le informazioni che poteva. Ha indicato quattro tavoli in un angolo della grande sala, con un gesto delle braccia corte. Più che gesti veri produceva frammenti di gesti: brevi lampi illustrativi. Mi ha detto «Quella è la mia postazione. Va bene?».

Ci siamo messi a fare la posta vicino ai quattro tavoli. Cormál mi ha spiegato che non bisognava farsi notare troppo; che il segreto era stare nelle zone d'ombra. Non c'erano molti ripari veri e propri, e non capivo bene quali fossero le zone d'ombra. Cormál ha indicato due o tre punti attorno a noi; ha detto «Questi sono i punti morti. Non ti vedono, se sei qui fermo».

Dopo cinque minuti Enrique ha guidato verso il nostro settore una coppia anziana. Cormál è divenuto subito più nervoso. Ha preso a muoversi come un piccolo animale da preda: con sguardi laterali dissimulati. Cercava di classificare a occhiate i clienti; sondava a distanza. Si basava credo sui loro vestiti, il loro modo di stare seduti, la loro attitudine a conversare.

Abbiamo aspettato qualche minuto, e Cormál era sempre più teso. Camminava su e giù con le sue gambe corte; girava la testa in molte direzioni. Alla fine mi ha detto «Adesso andiamo». Non muoveva quasi le labbra. Mi ha detto «Se aspetti di più, cambiano idea anche due o tre volte. Ti fanno tornare dopo dieci minuti. Così invece non sono preparati». In ogni caso si riferiva a questo particolare tipo di cliente, secondo lo studio che ne aveva fatto.

I due avevano guardato il menu per qualche minuto, ma ancora lo tenevano in mano con espressioni incerte. Cormál si è presentato al tavolo; si è sporto leggermente in avanti. Stava in punta di piedi, longitudinale rispetto al tavolo; fissava un punto nello spazio, tra il menu e le teste dei clienti. I due per istinto si sono ritratti: si sono spinti all'indietro sugli schienali. Guardavano Cormál a mento rialzato. Cormál non ha detto molto. Ha detto solo «Prego?».

Il marito ha cercato subito di spingere a una scelta la moglie. Le ha chiesto «Hai deciso?». Nessuno dei due riusciva a decifrare i nomi italiani sul menu; guardavano muti le parole in corsivo di fianco ai prezzi. Si sentivano già prigionieri del ristorante. Dipendevano tutti e due da Cormál per decidere cosa mangiare. Avevano sorrisetti flebili, ma stavano scivolando nel panico.

Cormál ha descritto due o tre piatti. Dosava le parole in modo da far capire che non sarebbe stato lì a illustrare tutto il menu. Parlava un inglese inarticolato: con una successione rapida di parole slittate e tronche. Usava questo linguaggio in modo deliberato, per produrre reazioni particolari nei clienti.

57

I due sembravano confortati dalla sua pronuncia, dal suo modo di descrivere con l'aiuto di gesti corti e cenni del capo. Cormál ha spiegato la composizione di un antipasto in termini elementari. Fingeva di cercare una parola; la trovava e la pronunciava sbagliata. I clienti poco alla volta prendevano fiducia. Si guardavano e sorridevano: già un filo più distesi. Il marito si è fatto ripetere due o tre volte il nome di un piatto; ha cercato di riprodurre i suoni senza riuscirci. Ha riso a bocca larga, rivolto alla moglie. Cormál lo guardava, senza espressioni particolari. Si inchinava leggermente, i suoi capelli a caschetto brillavano alla luce delle lampade da tavolo. Diceva «Sì signore». Il signore allargava le spalle nella giacca a quadri marroni e beige.

Questa fase è durata comunque pochi minuti. Cormál ha segnato le ordinazioni sul blocchetto, con tre o quattro sigle. Abbiamo attraversato la sala alla svelta.

C'era un'anticucina subito prima delle porte rotanti, schermata alla vista dei clienti da un paravento laccato. Dietro il paravento un aiuto-cuoco grasso preparava insalate e antipasti. Cormál gli è passato davanti e ha gridato un'ordinazione. Ha detto «Due francese»; riferito al condimento delle insalate. Siamo entrati in cucina da una delle due porte rotanti. Cormál mi ha indicato con un cenno che entrare da quella sbagliata era pericoloso, perché con grande facilità si veniva travolti da chi stava uscendo con vassoi in mano. Nella cucina ha strappato una porzione dell'ordine dal blocchetto, l'ha attaccata a una specie di ruota provvista di ganci. Con una mano ha dato un colpo alla ruota, così che il foglietto agganciato ha fatto mezzo giro e si è fermato davanti agli occhi del cuoco. Allo stesso tempo ha gridato l'ordine, al massimo di forza della sua voce sottile. Ha gridato «Un cannelloni, un spaghetti Tiziano, un cotoletta, un nodini». Gridava i numeri in inglese, i nomi in italiano. Il grido si è assorbito nella mescola di altre grida e rumori di piatti e pentole, di ventilatori e olio fritto.

Siamo usciti di corsa dalla cucina, passati dietro al bancone dell'insalatiere. Cormál ha preso un vassoio da una pigna di vassoi; ha pescato due bicchieri, li ha tuffati in un contenitore di ghiaccio trito. Ha versato Coca Cola da un distributore sopra il ghiaccio, finché il liquido ha raggiunto l'orlo e la schiuma è traboccata di un paio di centimetri. Ha tolto due cannucce da una scatola di cartone, le ha infilate nei bicchieri. Con la testa mi faceva cenno di stare vicino a osservare. Mi chiedeva «Hai visto? hai visto? hai visto?», di fronte a ogni singola operazione.

Abbiamo portato i bicchieri in tavola; riattraversato di corsa la sala fino all'anticucina. Cormál ha preso un filone di pane, ne ha tagliato sei fette, le ha disposte in uno scaldapane elettrico di fianco al bancone dell'insalatiere. Ha raccolto alcuni cubetti di burro da un grande piatto, li ha ordinati in circolo in una ciotola. Quando il pane è stato caldo, ha distribuito le fette in un cestino di vimini, le ha coperte con un tovagliolo; ha collocato il cestino e la ciotola del burro su un vassoio, di fianco alle insalate. Siamo corsi di nuovo attraverso la sala.

Siamo arrivati con il vassoio a servire la coppia anziana, e altri due nostri tavoli erano stati occupati nel frattempo. Cormál ha ripetuto la fase preliminare dell'attesa, gli inchini, le spiegazioni. Non mi sembrava in preda al panico; solo nervoso. Ha solo detto «Cristo» quando di colpo abbiamo visto i nuovi clienti già seduti ai loro posti.

Abbiamo raccolto gli ordini, tirati in lungo da tentativi di conversazione. Mi chiedevo come faceva Cormál a spostare tutte le informazioni su canali paralleli; come manteneva i canali aperti e impermeabili tra loro. Doveva assecondare i ritmi separati dei tre tavoli; il ritmo di ogni tavolo in relazione agli altri; il ritmo di ciascuno dei clienti. Cercava di mantenere la calma, almeno finché eravamo nella sala. Cercava di recuperare in cucina, nell'anticucina. Guizzava agli angoli, attraverso le porte rotanti; cercava di guadagnare qualche secondo.

Alla fine anche il quarto tavolo è stato occupato. Cormál alzava il ritmo, e lo stesso riusciva a conservare un certo equilibrio di movimenti. Ai tavoli riusciva ancora ad apparire calmo, ma tendeva a soffermarsi sempre meno; tendeva a scattare subito verso la cucina, annotando ordinazioni lungo il percorso. In cucina cercava di sdoppiarsi, striplicarsi; collegava i movimenti a catena, li sovrapponeva due a due e quattro a quattro. Lasciava una coda a ogni gesto, per agganciarci il gesto successivo. Slanciava le braccia, ruotava su se stesso, girava il suo sguardo da furetto.

Mentre disponeva cubetti di burro in cinque ciotoline parallele, mi ha detto «In certi ristoranti la gente sta lì. Sta lì anche due ore. Beve e parla». Ha raccolto fetta a fetta il pane caldo dallo scaldapane, lo ha disposto nel cestino. Ha detto «Questo è un ristorante veloce. La gente viene qui prima di andare al cinema. Ha fretta». Aveva un accento del tutto diverso da quello che usava con i clienti: quasi giusto.

Dalle sette in poi il ritmo degli spostamenti attraverso la sala è divenuto sempre più convulso. I clienti si affollavano all'ingresso, attendevano aggruppati che Enrique li andasse a selezionare per condurli ai tavoli man mano che si liberavano. Le loro voci si mescolavano all'acciottolio, alle risate della gente seduta, ai richiami indirizzati ai camerieri, ai rumori che flottavano dalla cucina e dalla porta d'ingresso. C'era una sorta di ribollire concitato, dove alcuni suoni emergevano e poi tornavano a girare sul fondo con un andamento a strappi. I camerieri si incrociavano lungo i percorsi tra i tavoli; stretti a lato dalle persone sedute. Sgusciavano, filtravano avanti con facce rosse: inseguiti e attirati da cenni e segnali.

Io e Cormál seguivamo il ritmo delle ordinazioni. C'erano lampi improvvisi di attività concentrata, quando tutti e quattro i tavoli si riempivano allo stesso momento e le ordinazioni erano così numerose e diverse da richiedere una quantità enorme di gesti paralleli. Cormál in questi momenti sembrava folle, trascinato attraverso la sala da vere ossessioni. I suoi gesti nell'anticucina avevano una qualità disperata: di persona che rovescia tutte le sue conoscenze e abilità nella lotta contro un disastro naturale. Riusciva a sovrapporre un movimento a un altro a un altro; allungare le mani, piegarsi sulle ginocchia, protendersi in avanti a una velocità incredibile. In certi momenti sembrava di vederlo spinto contro il muro dal fiume delle ordinazioni; schiacciato in un angolo. Sembrava sul punto di alzare le braccia e lasciar cadere i piatti e mettersi a gridare e correre per la sala come un piccolo indio infragilito.

L'unica cosa che facevo era seguirlo nei suoi spostamenti. Gli ho chiesto un paio di volte se potevo aiutarlo, ma lui non mi sentiva nemmeno. Rispondeva «Sì sì sì» senza ascoltare. Alcuni clienti dovevano vedermi come un capo-cameriere, dietro a Cormál per controllare le sue capacità. Cercavo almeno di confermare quest'impressione: lo osservavo di spalle, con le mani dietro la schiena.

I momenti peggiori capitavano quando qualcuno ordinava le Fettuccine Lucrezia. Era l'unico piatto che i camerieri dovevano preparare al tavolo: con un fornello ad alcool da trascinare su un carrello di noce. L'operazione in sé non era molto complessa; il vero problema era aprire un varco nella giungla di gesti e domande sovrapposte, estenderlo per cinque minuti finché le fettuccine erano pronte. Bisognava prima raccogliere un uovo, tre dadi di formaggio, panna. C'era da scaldare la panna, ritirare le fettuccine dal cuoco, sistemarle sul carrello, spingere il carrello fino al tavolo giusto, accendere il fornellino. C'era da fondere il formaggio con la panna bollente, rompere l'uovo, mescolarlo al formaggio, rovesciare la salsa sulle fettuccine e le fettuccine in una fondina. Cormál in questi casi non mi spiegava niente: correva più svelto che poteva, con la testa bassa. Diceva «*Puta madre. Puta madre*». Respirava fitto. Quando eravamo di nuovo oltre la porta rotante della cucina malediceva chi gli aveva ordinato le fettuccine. Diceva «*Cavrón maldito*», faceva gesti equivalenti alle parole.

Le porte rotanti della cucina erano una specie di confine, dove separare alla svelta gli atteggiamenti recitati da quelli istintivi. Appena oltre, i camerieri si lasciavano andare: gridavano al cuoco, litigavano con gli sguatteri, si grattavano i calzoni, mangiucchiavano quello che potevano dai piatti avanzati. Producevano rumore e gesti furibondi, nel caldo selvaggio della cucina.

Alcuni superavano la porta nella stessa postura che avevano mantenuto in sala tra i clienti: con un braccio alzato, il vassoio in equilibrio sui polpastrelli. In un centesimo di secondo si scomponevano, perdevano la coordinazione che li aveva tenuti insieme di fronte alla gente seduta. Si appoggiavano di gomito al bancone, si sbottonavano la camicia, slittavano in avanti con un piede. Raccoglievano frammenti di carne e pasta avanzata, se li cacciavano in bocca alla svelta. Prima di tornare in sala sputavano sui piatti, ci affondavano le mani per dispetto; rovesciavano sul cibo maledizioni che avrebbero raggiunto chi lo mangiava. Poi si ricomponevano, raddrizzavano di nuovo; correvano fuori oltre la porta rotante.

I momenti di frenesia erano seguiti da lunghi spazi di tempo vuoto, dove non c'era quasi nulla da fare. Questo quando la gente mangiava, i piatti erano in tavola, tutta la postazione era occupata. Io e Cormál stavamo fermi nelle zone d'ombra, con le mani dietro la schiena. Dopo qualche tempo si accendeva un altro lampo di attività furiosa. I momenti di frenesia e quelli di calma formavano cicli, che a loro volta si distribuivano lungo il ciclo più generale della serata.

In un momento di calma Enrique mi è passato vicino, mentre stavo appoggiato di schiena a una colonna. Mi ha detto «Tavolo 24». Ho chiesto «Come?». Lui ha detto «Vai vai. Il ventiquattro è tuo».

Era uno dei tavoli peggiori del ristorante: esposto, isolato su un percorso di passaggio. Chi ci sedeva veniva sopraffatto da tutti i lati da camerieri in movimento e suoni e voci e strascicamenti di gente diretta ad altri tavoli. Enrique stava attento a selezionare la gente da mandarmi. Conduceva qualcuno, senza curarsi delle proteste e domande di trasferimento; lo cacciava verso la sedia e se ne andava.

Ho servito quattro o cinque singoli clienti, a distanza di mezz'ora uno dall'altro. Con una persona sola alla volta, tutto era molto semplificato; c'era un unico filo da seguire. Mi concentravo sulla recita della mia parte: gli inchini e le domande; il modo di allungare il braccio attraverso il tavolo a raccogliere i piatti.

Lo stesso non era facilissimo. In particolare non riuscivo a ricordarmi la sequenza precisa dei gesti da fare in cucina. I cuochi mi guardavano ostili, attraverso la finestra orizzontale tra i due banconi. Un paio di volte ho agganciato l'ordinazione alla ruota senza ripeterla ad alta voce, e i cuochi si sono messi a gridare selvaggiamente. Hanno gridato «Cosa? Cosa?». Nella cucina faceva un caldo insopportabile, denso di odori di cibo. L'odore e il caldo si assorbivano nei vestiti, salivano per le gambe dei calzoni e lungo le maniche; passavano alla schiena per il colletto appicciccoso della camicia. Le grida di cuochi e camerieri alzavano la temperatura di qualche grado.

Avevo altri problemi, come non conoscere i prezzi a memoria. Ogni volta dovevo tornare apposta nell'anticucina a leggerli su un menu appeso alla parete. Ho provato a chiederli ad altri camerieri che incrociavo; rispondevano con facce irritate, con voci piatte.

Ogni operazione implicava dettagli fondamentali che mi erano sfuggiti quando osservavo Cormál. Riproducevo la superficie di un gesto, e di colpo scoprivo di non averne capito il meccanismo interno. Per esempio: riempivo un bicchiere di ghiaccio tritato, lo appoggiavo sotto il rubinetto del distributore di Coca Cola, abbassavo la leva per riempirlo, e tutto quello che usciva era schiuma. Stavo davanti al distributore sudato e nervoso, a guardare la schiuma brunastra colmare il bicchiere, strabordare in cascate di bolle, diffondersi per il vassoio. Arrivava un cameriere e mi chiedeva «Cosa fai? Cosa fai?»; mi spiegava che il bicchiere andava inclinato sotto il getto. Lo spiegava in tono di tale zelanteria ottusa, che finivo per detestarlo più che se fosse stato zitto a guardarmi.

Verso le undici il flusso dei clienti si è ridotto quasi a nulla: ogni dieci minuti ne filtravano dentro un paio. I camerieri hanno preso a disperdersi in piccole conversazioni nell'anticucina; a oscillare da una gamba all'altra dietro i paraventi, a nascondersi in gabinetto a contare i soldi delle mance. Enrique a un certo punto è passato e ha indirizzato a casa metà di noi. Ha detto «Finite i vostri tavoli e andatevene».

Ho attraversato la cucina in sfacelo, con le scarpe che mi slittavano sul pavimento unto e bagnato. Gli sguatteri passavano centinaia di piatti sporchi nelle lavastoviglie; gridavano ancora, si lanciavano scherzi. I cuochi stavano rintanati negli angoli, a bere birra da grandi boccali e guardare in giro con occhi scuri. L'odore di cibo si era già mescolato a quello dei detergenti: diventava più acido man mano che uno sguattero versava liquido giallo da un contenitore di plastica.

Sono salito allo spogliatoio per la scaletta a chiocciola. C'erano altri camerieri che si toglievano giacche, si lisciavano i capelli con pettini sottili. Nessuno parlava, o guardava in faccia qualcun altro. Ho tirato fuori i miei vestiti dalla busta di plastica: intrisi com'erano degli odori della cucina. Mi sono solo messo un golf al posto della giacca, perché cambiarmi del tutto non aveva senso. Nelle tasche della giacca avevo qualche biglietto da un dollaro, e monete sparse. Li ho contati, ed erano più di quanto pensavo. Con un tavolo solo c'era da aspettarsi meno.

Ho guardato Cormál mentre contava le sue mance: nascosto dietro un attaccapanni, di profilo. Si bagnava l'indice in punta di lingua e lo passava veloce sul bordo dei biglietti. Muoveva la bocca nel contare, ma senza emettere suoni. Interrompeva il conteggio ogni volta che un altro cameriere si avvicinava, o quando sentiva nuovi passi sulle scale. Quando si è accorto che lo stavo guardando ha avuto un cenno irritato. Era detestabile anche lui: piccolo e patetico, con tutti i difetti degli altri.

Sono sceso, ripassato attraverso la cucina e la sala. Senza la giacca addosso guardavo i clienti rimasti già in modo diverso.

Alla cassa tutti si facevano convertire in contanti le mance che i clienti avevano lasciato sulle carte di credito. La ragazza alla calcolatrice batteva i numeri, contava i biglietti: circondata da camerieri postulanti, ansiosi di avere i loro soldi e andarsene a casa. Enrique stava vicino a controllare quanto riceveva ognuno, perché gli spettava un quinto sugli incassi dei camerieri. Tutti i camerieri avevano preparato due distinti rotoli di banconote; ne tiravano fuori uno solo e dicevano di aver guadagnato poco. Dicevano «Cattiva serata», o «Solo mance in monetine». Per queste frasi usavano l'inglese primitivo, credo come linguaggio convenzionale e astratto. Forse in spagnolo le stesse affermazioni sarebbero suonate ridicole, oppure offensive.

Sono uscito in strada. L'aria era incredibilmente più fresca e libera che nel ristorante. I suoni e le immagini mi arrivavano in modo diverso: percorrevano lo spazio con altri tempi. Mi colpivano i rumori di passaggio, gli spostamenti di automobili, le luci. C'erano gruppi di persone lungo i marciapiedi, usciti da ristoranti o cinema, alla ricerca di gelati o posti dove ballare. Il pinnacolo del cinema dall'altra parte della strada era illuminato da festoni di lampadine gialle, che palpitavano nel buio diluito. C'erano due ragazzi che suonavano il sassofono in un parcheggio, circondati da gruppi di persone in piedi o sedute sui cofani delle macchine. La musica che producevano perdeva contorno nella notte; era difficile giudicarla.

Mi sembrava di scoprire tutto per la prima volta, un filo troppo tardi. Le situazioni erano già inoltrate, sul punto quasi di esaurirsi; la gente seguiva giri e mulinelli di attività che avevano avuto origine molto prima.

Gli altri camerieri uscivano dal ristorante e camminavano verso i parcheggi, con le divise in zainetti e borse di pelle. Un paio di loro mi sono passati oltre in automobili larghe, coperte di stemmi e ninnoli appesi al parabrezza. Si sono sporti dai finestrini a fare gesti, solo per stanchezza e noia; diretti alle loro case da qualche parte.

Ho attraversato la strada, sono stato qualche minuto a guardare la porta del ristorante, appoggiato di schiena al botteghino vuoto del cinema. Ogni tanto uscivano clienti, in branco o a coppie. Socchiudevano la porta di legno massiccio e sporgevano la testa, o un braccio; venivano fuori uno alla volta, legati tra loro da cenni e atteggiamenti. Procedevano lungo il marciapiede senza uno scopo preciso: distratti in risa trascinate, sguardi alla strada e alla porta chiusa e alla gente che passava.

Lavoravo al ristorante cinque giorni alla settimana. Andavo a prendere l'autobus a due isolati da casa; facevo dieci minuti di strada e poi scendevo ad aspettare la coincidenza per Westwood in Van Nuys Boulevard. Passava un autobus ogni mezz'ora, così stavo attento a prendere quello giusto. Riuscivo a distinguerlo quando era ancora lontanissimo; quando l'altra gente aspettava ancora ignara sulla panchina gialla. Vedevo il frontale dell'autobus più alto dei musi delle automobili: schiacciato in prospettiva, filtrato dalle nuvole dei gas di scarico.

Al ristorante Enrique mi stava dietro come un falco; cercava di scoprire dove sbagliavo. Mi inseguiva nei corridoi tra i tavoli con rimproveri e correzioni a mezza voce. Doveva aver capito subito che non avevo mai fatto il cameriere in vita mia: prima ancora di vedermi lavorare. Era certo andato da Michelucci a consigliargli di cacciarmi via. Ma Michelucci aveva bisogno di almeno un cameriere italiano, nel suo ristorante italiano pieno di messicani.

Pescavo dagli altri camerieri atteggiamenti e modi di fare. Cercavo di assimilare tecniche per portare i piatti, girare attorno ai tavoli senza farmi notare, stare in piedi fermo con aspetto di cameriere in piedi fermo. Dopo qualche giorno mi sembrava di essere più credibile.

Osservavo i particolari che i singoli camerieri elaboravano fino ad assumerli come parte della loro personalità. Per esempio, c'erano almeno dieci modi di portare il tovagliolo bianco, e altri dieci di ripiegarlo. Alcuni lo giravano attorno al polso, come un bracciale lasco; altri lo appoggiavano all'incavo del gomito; sull'avambraccio; pressato al fianco; sull'orlo della tasca. C'erano tovaglioli arrotolati, intrecciati, piegati in quattro, in due, aperti a bandiera. Derivavo altri dettagli da letture che avevo fatto, o da ricordi di camerieri che mi avevano colpito in passato.

Il terzo giorno Enrique mi ha assegnato una postazione di quattro tavoli. Ma sapeva che non ero ancora abbastanza svelto: mi portava solo gente da pizza. La gente da pizza era una categoria distinta dalla clientela normale. Per una pizza alla napoletana piccola e una birra se la poteva cavare con un conto di meno di cinque dollari. La mancia del dieci per cento in questo caso era cinquanta cents. I camerieri di *Alfredo's* odiavano la gente da pizza. La perseguitavano, la guardavano male; la mettevano in difficoltà ogni volta che era possibile.

Enrique in qualche modo riusciva a non sbagliarsi mai. Conduceva a uno dei miei tavoli tre o quattro persone, le faceva sedere senza perdere troppo tempo a essere gentile. Questi frugavano per venti minuti il menu alla ricerca dei piatti più economici; alla fine scoprivano che la pizza costava meno di tutto e ne ordinavano una. Mangiavano piano cercavano di soffermarsi nel ristorante il più a lungo possibile. Pretendevano anche di far domande, essere intrattenuti. A volte cercavano di ottenere una guarnizione più ricca del normale; dicevano «Per piacere, con molte acciughe», o «Mi piace con un sacco di formaggio». Insistevano per farsi anticipare a parole e gesti lo spessore e la consistenza della pasta. Peggio della gente da pizza c'era solo la gente da insalata; ma non era ammessa da *Alfredo's*, per fortuna.

Dopo una settimana ho cominciato ad avere clienti migliori. Guadagnavo abbastanza bene.

C'erano reazioni pronte ogni volta che qualcuno ordinava uno dei cinque o sei piatti al di sopra dei dieci dollari. I cuochi commentavano appena leggevano il foglietto sulla ruota; diffondevano la voce nella cucina. I ragazzi porta-bicchieri andavano in giro per la sala a fare commenti come «Guzante ha tre Gamberi Buona Luisa», o «Tolmeco ha beccato due aragoste al tavolo 7». Se il cameriere in questione faceva finta di niente, gli altri nel retrosala gli gridavano «Buona mancia», o «Buon tavolo»: con ammirazione e rabbia mescolate.

I camerieri quarantenni erano meno esposti di quelli giovani alle tensioni, alle isterie subitanee. Forse erano impermeabili in partenza agli stimoli che creano sbilanciamenti. Erano larghi, ottusi; atticciati nelle loro giacche. Li guardavo passare alla svelta lungo i corridoi tra i tavoli: con un vassoio in alto sopra la testa, tre o quattro piatti caldi distribuiti in equilibrio lungo l'avambraccio, dalla punta delle dita all'incavo del gomito. Le loro espressioni erano neutre, del tutto prive di intelligenza. Giravano sui tacchi dei loro mocassini lucidi; ruotavano le braccia sopra i tavoli, con gesti molto ripetuti, difficili da sbagliare.

Ogni tanto si scambiavano villanie, negli accostamenti lungo i corridoi, o in quelli più orizzontali davanti al bancone della cucina. Avevano perfezionato una tecnica dell'insulto molto poco dispendiosa in termini di energia. Tutto veniva condensato in espressioni soffiate; in piccole curvature di voce che bastavano a invelenire un'osservazione altrimenti banale. Dicevano «Il pane che porti è freddo»: in tono di semplice constatazione. Dicevano «Hai un cliente al tavolo 16 che aspetta da venti minuti». Si poteva accendere una rissa e sarebbe passata inosservata agli occhi di un estraneo.

Tutti i camerieri si odiavano, cercavano di mettersi in difficoltà l'un l'altro. Creavano spazi attorno a un errore per farlo risaltare il più possibile, amplificarlo oltre misura. Rimarcavano con grida e gesti ogni rovesciamento di salsa e rottura di piatto; aspettavano di vedere arrivare Enrique per intervenire con facce sdegnate, espressioni di estraneità. Allo stesso tempo si chiamavano tra loro «Amico mio», o «Fratellino»; si lanciavano sorrisi e smorfie. Nelle pause più lunghe affondavano in conversazioni su automobili o donne, prospettive di guadagno e permessi di lavoro.

Tutti lavoravano più che potevano: in ansia continua di avere sempre più clienti ricchi e affamati seduti ai tavoli. C'era una relazione diretta tra fatica e soldi, e creava vortici di attività per tutto il ristorante. I camerieri guatavano vicino ai tavoli con occhi lucidi, pronti a correre verso la cucina con i blocchetti gonfi di ordinazioni costose. Quando il ritmo saliva fino a essere quasi insostenibile, erano stravolti ma appagati. Nelle serate lente si immalinconivano; ciondolavano intorno, scuotevano la testa.

Era strano guadagnare in questo modo: infilarsi via un biglietto da un dollaro dietro l'altro finché le tasche della giacca e quelle dei calzoni erano piene. Prima di uscire distendevo le banconote accartocciate, le sovrapponevo in mazzette che distribuivo in tasche diverse. Mi sentivo una specie di accattone ad alto livello, sulla strada di diventare ricco. Quasi ogni pomeriggio mentre correvo con il vassoio in mano nel caldo e nel rumore giuravo che il giorno dopo non sarei tornato; di sera tardi contavo i soldi e pensavo che in fondo ne era valsa la pena.

Tornavo a casa con l'ultimo autobus per la San Fernando che passava verso mezzanotte e trenta. Uscivo dal ristorante e andavo in Westwood Boulevard, a sedermi sulla panchina della fermata. La compagnia degli autobus tendeva a spostare l'ultima corsa verso l'una, in modo da raccogliere il maggior numero possibile di passeggeri lungo il percorso. Certe volte aspettavo anche mezz'ora: seduto sulla panchina in atteggiamento da emigrante, con il sacchetto di plastica sulle ginocchia.

La panchina era a un incrocio, all'altezza del semaforo. Vedevo le macchine a pochi centimetri, la gente parallela che si occhieggiava attraverso i vetri. I dorsi delle macchine brillavano alla luce dei lampioni del villaggetto; dai finestrini socchiusi uscivano vampate di musica.

L'autobus di solito era quasi vuoto, malgrado i ritardi della compagnia. C'erano sei o sette passeggeri sospetti e desolati, che sonnecchiavano appoggiati di gomito o guardavano le luci della freeway. Mi sedevo in fondo, dove potevo distendere le gambe sul sedile lungo. Attraversavamo lo spazio su questa specie di relitto d'astronave; disturbati ogni tanto dalle grida dell'autista che cercava di segnalare le fermate nel buio.

Quando arrivavo alla fermata di Van Nuys era troppo tardi per la coincidenza che portava vicino a casa. Due o tre volte sono sceso giusto in tempo per vedere le luci di coda che si allontanavano; ho corso lo stesso, gridando insulti. A piedi ci volevano tre quarti d'ora dalla fermata a casa. Di solito facevo di corsa il primo tratto; ma questo poi mi rallentava il passo, mi costringeva quasi a fermarmi. Ci avrei messo meno a camminare a un ritmo costante. Correvo sull'erba davanti alle case suburbane addormentate; affondavo di tallone e mi inumidivo le suole.

La linea della strada era tangente a quella delle freeways; non parallela come sembrava da casa di Ron e Tracy. Alla fermata di Van Nuys le due linee erano ancora molto distanti. La presenza della freeway era appena percepibile, in forma di un lontano ronzio diffuso. Correvo per cinque minuti più veloce che potevo, guardando solo avanti, per paura che qualche cane balzasse fuori da un giardino. Smettevo di correre quando ero sfinito; camminavo piano, mulinavo le braccia per prendere fiato. Mi pulsavano le tempie, e l'aria velenosa di Los Angeles mi raspava la gola.

Quando ci pensavo di nuovo, la freeway era già più vicina. Il ronzio si era amplificato e separato da terra lungo la linea della sopraelevata. Questo avvicinamento era così graduale, diluito nello spazio, che a tratti poteva essere scambiato per un'impressione, un confondimento di sensazioni dovuto alla stanchezza della notte. Respiravo a fondo, fino a che i polmoni mi facevano male. C'era un bagliore diffuso alla mia destra: un alone di atmosfera sgranata che si allargava nel buio.

Avevo una serie di falsi traguardi lungo la strada: segni che all'orizzonte parevano indicare che ero già a buon punto, e una volta raggiunti si trasformavano in prove della mia distanza da casa. Lo stesso meccanismo si ripeteva ogni sera. Osservavo l'insegna luminosa di una banca, la spiavo ingrandirsi e ingrandirsi mentre andavo avanti. Le lettere prendevano forma man mano che mi avvicinavo; si separavano dai contorni del tabellone e venivano a fuoco. Alla fine arrivavo alla base del grande stelo di acciaio bianco che reggeva l'insegna. Mi ci appoggiavo con una mano, per assicurarmi di essere almeno arrivato fin lì. Poi guardavo oltre e scoprivo che il segnale successivo era molto più lontano di come mi era sembrato fino a quel momento. Mi veniva in mente quanto avevo impiegato in autobus a percorrere la distanza in senso inverso. Moltiplicavo i secondi-autobus in minuti-piede.

Quando alla fine arrivavo vicino a casa, la freeway era a pochi metri, alla mia destra. Il rumore era diventato una vibrazione sconnessa e furibonda, che strapazzava l'atmosfera, la corrugava in diverse direzioni. Pensavo a quante migliaia di galloni di benzina bruciavano i motori solo nel tratto sopra la casa di Ron e Tracy. Faceva molto più caldo che alla fermata dell'autobus; l'aria era più densa e dolciastra.

Spesso bevevo una birra in piedi in cucina: con una mano appoggiata alle piastrelle del muro per sentirle vibrare.

Ron e Tracy li vedevo poco: ci incrociavamo, sempre lungo le stesse linee. Tracy usciva di mattino presto, la sentivo sbattere ciotole e piatti in cucina. Poi trovavo sue tracce in giro per la casa: numeri di telefono che Ron avrebbe dovuto chiamare, segnati a pennarello rosso su un cartone appeso in bagno; cartelli sul frigorifero per ricordarmi di comprare il latte.

Ron invece entrava in circolazione tardi, almeno un'ora dopo che mi ero alzato. Aveva una sorta di goffa veste da camera che amava indossare di mattina, cucita in stoffa greca da materasso; troppo stretta di spalle. Se stavo in casa fino alle undici e mezza, lo guardavo mentre si preparava la colazione in cucina, opaco e incattivito di sonno com'era. Si riempiva una ciotola di fiocchi di granturco; la copriva di zucchero integrale e qualche volta di marmellata di mele. Poi andava ad accendere la televisione, si sedeva ai piedi del letto a guardarla. Dal salotto sentivo i suoni della televisione sovrapposti al suo acciottolio. Aspettava di essere chiamato da qualcuno al telefono e sentirsi proporre un contratto; aspettava con fiducia sorda. Quando la fiducia diventava più sottile, si metteva a telefonare in giro. Telefonava a tutti: agenzie di pubblicità, ex compagni di scuola, segretarie di produzione di cui gli aveva parlato Tracy. Si attaccava al telefono e cercava di raccogliere informazioni; in toni di voce diversi da quelli che usava nella vita normale.

Di sabato e domenica Tracy riusciva a combinare partite di tennis con gente collegata in qualche maniera al mondo del cinema. Si vestivano tutti e due in fretta, con visierine parasole di spugna bianca. Tracy perfezionava gli accordi al telefono; si assicurava che certe persone avrebbero partecipato e altre no. Nei confronti di Ron aveva un atteggiamento da manager disperato: lo spingeva e incoraggiava ogni momento, ma era difficile capire se lei stessa continuava a crederci.

Al ristorante passavo attraverso i momenti più convulsi di una serata senza quasi rendermene conto. Avevo sviluppato poco alla volta una gamma di riflessi automatici; sequenze di gesti che richiedevano pochissima attenzione. Man mano che l'attività cresceva, scivolavo in una specie di trance meccanica, credo più o meno come gli altri camerieri. Seguivo le variazioni di ritmo senza doverci pensare; moltiplicavo il numero e la velocità dei gesti secondo la pressione del momento. Uscivo da questo stato nelle pause, quando potevo ristagnare attorno ai clienti. Mi concentravo su di loro. Era incredibile come potevo osservarli senza essere notato. In vita mia non ero mai stato più vicino a una condizione di invisibilità.

Fin da bambino ho avuto questa fantasia ricorrente: di perdere consistenza ed essere libero di introdurmi nella vita di altri. A volte mi capita di notare una finestra animata mentre cammino per strada, e sulla base di pochi dettagli visibili immaginare lo scenario di un'intrusione. Immagino di passare dalla finestra e sedermi a un tavolo di cucina, senza che nessuno riesca a vedermi. Non immagino di intervenire in modo particolare; solo di stare lì seduto a controllare la situazione, osservarla dal di dentro.

Nel ristorante non ero sempre invisibile, naturalmente. E non a tutti allo stesso momento. I clienti mi vedevano quando ordinavano i piatti, e in seguito quando arrivavo con i loro vassoi. Enrique il *capitán* mi vedeva quasi sempre, attento com'era alle mie mosse e pronto ad annotare ogni possibile errore. Mi vedevano ogni tanto gli altri camerieri, quando mi passavano di fianco e scartavano per evitare il mio vassoio. Ma quando i clienti erano serviti e avevano i bicchieri pieni, e gli ultimi commenti sull'aspetto del cibo si erano riassorbiti in gesti di forchetta e coltello, mi dissolvevo rapidamente ai loro occhi; diventavo incorporeo. Aleggiavo attorno.

Era una sensazione quasi fisica: la scomparsa graduale della mia presenza in termini visualmente percepibili. Mi pareva di essere sullo specchio ribaltabile di una macchina fotografica mentre chi la tiene in mano gira l'anello della messa a fuoco su una distanza ravvicinata. I miei contorni si dissolvevano progressivamente. La mia giacca rossa era una macchia di colore; si allargava sempre più sfumata, fino a diventare un'ombra labile, che vibrava sul piano estremo del campo visivo, assorbita nei chiari e gli scuri dello sfondo.

Mi soffermavo nei dintorni del tavolo, col pretesto di spostare un carrello o colmare una pepiera quasi vuota. Cercavo di scoprire fino a che punto potevo avvicinarmi senza essere notato. Osservavo gli atteggiamenti dei clienti, le loro interconnessioni. A volte raccoglievo frammenti di discorsi, che cercavo di completare all'ombra di un divisorio. I gesti e le espressioni di quelli seduti creavano tessuti fin troppo leggibili, quasi imbarazzanti nella loro linearità.

Ma questo stato invisibile non durava mai molto: a tratti la lente girava verso di me e venivo improvvisamente a fuoco, stagliato sullo sfondo di tavoli e sedie. Ho sviluppato una sensibilità da cameriere che mi permetteva di prevenire di qualche secondo la mia esposizione. Gli altri camerieri erano come volpi da ristorante: fiutavano questi momenti. Dovevano solo girare la testa verso un tavolo, per capire se un cliente era sul punto di chiamarli. Ma ci vogliono anni per trasformare una generica sensibilità camerieresca in istinto; mi dovevo basare su elementi più percepibili.

Spiavo una leggera alterazione nel ritmo delle forchettate, o spostarsi di occhi sulla tavola, verso il cestino del pane o la caraffa. O solo un'incrinatura nella conversazione, vuoto di parole che si allargava fino a rendere necessaria una nuova richiesta al cameriere. Riuscivo a raggiungere il tavolo in pochi secondi, con il blocchetto delle ordinazioni in una mano e una penna nell'altra. Mi sentivo di nuovo goffo e svilito; annegato nella giacca rossa di cattivo cotone.

Ogni volta che arrivavo al ristorante in anticipo mi fermavo a parlare con la ragazza della cassa. Ci scambiavamo qualche frase generica. Lei era quasi sempre lì prima del giusto; passava i minuti che mancavano all'apertura osservando la gente in strada attraverso le gratelle della veneziana. Aveva un atteggiamento perplesso, di attesa non definita. A volte sembrava meditare di uscire sul marciapiede fino all'ora giusta.

Si vestiva in abiti lunghi di rappresentanza, assicurati in vita da cinturine a nastro, che spesso stringeva mentre camminava. Portava scarpe a tacco alto e sottile; nel camminare estendeva le gambe più del necessario, per assicurarsi un equilibrio. Non era per nulla minuta; abbastanza piena e soda, anche se molto meglio disegnata di Tracy. Si chiamava Jill. Aveva capelli biondo scuro, non molto lunghi.

Nel corso della serata la rivedevo ogni dieci minuti: in piedi vicino alla cassa, nel pieno del suo lavoro. Ogni volta che i clienti pagavano le portavo il conto e i soldi. Lei registrava sulla cassa; pescava i biglietti e le monete del resto e le depositava in piattini di plastica bianca. Se i clienti avevano pagato con una carta di credito, telefonava per verificare che non fosse falsa o rubata. Ripeteva i numeri della carta al telefono: con voce acuta, per tagliare attraverso il rumore che la circondava.

In certi momenti era assediata da camerieri frenetici, che battevano i loro piattini di plastica sul bancone della cassa e agitavano le braccia. Gridavano «Jill Jill», con J strascicate in accenti messicani. C'erano anche clienti che avevano fretta e volevano pagare direttamente il conto e uscire. Con giacche sottobraccio e cappelli in mano dicevano «Scusa» o «Ehi»; insistevano finché Jill non si voltava dalla loro parte. Jill distribuiva attorno gesti e occhiate per dare a tutti la sensazione di essere seguiti. Ringraziava e salutava. Diceva di aspettare un attimo, telefonava, estraeva soldi da cassetti, batteva sui tasti del registratore di cassa, ripeteva numeri, li trascriveva su un blocchetto, domandava chiarimenti, sorrideva. Aveva troppe cose da fare per essere molto elegante ma era anche raro vederla scomposta, travolta dalla confusione della serata.

Nelle pause più lunghe gli altri camerieri andavano a ronzarle vicino. Ma erano esitanti e impacciati; non sapevano cosa dire, avevano paura di essere sorpresi inattivi dal *capitán*. Le chiedevano «Come va?», nei momenti di vuoto di clienti. Sorridevano con malizia, ma non le si avvicinavano mai troppo. Se Jill attaccava una conversazione, finivano per ritirarsi verso le cucine: con gesti ed espressioni facciali che indicavano finta disinvoltura.

Una sera di sciopero degli autobus ho fatto il giro di tutti i camerieri per scoprire se uno di loro era disposto a darmi un passaggio fino a casa. Scantonavano tutti alla richiesta. Alcuni facevano finta di non aver sentito, contavano i soldi e parlavano tra loro; altri inventavano scuse molto elaborate, a proposito di situazioni familiari o meccaniche. Mi colpiva sempre la loro assoluta mancanza di cordialità. Appena finito il lavoro si dirigevano verso le loro macchine lasciate nei parcheggi, senza estendere di un minuto la recita di amichevolezza che avevano continuato per tutta la sera.

Non sapevo proprio come tornare a casa, e Jill si è offerta di accompagnarmi. Me lo ha detto in modo distratto, mentre finiva di compilare la scheda con gli incassi della serata. Era curva sul bancone, cercava di correggere un calcolo che non tornava, e mi ha detto «Ti posso portare io a Sherman Oaks». Per pura formalità le ho detto che avrebbe perso troppo tempo. Lei ha risposto che casa sua non era lontana dall'attacco della freeway. Ho detto «Be', grazie»; senza vederla negli occhi perché stava ancora scrivendo.

La sua macchina era in un parcheggio a due isolati dal ristorante. Abbiamo camminato svelti, con passo diverso. Lei leggermente davanti a me, faceva tintinnare un mazzo di chiavi. Non dicevamo niente. Eravamo ancora troppo impregnati dell'atmosfera del ristorante; accaldati e con la testa piena di rumori. Un cameriere è passato in una grande Buick nera mentre stavamo girando l'angolo. Ha rallentato, aperto il finestrino, gridato in spagnolo qualcosa come «Complimenti!».

Ero impacciato per i miei vestiti e per il sacchetto di plastica, che non riuscivo a tenere in modo distaccato. Me lo trascinavo dietro come una specie di cadavere di cameriere; lo lasciavo pendere più in basso che potevo. Per bilanciare queste sensazioni ho detto un paio di battute a proposito dell'imbecillità dei clienti di *Alfredo's*. Jill ha sorriso abbastanza distratta, mentre salivamo la scala verso il piano alto del parcheggio.

Aveva una Volkswagen gialla decapottabile. Abbiamo tirato su la capote, al piano alto del parcheggio vuoto. Ci siamo seduti, Jill ha infilato una cassetta nello stereo. Ha regolato il volume prima di mettere in moto.

Siamo scesi per una rampa elicoidale. Jill era stretta al volante: con gli avambracci rigidi, lo sguardo dritto verso la strada. Abbiamo attraversato Westwood alla svelta, senza dire niente. Ho pensato a qualche osservazione spiritosa, ma non avevo molte idee. Cercavo di immaginare prima il suono delle parole; le riarrangiavo in due o tre modi diversi.

Ogni tanto la guardavo, con la testa inclinata di tre quarti. Tornavo subito a fissare la strada, come faccio quando non conosco bene chi guida. In questo modo il suo profilo mi rimaneva impresso nella retina per una frazione di secondo dopo che avevo smesso di guardarla. Se mi giravo ancora verso di lei senza aspettare, l'immagine registrata e quella diretta si sovrapponevano come due diapositive leggermente diverse; non combaciavano del tutto.

Quando Jill inclinava la testa per controllare i movimenti del traffico, i capelli tendevano a ricaderle in ciocche sulla fronte. Lei aveva allora un gesto repentino della mano per ricacciarli. Ogni volta che lo faceva sembrava perdere leggermente il controllo della macchina. Raddrizzava il volante subito dopo, con un guizzo nervoso. Alla luce dei fari vedevo ogni tanto lampi dei suoi occhi, scuri e non grandissimi, che si muovevano a scrutare segnali nella distanza.

Continuavo a giocare con il volume dello stereo, per mantenere la musica in equilibrio. Ma in qualche modo finivamo per essere soffocati di suoni, pressati ai sedili; o ritrovarci di colpo nudi di musica, esposti all'imbarazzo e alla mancanza di argomenti.

A un certo punto le ho detto «Detesto queste scarpe nere». Ho alzato il piede sinistro per mostrargliele. La vernice della suola era già in parte venuta via; aveva scoperto la gomma bianca zigrinata. Jill ha guardato la scarpa, ha detto che ne aveva viste di più belle; che avevano troppo un aspetto di scarpe da tennis. Mi ha detto «Le ho notate subito, la prima volta che sei venuto al ristorante». Sorrideva.

Le ho raccontato di aver scoperto che due camerieri, uno grasso e di mezz'età e l'altro più giovane e magro, erano fratelli. Le ho detto che l'idea mi era sembrata grottesca: i due fratelli erano goffi e sgradevoli in modo diverso. Lei ha riso: su una frequenza acuta, con gli zigomi tesi e gli occhi brillanti. Abbiamo riso tutti e due, più a lungo di quanto giustificavano i fratelli camerieri.

Un minuto dopo mi ha chiesto «Come mai sei venuto a Los Angeles?». Non sapevo cosa rispondere; ero imbarazzato e stanco. Ho detto «Per il successo». Lei mi guardava di lato, con aria perplessa. Mi ha chiesto «Ma successo in cosa?». Sembrava in qualche modo ansiosa. Ho detto «Non lo so». Lei mi ha guardato con labbra socchiuse; pensando a cosa dire. Guidava e mi osservava di lato, sospesa. Ho detto «Non so bene».

Le ho chiesto «E tu come mai sei a Los Angeles?». Lei ha detto «Ci sono nata».

Si è messa a parlare dei suoi programmi a Los Angeles. Ha detto che voleva guadagnare molti soldi il più presto possibile. Era piena di entusiasmo per la città; diceva che era l'unico posto al mondo dove voleva vivere. Ha detto «È il posto al mondo che ti dà più opportunità». Si è animata a parlare di questo; faceva cenni con la mano destra per arricchire le sue espressioni. Mi ha parlato di molti suoi amici e amiche che stavano cercando di sfondare nello spettacolo.

Mi dispiaceva leggermente vederla parlare in questo modo, perché lo faceva con una strana visceralità. Parlava con la stessa energia persistente di quando era in piedi alla cassa nelle ore di punta e doveva fronteggiare decine di camerieri e clienti. Parlava senza guardare un punto preciso nello spazio, con voce più profonda di quella che usava nelle conversazioni normali. Si passava una mano a pettine tra i capelli, li riportava dietro l'orecchio destro; poi inclinava la testa per farli ricadere in avanti.

Mi ha detto che aveva lavorato per un'agenzia di collocamento attori, e in uno studio discografico. Aveva studiato danza per due anni e recitazione per tre. Lo diceva in tono di chi presenta un curriculum; non a me in particolare. Lavorava al ristorante in attesa di trovare qualcosa di meglio. Mi ha detto che chiedeva in giro e si informava tutto il tempo; che cercava sempre contatti e occasioni diverse.

Quando abbiamo cominciato a scendere lungo l'inclinazione che porta nella valle, la sua voce ha acquistato altri riflessi. Mi guardava e rideva; mi punzecchiava con domande marginali. Ha avuto un paio di osservazioni più dirette, guardandomi abbastanza fisso negli occhi per una frazione di secondo. Teneva la mano destra sul pomello del cambio non lontano dal mio ginocchio sinistro. Ho notato che un paio di volte mi guardava il ginocchio, come per calcolare la distanza dalla sua mano. Teneva i piedi discosti sui pedali, così che il vestito le formava una piega di stoffa leggera tra le cosce. Le ho guardato il polpaccio destro, rivestito dal bianco sfumato delle calze di nylon. Ci eravamo portati in macchina almeno parte dell'atmosfera del ristorante, dove le impressioni filtravano mescolate a dati di fatto.

Siamo usciti dalla freeway. Jill ha percorso lenta un isolato, finché le ho indicato la casetta. Ha fermato la macchina raso al marciapiede, senza spegnere il motore. Eravamo giusto dietro la Mustang di Tracy. Ho pensato a Tracy e Ron affogati nel loro letto, pieni di ansia anche a quest'ora; in cerca di prospettive.

Abbiamo parlato qualche minuto con il motore acceso, poi Jill l'ha spento. Prima ha spento i fari, poi il motore. Guardavamo tutti e due in avanti, come se stessimo ancora guidando. Jill ha sporto la testa verso il mio finestrino, per guardare la casetta. Ha detto «Oh no! Non ci posso credere!». Si è messa a ridere. Rideva curva in avanti: con il braccio sinistro ripiegato in grembo e la mano destra sulla fronte. Le ho chiesto «Perché ridi?», anche se era chiaro perché. Lei ha cercato di dirmelo ma rideva troppo: le parole non arrivavano in fondo, rotolavano a finire in nulla. Le ho chiesto ancora «Ma cosa c'è?». Avevo un tono di stupore finto; decifrabile.

Ho allungato una mano e le ho pizzicato il braccio destro, quasi all'altezza della spalla. Sulla punta delle dita mi si sono mescolate le sensazioni diverse del vestito e del braccio. I polpastrelli sono slittati per due o tre millimetri sul tessuto liscio, prima di far presa; hanno percorso ancora un centimetro quando ho stretto e ravvicinato pollice e indice. Il braccio era sodo, ancora più di come mi ero aspettato. La stoffa della manica è scivolata sulla superficie della pelle; ha formato una minuscola piega tra le mie dita. Questo contatto è stato così rapido da avere la consistenza di un gesto immaginario.

Jill ha riso ancora, secondo una leggera ondulazione, con gli occhi nascosti dalla mano. Mi sono messo a ridere anch'io, più o meno nello stesso atteggiamento. Jill ha preso fiato, ha detto «Ma è sotto la freeway!». Ha indicato la casetta, senza riuscire a tener dritto il braccio. Ha detto «È vero allora che vivi sotto la freeway!». Pronunciava queste parole a strappi, più lunghe o corte del giusto a seconda delle prese di respiro. Diceva «so-t-tto la freeeeeway». Siamo andati avanti così per dieci minuti, senza dire nulla di particolare. In un paio di momenti il riso è stato sul punto di esaurirsi, ma poco alla volta ha ripreso intensità. Pensavo a cosa fare quando avremmo smesso, ma non riuscivo a decidere. Continuavamo a ridere, perché sembrava la soluzione più facile.

Alla fine abbiamo smesso, e non sapevamo bene cosa fare. Jill ha detto «Non è una coincidenza che noi due lavoriamo nello stesso posto?». Le ho detto di sì; anche se pensavo a che genere di coincidenza, e a quanto si sarebbe potuta estendere, a creare catene di altre coincidenze. Ci siamo guardati di tre quarti, sorridendo o ridacchiando ancora. Ma avevamo perso il momento facile; eravamo di nuovo legati.

Jill a un certo punto ha alzato il polso sinistro per guardare l'orologio alla luce della freeway. Ha detto «È l'una e mezza. Devo andare a dormire». Ha detto «Sono morta di sonno». Ha girato la chiave e messo in moto. Le ho detto «Grazie tante». Ho fatto un mezzo inchino formale, ancora senza smuovermi dal sedile. Sono stato incerto se dirle qualcos'altro, o invece slittare verso di lei e stringerle il braccio attorno alle spalle o darle un bacio sulla bocca. Ho dipinto la scena in una frazione di secondo, ma non mi convinceva. Sono sceso dalla macchina senza chiudere la portiera.

Jill mi ha fatto un cenno con la mano. Ha detto «Okay, vado». Poi si è sporta verso di me e mi ha chiesto se ero libero sabato. Le ho detto di sì. Lei ha detto «Magari facciamo qualcosa». Ho detto «Bene. Ciao». Ho chiuso la portiera. Lei è andata via veloce verso la freeway.

Sabato mattina sono uscito sull'erba rada del prato, e Jill era seduta al volante della sua Volkswagen aperta: con un fazzoletto in testa, un paio di occhiali da sole larghi e sfumati. La musica che usciva dallo stereo della macchina si diffondeva ai due lati della strada. Mi sono avvicinato a salutarla. Mi ha irritato leggermente il foulard che portava: color sabbia, con un disegno di coccinelle rosse disposte a file parallele.

Siamo andati controsole per tutta la lunghezza della strada; le immagini filtrate e deformate dal riflesso del parabrezza. Tutte le distanze erano ragionevoli, nessuna aspettativa aveva tempo di formularsi. I traguardi di quando percorrevo la strada a piedi perdevano significato man mano che li superavamo; si dissolvevano nel paesaggio. Jill girava la manopola dello stereo. La musica ristagnava attorno ai nostri sedili, fiottava fuori con le correnti d'aria, in diverse direzioni. La musica dava un'interpretazione del paesaggio, e al tempo stesso lo modificava. Oppure era il paesaggio a ricomporsi sulla traccia della musica: ne seguiva i cambi di tempo, le sortite meno prevedibili di acuti e bassi.

Guardavo Jill seguire con le labbra le parole di una canzone, e sono scivolato nello stato d'animo che la canzone e il paesaggio e la giornata e la macchina aperta prevedevano. Questo è durato almeno per la lunghezza della strada, mentre scorrevamo tra grandi macchine e camioncini dipinti a strisce, dietro i cui vetri occhieggiavano adolescenti dalle facce tonde che muovevano la testa a tempo di musica.

Poi siamo stati sulla freeway del sabato, e l'euforia è divenuta più sottile. La musica veniva strappata a brani da un'onda continua di vento, trascinata indietro tra le macchine che ci seguivano lungo le grandi curvature.

Alla fine siamo usciti di nuovo sulla strada. Il paesaggio sembrava ancora interpretabile in chiave ottimista; tranne che l'atmosfera era più densa e calda, e avevamo un velo di polvere sulla fronte. Ero vestito di bianco con una certa eleganza anche se nella fretta mi ero messo una camicia che non mi piaceva moltissimo. L'immagine di me e Jill riflessi nella vetrina di un concessionario di automobili appariva incoraggiante.

Abbiamo lasciato la macchina in una via secondaria, vicino ad uno slargo sterrato dove alcuni giovani con giacche

di pelle nera stavano lucidando le cromature di una motoci-
cletta. Jill mi ha guidato alla svelta attraverso tre strade e
due incroci. Al secondo si intravedeva una distesa di sabbia
biancastra e il mare lontano, come emergevano tra due file
di costruzioni.

Abbiamo camminato sotto un porticato dipinto di giallo
e rosso, costruito cinquant'anni prima con tutt'altre intenzioni. Sotto le arcate c'erano negozi di pattini a rotelle, indicati da grandi scritte a muro. La facciata dell'ultimo edificio
prima della spiaggia era dipinta in un gioco d'immagini: il
porticato si sdoppiava, metà vero e metà finto. La parte finta si affacciava su una riproduzione del paesaggio di case e
strade alle nostre spalle. Più andavamo verso la spiaggia e
più ce ne allontanavamo.

Molti personaggi attorno a noi procedevano su pattini a
rotelle. Alcuni venivano avanti con scorrimenti lunghi, distesi in una cadenza del tutto naturale. Altri avanzavano a
piccoli passi concitati e insicuri: zoppicavano sulle rotelle.

Jill camminava giusto un passo davanti a me, con lo sguardo fisso di chi cerca qualcuno tra la folla di una festa. Accen-
nava ogni tanto a particolari o persone, con puntatine di dita
e piccoli sorrisi. Aveva un passo elastico, facile, adeguato al
suo modo di essere e di essere vestita; ai suoi calzoni bianchi
corti e alla visierina di spugna che le riparava la vista. L'ho seguita lungo un percorso affollato parallelo alla spiaggia.

I pattinatori erano tutti vestiti e atteggiati in modo da attirare il massimo dell'attenzione. Erano pieni di compiacimento. La gente del sabato raggruppata a famiglie li osservava girando la testa; commentava ogni loro gesto minore.
Guardatori e pattinatori procedevano in senso opposto lungo percorsi paralleli. Si incrociavano da nord a sud. C'era
una corrente di produttori di immagini e una di raccoglito-
ri: ciascuna con il suo ritmo, la sua trama di movimenti interni. La quantità pura delle immagini prevaleva su ogni singolo atteggiamento; lo inglobava nel ritmo degli scorrimenti di gambe e rotazioni di busti.

Seguivo Jill, distratto dalla gente e dall'intera situazione;
poco concentrato su di lei. Lei mi guardava con impazienza

ogni volta che mi giravo a osservare un gruppo, o un singolo personaggio che cercava di distinguersi tra gli altri. Questo capitava ogni tanto: qualcuno si lanciava in una giravolta, ruotava velocissimo su un solo pattino, su due ruote soltanto, proiettando all'infuori le braccia per bilanciarsi. I guardatori si fermavano allora a gruppi; indicavano, facevano fotografie. La loro attenzione durava pochissimo, perché le due correnti riprendevano il loro corso e li sospingevano avanti. Per i pattinatori c'erano seconde e terze possibilità. La lunghezza del palcoscenico bilanciava la volubilità del pubblico.

Ho indicato a Jill un paio di personaggi, per ristabilire un contatto. Lei ha scosso la testa, con un mezzo sorriso. Ha detto «Sono pazzi». In effetti lo sembravano: mossi da pazzie secondarie e parallele, in gesti di esibizionismo quieto. Avevano lo sguardo autoriflesso di chi cerca di farsi osservare, e pensa di esserlo, e crede di sapere perché. Lo spettacolo dei pattinatori mi è sembrato di colpo poco allegro; sinistro in qualche modo.

Abbiamo mangiato un sandwich di formaggio e germogli di soia, seduti ai tavolini di un ristorante sulla passeggiata. C'era un pessimo pianista che suonava su una piattaforma, e beveva un boccale di birra dietro l'altro. Poi siamo andati attraverso la spiaggia per sederci vicino al mare.

Mentre la giornata andava avanti, il disagio dei nostri gesti aumentava. Mi sembrava che la situazione avesse un bisogno disperato di essere definita, indirizzata in qualche modo. Camminavamo sulla sabbia biancastra e polverosa senza saper bene come muovere le braccia, dove mettere le mani. Le nostre due persone avevano perso il loro equilibrio: erano sbilanciate come tavoli a due gambe, che possono stabilizzarsi solo se si appoggiano tra loro verso il centro. Non ero molto invogliato a questo appoggiamento; piuttosto spinto dalla forza di gravità.

Ci siamo sdraiati sulla spiaggia, puntellati sui gomiti per non riempirci la testa di sabbia. Jill si è tolta la visierina, in modo da prendere il sole in faccia. Era vestita più o meno come una tennista: con scarpette bianche da tennis, una Lacoste bianca, calzoncini bianchi, calze bianche.

Siamo stati così sulla spiaggia per un'ora. Guardavo gli aerei a sud, che si alzavano uno dietro l'altro a distanza di pochi secondi e puntavano in alto attraverso una fascia di cielo giallastro. Visto che non sapevamo cosa dire, non abbiamo detto nulla. Stavamo tutti e due bloccati nelle nostre posizioni, sulla sabbia non pulita né bella. Alla fine Jill mi ha chiesto se volevo andare a vedere casa sua.

Ci siamo scossi la sabbia dalle scarpe e siamo tornati alla macchina, questa volta lungo un percorso interrotto da canali dove nuotavano gruppi di anitre bianche.

Jill abitava in una casa per appartamenti a due piani vicino all'isola di negozi di Brentwood. Sulla facciata c'era un cartello che dice "No", sovrapposto alla scritta "Appartamenti in affitto". Abbiamo lasciato la macchina in un parcheggio sul retro. Siamo saliti per una scala esterna, Jill pareva occupata a scegliere la chiave giusta da un mazzo che teneva in mano. Salivo dietro di lei e le ho guardato il sedere, come emergeva attraverso la stoffa satinata dei calzoncini da pugile. Ci doveva essere qualcuno che suonava una chitarra elettrica poco lontano, perché i suoni arrivavano a folate, riflessi dal muro intonacato del parcheggio.

Al centro del salotto c'era un grande televisore dallo schermo opalino. Sembrava reggere in qualche modo l'equilibrio di tutto l'appartamento: disponeva attorno a sé gli altri oggetti in ordine dipendente. Ai margini di quest'ordine c'erano pigne di riviste, dischi dentro scatole di cartone, borse vuote e piene. Jill ha indicato la confusione per terra; ha detto «È tutta roba della mia compagna di casa che se ne va». Ha detto «Si sposa tra poco». Ha aperto una porta e mi ha indicato una stanza ingombra di valigie e oggetti accatastati.

Mi sono seduto sul divano di fronte alla televisione. Ho raccolto da terra un paio di dischi per vedere la copertina. Ho detto «È un televisore incredibile». Jill stava trafficando nella cucina aperta, che continuava a L il salotto. Mi ha gridato «Ti piace?», sopra il rumore del lavandino. La sentivo frugare nel frigorifero e tra le posate. Con voce acuta ha gridato «Me l'ha regalato mia madre». Mi sembrava molto più disinvolta di prima.

Quando è ricomparsa nel soggiorno portava su un piccolo vassoio un piatto colmo di fettine di würstel, e due bicchieri di cocktail. C'era anche una ciotola piena di salatini a forma di coniglio. Si è seduta, ha chiesto «Non sono carini?». Mi ha porto uno dei due bicchieri. Mi ha chiesto «Ti piace la televisione americana?». Ho detto «Eh». L'ha accesa e mi ha dato in mano la scatoletta del comando a distanza. Si è sistemata sul divano a gambe incrociate, rivolta più o meno verso la televisione. Teneva il bicchiere inclinato all'altezza della bocca e guardava oltre l'orlo.

Ho sintonizzato su un canale che trasmetteva un vecchio film epico. Si vedeva Yul Brinner guidare gruppi di cavalieri del deserto attraverso lo schermo, tra polvere e confusione. Ci siamo messi a mangiucchiare würstel e salatini. Fingevamo attenzione per il film; ironizzavamo sulle scene più grottesche. Jill ogni tanto indicava uno degli attori. Diceva «Non ci posso credere». Ma il film era troppo vecchio e poco interessante, ormai vicino alla fine. Ho schiacciato i tasti ancora finché è apparsa sullo schermo la faccia gonfia di un cantante di *country & western*. Ho chiesto a Jill «Va bene questo?». Lei ha fatto cenno di sì con la testa, guardandomi fisso. Ho finto di essere divertito dal cantante. Jill ha detto «Aspetta un attimo». Si è alzata di nuovo. È corsa in cucina, con i piedi nudi sulla moquette marrone. Mi sudavano leggermente le palme delle mani.

Jill è tornata con altri due bicchieri colmi e uno spinello non ancora acceso in bocca. Mi ha porto un bicchiere e si è seduta sul divano nella stessa posizione di prima. Ha raccolto dal pavimento un accendino da tavolo dorato: allungandosi in avanti fino quasi a perdere l'equilibrio. Ha acceso lo spinello, soffiato fuori il fumo dal naso. Aveva un'espressione compiaciuta, di malizia infantile. Ho bevuto un paio di sorsi di gin & tonic, senza quasi sentirne il sapore o la consistenza. Quando lei mi ha passato lo spinello ho inspirato a fondo due o tre volte: socchiudendo gli occhi. Ho tenuto il fumo nei polmoni finché mi ha fatto male.

Non riuscivo a capire se eravamo seduti uno di fronte all'altra, o tutti e due rivolti alla televisione. In certi momenti ci scambiavamo gesti perfettamente orizzontali con gli occhi fissi sullo schermo; ci passavamo la ciotola dei salatini senza osservare come veniva raccolta. Subito dopo eravamo invece rovesciati all'interno del divano, con i profili paralleli allo schienale, e le immagini della televisione che ci arrivavano di lato.

Guardavo Jill seduta: con la gamba sinistra raccolta sul divano e la destra slanciata in fuori, a toccare il pavimento in punta di piede. Estendeva la gamba deliberatamente, per creare un effetto; la ruotava un poco all'indietro, così da allungarla il più possibile. La stoffa dei calzoncini da pugile era leggera, larga: con ogni movimento risaliva per la coscia abbronzata, a mostrare porzioni di pelle meno esposta.

Alla televisione un attore di secondo piano raccontava barzellette. La sua faccia rosa dietro il vetro mi disturbava, ma non riuscivo a concentrarmi abbastanza da premere i tasti per cambiare programma. Mi giravo di lato; in qualche modo la faccia rosa continuava a rientrare nel mio campo visivo.

Guardavo Jill mentre si portava un salatino alla bocca. Seguivo le sue dita mentre affondavano nella ciotola di vetro, si stringevano attorno a uno dei coniglietti, lo sollevavano, e secondo un percorso semicircolare e fluttuante lo trasportavano verso le labbra. Osservavo le labbra di Jill dischiudersi, il coniglietto sospinto oltre, accompagnato per meno di un centimetro da indice e pollice uniti. Mi immaginavo la consistenza delle labbra: la leggera viscosità della loro superficie interna.

Ogni cinque minuti gli stacchi della pubblicità rompevano la continuità di suoni nella stanza; la mia attenzione slittava di piano. Mi giravo verso lo schermo e guardavo una signora sorridente che indicava un frigorifero. Mi sembrava che dicesse «Ecco». Mi sembrava che dicesse «È un frigorifero. Non c'è niente da fare, non si può farlo diventare un'altra cosa». Non aveva un'espressione triste né molto allegra; sorrideva, ma solo perché era alla televisione.

Le immagini e i suoni della televisione erano del tutto indipendenti, senza alcuna relazione tra loro. I suoni della televisione riempivano la stanza, lo spazio tra me e Jill; si riflettevano su ogni singolo oggetto disposto in giro.

A un certo punto io e Jill ci guardavamo fisso. Le nostre ginocchia erano quasi a contatto. Lei mi ha detto «Sei la persona più fantastica che ho incontrato di recente». Ho detto «Non è vero»: ridacchiando in modo stolido. Lei ha detto «È vero». Aveva uno strano tono, che mi passava sensazioni lungo la spina dorsale, su fino alla base del collo. Ha ripetuto «È vero» due o tre volte, come in una specie di cantilena. Oscillava la testa leggermente; i capelli le ricadevano sulla fronte in ciocche biondo scuro.

Ho allungato la mano destra fino a toccarle la spalla. Ho esteso il contatto dai polpastrelli alle dita intere; ho scorso la mano verso l'alto lungo la curva del collo. Le dita raccoglievano le sensazioni lisce e tiepide della pelle, la tensione dei muscoli. I capelli che le scendevano sul collo si scostavano e mi ricadevano leggeri sul dorso della mano: così da chiuderla in un sandwich di sensazioni sottili, bilanciate tra loro.

Ero reclinato in avanti, con le gambe incrociate. Jill ha disteso il braccio sinistro e me lo ha stretto attorno alle spalle; ha appoggiato la fronte alla mano che concludeva la stretta. Percorrevo il dorso del suo collo con la mano aperta: il pollice esteso sul davanti a carezzarle la gola su e giù. Lei mi ha sbottonato il colletto della camicia, lo ha aperto in modo da scoprire la spalla; ha strusciato le labbra sulla pelle. Mi vedevo dal di fuori: inclinato contro Jill sul divano.

Le ho accarezzato il ginocchio sinistro leggermente, con la mano raccolta a coppa. Ho scorso le dita in alto lungo la coscia. Seguivo un ritmo in questo: una cadenza lenta e ripetitiva. Allo scorrimento in lungo ne mescolavo uno semicircolare, che portava la mano dall'esterno all'interno della coscia. L'esterno era sodo e teso, dorato; l'interno più tenero e soffice, più chiaro. Così com'ero seduto l'estensione massima del mio braccio fermava la punta delle dita a due o tre centimetri dall'orlo dei calzoncini. Percorrevo la stessa distanza avanti e indietro, senza arrivare oltre. Guardavo l'orlo, lo scostamento di tessuto leggero che lasciava intravedere in ombra la congiunzione delle cosce.

Mi sono spostato avanti, fino a che i nostri polpacci erano a contatto. Non ci guardavamo in faccia; persi tutti e due nella contemplazione di dettagli. Seduto così avevo un'estensione illimitata: le mani potevano arrivare dove volevano. Lo stesso non procedevo di molto sotto i calzoncini. Cercavo di distinguere le sensazioni dei polpastrelli sulla coscia appena prima e appena oltre l'orlo; cercavo di cogliere il momento di passaggio tra una sensazione e l'altra.

Jill a un certo punto ha sollevato la testa. Ha detto «Andiamo di là». Ho pensato subito alla camera ingombra di scatole di cartone e valigie da riempire. Le ho detto «C'è troppa confusione». Questo era ridicolo, perché i suoni della televisione erano dappertutto, travolgevano un'idea prima che si potesse sedimentare. Jill ha detto «Intendevo la *mia* camera». Mi sono venute in mente due o tre immagini della sua camera. Le immagini si staccavano una dall'altra secondo il ritmo di una musica pubblicitaria.

Jill si è alzata in piedi; ha insistito a tirarmi per un braccio finché non mi sono alzato anch'io. In piedi mi sentivo infragilito, senza equilibrio. Ho guardato l'arredamento del salotto e mi è passato attraverso la testa un lampo di panico per com'era ordinario e sbiadito. Avevo sapori di salatini e gin e marijuana in gola, sovrapposti; distinti uno dall'altro. Jill mi ha guidato in camera sua. Sulla porta mi ha toccato un braccio con due dita; ha detto «Arrivo subito». È uscita nel corridoio e si è chiusa in bagno.

C'era un letto a due piazze e mezzo, coperto da una trapunta a rombi azzurri che arrivava fino a terra. C'era un manifesto dei Bee Gees di fianco alla finestra; uno di Barry Manilow sulla parete opposta. Ho fatto due giri della stanza: raso ai muri, a passi corti.

Mi sono seduto sul letto. Era molto più cedevole di come mi ero immaginato. Era una palude di letto: studiato per assorbire persone.

Mi sono sdraiato di schiena, più piatto che potevo; con le braccia distese per il largo. Avevo paura che a sdraiarmi di fianco sarei sprofondato del tutto.

Sette

Dopo due notti che dormivo con lei, Jill mi ha chiesto se volevo condividere la sua casa. Eravamo a letto, alle dieci di mattina: tutti e due con un bicchiere di spremuta di arance in mano. Lei non mi guardava in faccia; guardava il manifesto di Barry Manilow. Mi ha detto «Visto che la mia compagna di casa si sposa e se ne va proprio adesso. Dovrei cercare qualcuno in ogni caso». Le guardavo gli zigomi; il suo modo di metterli in gioco quando parlava. Ho pensato a come sarebbe diventata dopo un mese che vivevamo insieme; non ci ho pensato molto.

Le ho detto va bene. Mi è sembrata più distesa; ha bevuto la sua spremuta di arance, vuotato il bicchiere. Si è girata verso di me, sdraiata su un fianco. Ha detto «Ho vissuto con un mio ragazzo solo una volta. Per il resto ho sempre cercato di evitarlo. Ho sempre cercato di vivere in case separate. Finisce che si creano complicazioni a stare nella stessa casa». Le ho detto «È vero». Lei mi ha guardato con un'occhiata obliqua. Ha detto «Con te non c'è problema. Va benissimo. Davvero». Mi chiedevo come lo sapeva. Ho finito l'aranciata: seduto sul bordo del letto.

Mercoledì mattina Jill mi ha accompagnato a Sherman Oaks a ritirare le mie cose. Ron e Tracy non c'erano, ma la casa era piena di loro tracce e segnali; densa della loro presenza.

C'erano biglietti di Tracy vicino al telefono, con numeri e nomi e note raccolte nel corso di qualche conversazione concitata. C'era l'ibm di Ron sul tavolo davanti alla finestra, coperta da una foderina di plastica trasparente. Li detestavo talmente tutti e due, che quasi mi dispiaceva non vederli adesso. Di colpo mi sono sembrati patetici; mi è sembrato triste pensarne male. Ho cercato in giro le lettere che gli avevo mandato, con l'idea di portarmele via senza trovarle.

Jill era appoggiata di sedere al bracciale del divano dove avevo dormito: bilanciata sui piedi per non farlo rovesciare. Mi guardava mentre frugavo attorno, ma senza farsi coinvolgere. Cercava di tenersi più in margine possibile alla casetta. Ho cominciato a tirare fuori vestiti dall'armadio e buttarli nelle mie due valigie; senza stare a piegarli o disporli in qualche modo. Jill non mi aiutava né diceva nulla. Solo a un certo punto mi ha chiesto «Ma come facevi a resistere con tutto questo rumore?». Le ho detto «Non lo so».

Ho recuperato il mio rasoio nel bagno, e lo spazzolino da denti. Ho tirato fuori lo shampoo di Tracy dal cassetto dove lo teneva nascosto. L'ho appoggiato sullo scaffale di fianco al lavandino. Su un foglietto ho scritto a pennarello *Finalmente!* Ho attaccato il biglietto allo scaffale, con una puntina tolta nel salotto al manifesto di James Dean. Poi ho raccolto le valigie, e di colpo tutta la storia dello shampoo mi è sembrata così meschina che sono tornato indietro a strappare il messaggio e buttarlo nel gabinetto.

Ho lasciato la mia copia di chiavi sul divano; dieci dollari per il conto della luce e una nota per spiegare che me ne andavo. Jill era ansiosa di tornarsene a casa. In macchina mi ha detto «Non riesco a credere che hai dormito su quel divano tutto questo tempo». Anche a me sembrava strano.

La compagna di casa di Jill è venuta dopo un paio di giorni a ritirare le sue valigie e le scatole di cartone piene di dischi. Lei e il suo fidanzato grosso e biondo si sono soffermati dieci minuti in cucina a parlottare e ridere con Jill. Quando se ne sono andati ci hanno stretto la mano e salutato come se fossimo noi due che dovevamo sposarci.

Di mattina mi alzavo e trovavo Jill in cucina che preparava due ciotole di fiocchi d'avena e miele. Preparava anche una o due arance sbucciate; separava spicchio a spicchio e li distribuiva in circolo su un piatto. Aveva una vestaglietta giapponese di seta blu e un paio di pantofole di pelle di daino, che tendeva a non calzare al tallone.

Stavamo in casa fino alle undici: sdraiati mezzo vestiti sul grande letto paludoso. Verso le undici Jill cominciava a insistere che la giornata era troppo bella per non andare alla spiaggia. Scostava la tenda alla finestra che dava sul parcheggio, per farmi vedere quanto sole c'era. Mi diceva «Daa-i Giovanni. Guarda che sole». Spesso usava un tono lamentoso e infantile, che doveva considerare seducente. Io guardavo dalla finestra, nel parcheggio bianco pieno di automobili. Finivamo sempre per caricarci in macchina, accendere lo stereo e correre fino a Malibu.

In spiaggia non facevamo molto: Jill stava piatta sulla sabbia, ad assorbire più sole che poteva. Si girava di schiena o di pancia ogni cinque minuti, per abbronzarsi in modo uniforme. Io la guardavo e stavo seduto, senza neanche togliermi i calzoni. A volte osservavo due giovani giapponesi che ogni mattina facevano esperimenti con un aquilone a tre piani. Ogni mattina modificavano leggermente l'inclinazione degli alettoni di carta tesa.

Quando Jill era stanca di prendere il sole facevamo una corsa sulla linea del mare, dove la sabbia è bagnata e più soda. Correvamo paralleli per cinque o sei minuti, senza dire niente; cercavamo di salvare il fiato. Non avevamo molto da dirci in ogni caso.

Tornavamo a casa nel primo pomeriggio, con le scarpe da tennis piene di sabbia e la fronte appiccicaticcia per tutto il girare con la capote abbassata. Ci fermavamo per strada in un negozio di cibi naturali, a comprare un paio di sandwich di avocado e una bottiglia di succo di mela organica. Mangiavamo sul ripiano della cucina, lontani dalla televisione che trasmetteva qualche vecchio film.

Verso le quattro e mezza ci mettevamo in moto per il ristorante. Mi facevo trascinare in macchina da Jill, come un

91

bambino svogliato sulla strada di scuola. A volte mi dimenticavo le scarpe o il <u>farfallino,</u> e dovevamo tornare indietro a perdere altro tempo.

bowtie

Il percorso da casa a Westwood era ben diverso da quello che dovevo fare quando vivevo a Sherman Oaks. Prendevamo il Sunset, ci lasciavamo scivolare lungo le inclinazioni. Ogni volta mi sembrava di passare oltre troppo alla svelta. Cercavo di assorbire più che potevo l'aspetto delle grandi case e i giardini, le automobili davanti ai garages. Mi affascinava come il tono e la dimensione si accresceva con la vicinanza a un punto particolare, secondo un andamento quasi musicale, che si poteva prevedere e anticipare, accompagnare con lo sguardo. Cercavo di raccogliere le diverse sfumature di ricchezza; i passaggi verso l'alto che mettevano in ombra o in ridicolo particolari che poco prima mi erano sembrati importanti.

Il lavoro al ristorante accentrava le mie giornate più o meno come la televisione di Jill accentrava attorno a sé gli altri oggetti di arredamento. Quello che succedeva durante la mattina e il primo pomeriggio era sempre marginale; me ne dimenticavo subito. Invece a volte il singolo gesto di un singolo cliente mi restava impresso come un episodio significativo per tutto il giorno dopo. Di mattina mi svegliavo con in testa dettagli della sera precedente: espressioni e modi di fare che avevo notato e registrato senza accorgermene. Questi dettagli perdevano proporzione durante la notte, si ingrandivano come fotografie; si sgranavano fino a che era impossibile averne un'immagine d'insieme, o capirne l'origine. Mi restava in mente la porzione di un gesto; un'espressione isolata dal contesto di mille espressioni che avevano costituito l'intera recitazione facciale di una giovane donna a cena con un pretendente.

Ho cominciato a perdere il passo sul ritmo delle ore di punta. Un sorriso volgare di cameriere, un suo cenno di mano al cuoco, o la postura di una coppia di clienti nella penombra assorbivano la mia attenzione nelle fasi più cruciali. L'automatismo che avevo sviluppato si inceppava contatto per contatto:

dovevo considerare e riflettere su ogni gesto. Scambiavo un'ordinazione con un'altra, mi scottavo le mani con il pane. Correvo attraverso la sala in preda al panico: accaldato e confuso, con la divisa impregnata di odore di ristorante.

Le mie due sere libere alla settimana non erano sempre le stesse di Jill; ma anche quando coincidevano non è che facessimo molto. Per lo più stavamo a casa a guardare la televisione finché ci facevano male gli occhi.

Una volta siamo usciti a cena. Siamo andati a Westwood, in un ristorante macrobiotico dove Jill era già stata.

È venuta al tavolo una cameriera vestita in stile Vecchia Frontiera: con un abito lungo a fiori azzurri, zoccoli ai piedi e nastri nei capelli. Ha detto «Ciao, come va?». Cercava di classificarci. Sorrideva falsa: con la testa inclinata. Ci odiava perché aveva capito che eravamo gente da pizza. L'ho guardata in modo da farle capire che anch'io la detestavo; che sapevo cosa le passava per la testa.

Jill mi ha consigliato di ordinare un piatto chiamato La Delizia di Madame Sirkoff. L'ho ordinato, ed era in realtà una ciotola di orzo bollito senza sale, con un pizzico di germe di grano e due o tre uvette per guarnizione. La cameriera ha deposto la ciotola sul tavolo con grande cura, come uno può deporre un'aragosta ben preparata. Mi ha guardato per scoprire se ero contento: con un sorrisetto esile sulle labbra. Certo si era pregustata la mia delusione; l'aveva anticipata fin dal retrocucina, mentre il cuoco scodellava la zuppa.

Jill si è fatta portare una terrina di lattuga al forno. Era pronta davanti al piatto come una grossa bambina, con la forchetta già in mano e il tovagliolo sulle ginocchia. Prima di mettersi a mangiare mi ha chiesto se il mio orzo mi piaceva. Ho detto di no; ho sospinto il piatto in margine al tavolo. Mi inveleniva l'idea di utilizzare così male l'unico venerdì sera che avevamo deciso di uscire; mi riempiva di rabbia liquida e inamarita. Il ristorante era triste, occupato da coppie anziane e giovani fragili che parlavano piano.

Jill si è mangiata tutta la sua insalata al forno; ha passato un pezzo di pane integrale sul fondo della terrina a scopo dimostrativo. Aveva una frenesia animalesca nel mangiare, che anche a casa mi infastidiva: si cacciava in bocca grossi pezzi di pane, li trangugiava senza quasi masticarli. Non depositava i bocconi appena oltre le labbra, ma li spingeva più a fondo, con un gesto quasi violento della mano.

La cameriera con gli zoccoli è tornata dopo cinque minuti, ha visto il mio piatto pieno e mi ha chiesto se qualcosa non andava. Le ho detto che la zuppa era buona, ma io ero molto malato. Jill guardava il muro. La cameriera ha detto che le dispiaceva; ha simulato un'espressione dispiaciuta. Ha raccolto la mia ciotola a gesti lenti e curati, per sottolineare che avremmo dovuto pagarla in ogni caso.

Siamo usciti, e la notte del venerdì ci ha presi in contropiede: piena di suoni e luci e spostamenti. Eravamo sulla porta del ristorante, sbilanciati e sorpresi come appena fuori da un letargo.

Siamo andati a comprarci un gelato e l'abbiamo mangiato a piccole cucchiaiate, camminando piano lungo il marciapiede. C'erano branchi di adolescenti vestite allo stesso modo, che si tenevano per mano e ridevano ai semafori. C'erano gruppi di diciottenni pieni di energia indiscriminata che passavano vicino alle adolescenti con i loro camioncini. Giravano attorno all'isolato per riincontrarle a distanza di pochi minuti. Gridavano dai finestrini aperti, ammiccavano, picchiavano il palmo della mano sulla fiancata al ritmo della musica che usciva dalla radio.

Io e Jill camminavamo con piccole coppe di gelato in mano; giravamo in circoli lungo lo stesso percorso. C'erano quartetti e sestetti e ottetti di ragazze e ragazzi biondi che passavano alla svelta da un lato all'altro della strada, tagliavano gli angoli per arrivare ai cinema in tempo. In costa ai marciapiedi scorrevano automobili lunghe e brillanti guidate da coppie trentenni vestite con cura, alla ricerca di un parcheggio da qualche parte. C'era gente che usciva dai ristoranti, e sembrava ben più soddisfatta di me e Jill usciti dal ristorante.

Non capivo bene perché, ma mi sembrava di vedere tutta la scena attraverso un vetro; non riuscivo a toccare da nessuna parte. Potevo solo guardare attorno: la gente in coda davanti ai cinema, i mimi e i giocolieri che la intrattenevano.

L'ultimo uomo con cui Jill era stata aveva dieci anni più di lei; avrebbe voluto fare il cantante melodico. Jill conservava alcune sue fotografie e lettere in una scatola di cartone che teneva in fondo all'armadio dei vestiti, sotto una coperta scozzese.

Ho visto alcune di queste fotografie la prima volta per caso, mentre Jill si faceva una doccia e io nell'attesa frugavo tra i suoi vestiti. Ho aperto alla svelta la scatola, teso con un orecchio a sentire lo scrosciare dell'acqua. Ho passato la mano tra le fotografie e le buste; ne ho fatte emergere tre o quattro in successione, prima che Jill uscisse dal bagno.

Quella che mi ricordo meglio era una stampa a colori 30 x 40, dove si vedevano Jill e questo suo amante, di nome Ray, sdraiati su un'amaca in un giardino. Lui era biondo e muscoloso, con lineamenti da modello per una pubblicità di sigarette. Teneva il braccio destro piegato all'indietro, a stringere Jill attorno alle spalle; credo per mettere in risalto la flessione del bicipite. Jill aveva un'espressione felice, che si irradiava dalla curvatura delle labbra ai contorni delle guance.

In seguito lei stessa mi ha mostrato le fotografie un paio di volte. Aveva un atteggiamento esitante nel tirarle fuori dalla scatola di cartone: tra pudore e compiacimento leggero. Mi porgeva una foto, e poi mi veniva addosso a strapparmela di mano. La copriva con le mani pienotte; allargava le dita a ventaglio, così da mostrarmi spicchi di immagini.

Quando Jill parlava di Ray aveva un tono risentito e aspro, che cercava di mascherare sotto strati esili di ironia. A volte guardavamo la televisione, e un attore apparentemente le ricordava Ray. Lei diceva «Conosco il tipo di uomo». Gli uomini che le ricordavano Ray erano di solito più belli di come lui mi era sembrato dalle fotografie. Credo che continuasse a idealizzarlo senza rendersene conto. Ogni tanto accostava al suo nome definizioni del tutto improbabili. Diceva «Ray è un uomo incredibilmente sensibile». Se le chiedevo come mai non era riuscito a combinare nulla di creativo, lei diventava confusa; si innervosiva. Usciva in frasi prive di senso, del genere «Non sapeva essere umile», o «Voleva troppo subito». Alcune di queste espressioni doveva averle sentite da sua madre, o suo padre; altre le aveva lette su qualche rivista, o ascoltate alla televisione.

Dopo che si erano lasciati, Ray aveva rinunciato a cantare; era entrato nella ditta di trasporti del padre. Adesso probabilmente la dirigeva. Jill diceva «Adesso farà un sacco di soldi», in tono di rivalutazione postuma.

La storia con Ray l'aveva lasciata come una specie di piccolo risparmiatore rovinato dall'inflazione: indispettita più che addolorata. Non sopportava l'idea di aver investito a vuoto una così grande quantità di tempo e di energie. Era chiaro che continuava a pensarci.

La prima sera libera che ho avuto non in coincidenza con Jill ho tirato fuori la scatola di cartone dall'armadio e mi sono riguardato tutte le fotografie. Erano meno di quante mi erano sembrate tra le mani di Jill, che me le passava razionate, una alla volta a intervalli di cinque minuti. Per lo più erano foto di lei bambina o adolescente: la si vedeva paffuta e contenta, senza molte preoccupazioni in testa. In una doveva avere sedici anni: con i capelli più lunghi di come li portava adesso, la faccia più tonda. C'erano due brutte foto a colori dei suoi genitori insieme; una del padre solo, con canna da pesca in mano e stivali di gomma al ginocchio. C'erano le foto di Ray che avevo già visto, più una grande in bianco e nero dove lui era vestito da spettacolo, con microfono in mano. C'era il nome Ray Brookshire a caratteri dorati nell'angolo in basso a destra. Jill mi aveva detto che il vero cognome di Ray era Brooks. Avevano deciso insieme di cambiarlo, perché Brookshire sembrava molto meglio.

Ho tirato fuori le lettere dalle buste, una a una, dopo aver controllato la data del timbro postale. Un paio erano solo biglietti che Jill e Ray si erano scambiati per il giorno di San Valentino. Ho guardato la foto di loro due sull'amaca, e li ho immaginati a scriversi biglietti.

Una lettera la riporto:

Honolulu, 12 maggio 1977

Jill tesoro,
indovina! È valsa davvero la pena di spendere i duecento-

cinquanta dollari del biglietto e aspettare che Powell si facesse vivo, anche se stavo già chiedendomi se per caso avevi ragione tu! Ho parlato ieri con Powell e scusa se ti scrivo solo stamattina ma ero troppo su di giri e anche devo dire ho bevuto un paio di bicchieri per festeggiare con Dick e Sharon ieri sera. Allora: Dick mi ha combinato l'incontro con Powell e appena Powell è tornato mi ha ricevuto, nel suo ufficio qui all'Hilton che è tutto su un piano intero e dovresti vedere che roba. Lui mi dice siediti pure e parla con calma perché è importante parlare sempre con calma di queste cose. Ti puoi immaginare com'ero calmo in quel momento, Jill tesoro! Tiro fuori il nastro e si scopre che non c'è il registratore adatto, a questo punto sono praticamente flippato ed ero sul punto di buttarmi giù dalla finestra ma Powell chiama un tipo e gli dice di correre subito a procurare il registratore giusto. Allora sono rimasto lì seduto davanti a Powell e intanto Powell continuava a ricevere telefonate da praticamente tutti gli Stati Uniti e forse un paio dall'Europa, ma anche se teneva due cornette in mano continuava a parlare calmo e disteso come se niente fosse, riusciva a regolare tutte le questioni in pochi minuti. Intanto poi prima che il tipo torna con il registratore Powell mi comincia a fare delle domande vuole sapere che tipo di musica faccio esattamente e perché ho pensato di rivolgermi a lui, gli ho detto che Dick mi aveva suggerito di incontrarlo visto che lo conosceva bene, Powell ha detto che era stata una buonissima idea e questo già mi ha confortato un sacco per il modo che lui ha avuto di dirlo. Però mi ha detto che l'idea di fare uno studio CBS qui alle Hawaii l'aveva avuta soprattutto per aver l'occasione di produrre musica diversa da quella di Los Angeles e New York e quindi era importante trovare del materiale diverso che si distingua dall'altro, dunque si tratta di stabilire a che punto vengo io e se c'entro o meno con questo discorso.

Insomma immaginati Jill tesoro, il cuore mi batteva e quasi non capivo più quello che dicevo è una vita che aspettavo un'occasione del genere e avevo paura di non riuscire a dire tutto quello che volevo abbastanza alla svelta. Comunque gli ho detto che la mia idea era proprio di presentarmi come un nuovo tipo di cantante melodico perché ormai Frank Sinatra è anziano e dopo di lui non c'è stato davvero nessuno così importante, e penso che c'è un sacco di spazio per un cantante melodico giovane del tipo giusto e io credo che il mio potenziale è grosso se solo c'è qualcuno che sa utilizzarmi nel modo giusto e se trovo il produttore ideale che fino adesso non sono riuscito a trovare. Insomma lui alla fine dice bravo, sono d'accordo al cento per cento con quello che dici ma naturalmente dipende molto da come canti e anche come ti muovi sul palco perché prima di fare uscire un disco facciamo girare i nostri artisti per farli conoscere alla gente. Quando ha detto questo mi è sembrato di aver già il contratto della CBS in tasca e quasi mi girava la testa, continuavo a dire adesso le faccio sentire il nastro ma il tipo che doveva portare il registratore non si faceva vivo e non sapevo più cosa dire. Comunque poco dopo è venuto il tipo con un registratore e lo ha collegato e ha messo su il nastro e Wow! sono partite le prime note di Honey Date ancora meglio di come me le ricordavo e Powell sente solo le prime strofe e poi pigia i bottoni per andare avanti e ferma il nastro a caso, ascolta qualche minuto o neanche un minuto e poi va avanti. Lo vedevo da come ascoltava che il nastro lo aveva colpito, anche se questa gente è praticamente specializzata a fare finta di niente anche se gli esplode una bomba vicino perché vogliono sempre fare i preziosi e non vogliono fare la figura di chiederti un favore. Be' per dirla in poche parole: ce l'ho fatta! Powell ha detto che vado bene e soltanto devo diventare un po' più sciolto ma pensa che non ci vorrà molto tempo e solo un po' di giri e concerti dal vivo per vedere la reazione del pubblico alle nuove canzoni. Allora, stai a sentire la notizia bomba! Devi venire qui appena puoi perché staremo alle Hawaii per almeno due mesi perché Powell mi organizza un programma completo negli alberghi e nei club di Oahu e intanto mi paga le spese e anche mi darà mille dollari al mese se le cose vanno bene e comunque sarei disposto anche a farlo gratis perché poi si parla di Milioni di Dollari! Riesci a crederci? Andremo a vivere a Bel Air, o se vuoi a Malibu dove tu preferisci Jill tesoro andremo in giro in Cadillac con autista e faremo un sacco di feste invitando tutta la gente che conta, non riesco ancora a crederci.

Adesso ti saluto vieni prestissimo (portami le tre camicie a fiori che mi avevi regalato e quel vestito bianco con la pettorina nera ti accludo una lista delle cose che mi devi portare) portati la crema solare perché ne avremo bisogno di sicuro. Ciao Jill tesoro ti salutano anche Dick e Sharon.

Ray

Ho cercato un seguito a questa lettera, ma non c'era. I timbri sulle altre buste erano di almeno un anno più tardi. Ho disposto le fotografie fianco a fianco sul letto, in modo da poterle controllare tutte a colpo d'occhio. Quella di Jill e Ray sull'amaca doveva risalire a poco dopo la lettera: era nello stesso spirito. Sullo sfondo del giardino si vedevano un paio di sedie bianche da albergo, due o tre alberi di papaia. Jill doveva avere appena raggiunto Ray a Honolulu; tutti e due sembravano enormemente soddisfatti e contenti di sé.

Una delle lettere del '78 non era altro che una lista di vestiti che un'amica di Jill le consigliava di portare per un week-end in montagna.

L'ultima busta del '78 che ho trovato conteneva questa lettera:

San Diego, 2 settembre '78

Jill,

come vedi alla fine ti scrivo anche se mi sembra che ci sia poco da chiarire perché è già tutto chiaro così com'è. Dici che non ho la minima sensibilità ma sai che non è vero perché prima di tutto mi sono sempre preoccupato di essere onesto e sincero con te, cosa che tu non hai fatto mai.

Adesso sono anche molto stanco perché ho girato tutta la mattina e il pomeriggio con mio padre per vedere i nuovi Ford su cui dobbiamo prendere una decisione, non è una decisione facile perché ci sono un sacco di elementi da considerare anche se mio padre per istinto ti prenderebbe subito ma sai bene com'è impulsivo papà particolarmente adesso che è invecchiato. Grossman della Ford di San Diego mi ha detto stamattina che gli sembra che avere a che fare con me sia la cosa ideale, e mi ha fatto anche un sacco di complimenti per il mio modo di trattare gli affari e questo devo dire che mi ha dato abbastanza soddisfazione perché fa piacere sapere di essere considerato bene dalle persone con cui hai a che fare per lavoro.

Insomma non ti voglio annoiare adesso con questi discorsi anche se un tempo sono sicuro che ti avrebbe fatto piacere sapere che riuscivo a fare bene un lavoro, ma adesso è diverso. Tutto quello che volevo dirti con questa lettera è che è inutile che continuiamo a stare insieme come siamo stati insieme negli ultimi sei mesi perché finisce che soffriamo tutti e due e nessuno dei due ci guadagna davvero qualcosa di positivo dunque è meglio guardare in faccia la realtà come persone adulte e sono sicuro che anche tu puoi farlo, anche se Jill lo sai che sei sempre stata un po' una bambina viziata forse per colpa di tuo padre. Hai detto una volta che non volevi dividere la tua vita con un fallito e anch'io ti giuro non ho mai pensato per un momento di vivere senza riuscire ad aver successo in un campo o nell'altro, è solo che avevo scelto il campo sbagliato o forse non ho saputo cogliere le occasioni giuste. Adesso però come vedi le cose vanno molto meglio anche se ormai è troppo tardi per migliorare il nostro rapporto che ormai si è rovinato perché abbiamo passato due anni e mezzo a fare tentativi a vuoto per la mia carriera, e queste cose finiscono sempre per avvelenare la vita di due persone che cercano di stare insieme e di amarsi anche se amarsi davvero è molto più difficile di come tu hai sempre pensato, bisogna essere più comprensivi e non far sentire una persona un verme perché ci sono delle difficoltà. Comunque è inutile adesso dire queste cose perché le sai già bene e sei abbastanza intelligente per capire quello che c'è da capire. Insomma, almeno ci abbiamo provato e se le cose non sono andate come dovevano non bisogna darci la colpa a vicenda. Almeno ti posso dire una cosa Jill, che non ti dovrai vergognare per essere stata con un fallito perché non sarò mai un fallito e particolarmente adesso sono sicuro che la mia carriera è avviata bene ed è solo questione di tempo, perché papà è anziano e ha molta più fiducia in me di quanta ne avevi tu malgrado tutte le critiche che ho da fare su di lui. Da questo mese guadagnerò 4000 dollari al mese, così come vedi non è

*uno stipendio da fallito ed è solo l'inizio. Adesso ti saluto per-
ché è inutile parlare troppo di cose che non hanno bisogno di
parole, ti faccio tutti gli auguri possibili perché tu riesca a trovare quello che cerchi e incontri un giorno l'uomo dei tuoi sogni che io non sono riuscito a essere forse perché hai ragione
tu che sono poco pratico e troppo idealista ma d'altra parte
uno non può cambiare la sua natura non c'è niente da fare.*

*Ti saluto adesso e mi dispiace che finisca così, lo sai che ho
sempre cercato di rimettere le cose insieme anche quando tu
credevi che non ci fosse più niente da fare, ma adesso è finita
davvero e cerchiamo di essere maturi.*

*Ti devo chiedere un ultimo favore cioè di mandarmi se
puoi le mie cose all'indirizzo di Pasadena, naturalmente pa-
gherò io alla consegna e devi solo mandarmele imballate se
non ti dispiace.*

*Ciao adesso, devo uscire a cena con mio padre e Jack Com-
bers per parlare di lavoro.*

Ray

Una sera io e Jill siamo tornati a casa tardissimo, dopo
aver chiuso il ristorante. Abbiamo bevuto una tazza di latte
tiepido, appoggiati al bancone della cucina. Con una forchettina staccavo dei datteri da una scatola di legno e cartone dov'erano allineati, li intingevo nel latte. Jill seduta sullo
sgabello di fronte a me seguiva i movimenti dei datteri in
punta alla forchettina; ogni volta che ne scompariva uno nel
bianco della tazza lei tornava a guardarmi negli occhi. Il silenzio era imbarazzante; il suo modo di stare lì seduta a
guardarmi fisso. Ero così stanco e rincretinito dalla notte al
ristorante che il ronzio del frigorifero mi si amplificava nella testa, fino a colmare il vuoto di conversazione. Me ne stavo immerso in questo ronzio, che era diventato un alibi e
una parete a cui appoggiarmi; una sorta di igloo che mi teneva al riparo dai problemi di fuori.

Jill di colpo si è messa a piangere guardandomi. Ha avuto una specie di squittio, più che un singhiozzo vero e proprio: ha squittito e si è inclinata in avanti con occhi lucidi.

Le ho chiesto cosa c'era; senza capire bene. Lei ha continuato a piangere: appena trattenuta, con i pugni stretti e i gomiti appoggiati al bancone. Dopo qualche minuto ha alzato la testa e mi ha detto con voce rotta «Basta che tu mi dica cosa vuoi fare».

Le ho chiesto «Come, cosa voglio fare?». Mi sentivo stupido, lento; dal lato sbagliato della domanda.

Lei ha quasi gridato «Sì, cosa vuoi fare, cosa vuoi fare. Cosa vuoi fare a Los Angeles e cosa vuoi fare nella vita. Vuoi andare a lavorare da *Alfredo's* per i prossimi dieci anni?».

Era sul bilico dell'esasperazione completa: tremante, rossa in faccia, senza più controllo sul tono di voce. La guardavo e non sapevo cosa dire; con la tazza di latte tiepido nella sinistra e la forchettina per i datteri nella destra. Sono stato a guardarla cinque minuti mentre piangeva e stringeva i pugni e inspirava dal naso a piccole sniffatine frequenti per non farlo gocciolare. Mi sentivo in colpa con me stesso, e pieno di irritazione verso di lei. Poi l'irritazione mi è salita dallo stomaco verso la testa. Le ho gridato che sapevo cosa, ma non come. Le ho gridato di andare al diavolo. Ho appoggiato di violenza la tazza sul bancone, e il latte è schizzato oltre l'orlo e ha formato piccole pozze bianche sul legno di noce lucido. Jill si è messa a piangere ancora più: con la testa ancora più bassa. Si è alzata di scatto, ha travolto il mio braccio steso a fermarla, è corsa verso il bagno, ha sbattuto la porta. Ho cercato di aprire, ma lei si era chiusa dentro a chiave. Mi sono messo a battere le palme delle mani sulla porta, gridando «Apri, apri». Lei da dentro piangeva; gridava «Lasciami in pace». Me la immaginavo seduta sul bordo della vasca; ma avrebbe anche potuto essere in piedi davanti allo specchio, a guardarsi gli occhi arrossati.

Tutta la situazione mi è parsa così triste e ridicola che non potevo più tollerare l'idea della porta chiusa e delle lacrime. Ho preso a dare calci alla porta, di piatto, con tutta la forza delle gambe. A ogni calcio mi pareva che la porta cedesse leggermente: si vedeva un filo di luce per la lunghezza del battente. Jill gridava «Smettila». Io gridavo «Vieni fuori». Alternavo un piede all'altro per non farmi troppo male.

Alla fine Jill è uscita, con le guance arrossate e gli occhi pieni di lacrime. Mi ha spinto di lato nel corridoio, con un movimento forte del braccio. È andata in camera e si è buttata sul letto a faccia in giù: quasi affondata nel cuscino e il materasso.

Un pomeriggio tardi che eravamo tutti e due a casa dal lavoro è venuto a trovarci un amico di Jill di nome Marcus Floma. Jill me ne aveva parlato decine di volte: lo descriveva come straordinario, pieno di genialità; da contrapporre alle persone che mi capitava di citarle parlando di episodi precedenti della mia vita. Questo Marcus aveva un negozio di articoli di arredamento a Santa Monica. Una volta c'eravamo passati davanti, quando lui era via. Avevamo guardato nella vetrina cuscini a forma di cuore e oche di porcellana, sedie cinesi laccate di rosa.

Quando è entrato in casa era trafelato per aver salito la piccola rampa di scale. Ansimava guardando Jill sulla porta: piccolo e riccioluto, stretto in un giubbotto di renna. Aveva addosso un profumo violento e dolciastro, che si diffondeva attraverso la stanza fino a me seduto vicino alla finestra con una rivista in mano.

Doveva essere concitato di natura; la salita delle scale non aveva che accelerato di poco il ritmo del suo respiro. Parlava a scatti, infilava catene di parole e le strappava via. I suoi caratteri messicani si erano perduti un paio di generazioni prima; restava solo la piccola dimensione e la scurezza degli occhi. Questi elementi residui di estraneità erano assorbiti e neutralizzati dagli abiti che indossava, dal suo modo di indossarli; dall'atteggiamento che aveva nel mettersi le mani in tasca e bilanciarsi sui talloni mentre parlava con Jill.

Jill mi guardava e guardava Marcus Floma. Mi diceva «Marcus è il mio migliore amico. Siamo praticamente cresciuti insieme». Marcus la seguiva con gli occhi; assentiva con movimenti frenetici della testa ricciuta. A un certo punto si è girato verso di me e con un sorriso sottile mi ha detto «Che uomo fortunato». Aveva un tono da fratello maggiore che si sente in dovere di essere cordiale con il ragazzo della sorella.

Ho continuato a leggere la rivista di pettegolezzi mondani che avevo in mano. A volte le compravo al supermarket; altre le pescavo dalle caselle dei vicini di casa. Come mi capita sempre, mi soffermavo su un'immagine, andavo oltre di poco nelle didascalie, poi tornavo indietro a controllare le espressioni. Cercavo di ricavare dalle didascalie solo i dati, senza farmi influenzare nell'interpretazione delle foto.

Jill e Marcus si raccontavano episodi passati, ridacchiavano: lei accovacciata e lui seduto per terra e appoggiato al bracciolo del divano. Quando alzavo gli occhi dalla rivista e guardavo Jill, mi sembrava diversa da come la conoscevo; enormemente più sicura di sé. Anche più sguaiata, ridanciana, morbosa nella sua ansia di dare e chiedere informazioni. Era come se fosse rimasta su un'isola deserta fino a quel momento; traspirava sollievo da ogni gesto.

La guardavo mentre rideva e parlava con Marcus, ed ero sorpreso. Mi sembrava che avesse ritrovato d'improvviso e automaticamente il suo equilibrio; così di colpo che non riuscivo a capacitarmene. Il suo atteggiamento era una sorta di rivalsa sul modo di fare dimesso e lamentoso che aveva con me quando eravamo soli; al punto che mi sembrava arrogante, carica di aggressività. Allo stesso tempo mi sentivo sollevato, molto meno responsabile della sua vita; di lei. Questa sensazione di sollievo si estendeva a creare un nastro di impressioni, che girato su se stesso lasciava spazio a una sorta di gelosia moderata. Mi irritava la loro familiarità: l'appoggiarsi mani sulle spalle e ridere delle reciproche battute, seduti per terra a distanza ravvicinata.

Più tardi Marcus ha tirato fuori della cocaina e ne abbiamo sniffata tutti e tre, curvi sul tavolino basso del salotto. Abbiamo guardato il muro qualche minuto, finché Marcus ha girato la testa e quasi gridato «Andiamo in un ristorante che so io». Io e Jill ci siamo messi le scarpe alla svelta, Jill è andata in bagno cinque minuti a truccarsi e prepararsi. È uscita ben pettinata, con gli occhi più grandi del solito e una camicia che le aveva regalato sua madre.

Sulle scale mentre scendevamo Marcus si è girato verso di me e mi ha detto «Sono io che vi invito, se non l'avevi capito». Per forma ho detto «Ma no». Lui ha ridacchiato e detto «Sì sì sì»; ha spiegato che il conto della cena era detraibile dalle tasse a fine anno, così che in realtà invitarci non gli costava nulla. Mi ha fatto piacere non dovergli essere riconoscente.

In strada Jill mi ha indicato una Jaguar dorata e nera anni Cinquanta che luccicava sotto un lampione. Ha detto «È di Marcus»: con espressione da bambina compiaciuta. La macchina le comunicava un senso di euforia straordinaria. Saltellava in circoli sull'erba davanti a casa.

Marcus ha aperto per me la portiera di dietro, con un gesto di formalità esagerata. La sua testuccia nera luccicava sotto il lampione, negli stessi toni dei parafanghi della Jaguar. Jill ha aspettato che lui aprisse la porta davanti e si è seduta come una regina: si è lasciata scivolare sul sedile. Aveva uno scialle a fiori sulle spalle.

Siamo partiti; Marcus ha alzato il volume del mangianastri fino a che siamo stati avvolti così strettamente di musica da non avere spazio per gesti troppo estesi. Marcus e Jill sobbalzavano in una successione di movimenti brevi: tamburellamenti sullo schienale e dita percosse sulle ginocchia. Da dietro guardavo i riflessi al neon lungo la strada, le luci delle altre macchine. Dopo un quarto d'ora i tabelloni pubblicitari sono diventati enormi: grandi quanto gli edifici ai lati del Sunset.

Marcus ha fermato la macchina all'ingresso di un parcheggio, di fianco a una costruzione bassa schermata da una siepe. Jill si è girata verso di me con gli occhi lucidi di contentezza. Mi ha detto «È un ristorante francese fantastico». Un valletto messicano in giacca verde è venuto ad aprirci le portiere; quando siamo stati fuori si è seduto al volante. Marcus ci ha fatto cenno di stare a guardare. Ridacchiava, con le mani nelle tasche del giubbotto. Il valletto ha parcheggiato la Jaguar in prima linea, tra le Rolls Royce le Mercedes e le Cadillac che dovevano restare in mostra davanti al ristorante. Marcus sembrava felice; percorso da brividi sottili di compiacimento.

Il capo cameriere ci ha guidato attraverso due sale, fino a un patio interno più riservato. Ci siamo seduti a un tavolo come tre grandi amici fuori a cena.

Marcus stava adagiato sulla sedia, con aria di avere scoperto da poco la postura ideale, i movimenti giusti per colmare i bicchieri o far segnali ai camerieri senza scomporsi troppo. La sua piccola persona era pervasa di vibrazioni, lampeggiamenti di occhi, fremiti della bocca e delle sopracciglia. La sua mimica era così affollata che finiva per cancellare i significati diretti dei suoi atteggiamenti; si era distratti dalla pura quantità delle espressioni, dal loro sovrapporsi.

Aveva la capacità incredibile di convertire qualunque considerazione in termini monetari. Seguiva in questo una specie di istinto. Parlava di attori e musicisti, e calcolava in pochi secondi quanto guadagnavano in un mese; in un anno. Divideva in fasi la carriera di un guadagnatore; contrapponeva un guadagnatore a un altro. Jill gli stava dietro con domande e manifestazioni di stupore. Si girava a guardarmi quando era colpita in modo particolare.

Mi aveva detto una volta che Marcus aveva fatto soldi in traffici di cocaina. Da quello che diceva lui stesso era chiaro che il negozio serviva solo da copertura, e come occasione di contatto. I divi andavano da lui per rifornirsi, lo pagavano e in più finivano per passargli informazioni riservate. Lui accumulava le informazioni per sere come queste; accumulava i soldi per pagarsi la Jaguar e i vestiti che aveva addosso. Me lo immaginavo che girava attorno a un divo nel suo negozio: con piccole battute di spirito, gesti rapidi. Me lo immaginavo che lo chiamava per nome, camminava a passi corti, con il suo modo di vibrare appena sulle gambe; attento a simulare confidenza e sicurezza di sé; atticciato in abiti italiani e coperto di profumo violento.

Parlava delle case dov'era stato; della forma delle piscine. Faceva suggerimenti a metà, senza arrivare mai al fondo delle informazioni. Teneva Jill in sospeso; occhieggiava. A un certo punto, girato di tre quarti verso di lei, le ha raccontato di essere andato a letto con un'attrice televisiva abbastanza nota. Jill ne è stata incredibilmente colpita. Ha ripetuto due o tre volte «Non ci posso credere!». È rimasta a guardarlo un paio di minuti. Ha detto «Marcus, sei incredibile!». Marcus scrollava le spalle: in atteggiamento di disinvoltura. Era chiaro che questo episodio seguiva fili lunghi di fantasie.

Poi si è girato verso di me e mi ha detto «Voi che siete giovani dovete muovervi!». Lo detestavo per i suoi occhi piccoli, da roditore. Ha detto «Giovanni, Los Angeles è la città delle grandi occasioni!». Aveva un tono paternalista: come verso uno che non sa bene dove mettere i piedi. Me lo sono immaginato attaccato al telefono a parlare con Jill, mentre io ero al ristorante a fare il cameriere. In più, ogni tanto mi fissava e chiedeva se ero riuscito a capire una espressione particolare. Mi si rivolgeva come se io avessi una conoscenza molto limitata della lingua. Usava questa tecnica per stabilire una sorta di podio da cui fornirmi consigli.

Mi ha detto «Giovanni, perché non cerchi di sfondare con le tue capacità?». L'espressione "sfondare", oppure "farcela" ricorreva quanto "denaro".

Gli ho detto che non avevo ancora deciso in che campo provare; che stavo cercando di capire che possibilità c'erano. Lui ha avuto un piccolo scatto di voce: ha detto «Guarda, non pensare che io mi consideri arrivato. Non hai idea di quanta energia mi costa guadagnare diecimila dollari adesso. Sto cercando anch'io di farcela, come i camerieri di questo ristorante e chiunque altro vive in questa città. La gente arriva qui da tutto il resto degli Stati Uniti e del mondo e respira questo schifo di aria e sta in macchina delle ore ogni giorno e cerca di farcela. Non hai idea di quanti camerieri e autisti di autobus e idraulici a Los Angeles hanno depositato i loro nomi e le loro fotografie nelle agenzie di collocamento attori. Non si accorgono neanche di quello che stanno facendo, perché vivono tutti nell'idea di riuscire a sfondare». Guardava Jill ogni tanto di sfuggita, per raccogliere cenni di approvazione.

Ho pensato che era vero; che quasi chiunque avevo incontrato nascondeva progetti e ambizioni che coltivava da chissà quanto tempo. Tutti andavano avanti sordamente, appena intaccati e immalinconiti dalla realtà; convinti di avere il sistema giusto per passare attraverso la rete. La città sembrava attirare e stimolare ogni possibile forma di illusione o ambizione stranamente riposta sul proprio conto. E c'erano le continue dimostrazioni di fantasie già realizzate, fisse e in movimento; su scale diverse. Marcus e Jill e Ron e Tracy e tutti gli altri vivevano in questa atmosfera di attesa. Altri rovesciavano nel vuoto grandi quantità di talento, che forse veniva raccolto alla fine e forse no, a seconda delle circostanze.

Quando il cameriere è arrivato con i piatti, avevamo già bevuto abbastanza da toglierci la fame. Jill si era vuotati tre *margaritas*, succhiati con una lunga cannuccia azzurra. Parlava a caso, faceva segni in aria con le dita. Io e Marcus avevamo finito una bottiglia di Riesling californiano. Tutti e tre abbiamo coperto i nostri gamberi e filetti con creme estratte da un vassoietto di legno a incavi; ci siamo sporcati la punta delle dita e scambiati complimenti.

Poco alla volta la sicurezza frenetica di Marcus mi si è comunicata, mentre mangiavamo e continuavamo a bere; finché mi è parso di essere molto più lucido del solito, e in grado di capire la situazione nelle sfumature più sottili. In questo stato di lucidità estrema mi pareva di essere molto vicino a possibilità di successo, se non addirittura in un'area confinante con le occasioni vere. Mi sembrava di attraversare una delle fasi più ottimiste della mia vita; più ricche di prospettive. Ne ho parlato a Marcus e Jill, che hanno detto «Bene». Sorridevano come due ex compagni di scuola.

Il giorno dopo Jill iniziava a lavorare alle cinque, mentre il mio turno cominciava solo alle sei. Sono andato ad aspettare l'ora giusta al giardino botanico dell'università. Mi sono addormentato sotto un eucalipto. L'ombra dell'albero si allungava sul prato dov'ero sdraiato, così che per restare al sole dovevo scivolare a mezzo sonno lungo la pendenza, di un metro ogni dieci minuti. Non era difficile farlo, tranne che mi preoccupava l'idea di quando avrei raggiunto un vialetto che tagliava il prato in basso.

Quando mi sono svegliato erano quasi le sei: avrei già dovuto essere nella cucina ad aspettare. Mi sono alzato e ho fatto un giro tra le piante, con le gambe fiacche. C'era un gruppo di ragazzi rumorosi che pattinavano in discesa lungo uno stradino. Si buttavano a testa bassa, piegati sulle ginocchia; si sospingevano e aizzavano l'un l'altro con insistenza quasi intollerabile.

Ho preso il sacchetto di plastica con la mia divisa da cameriere e l'ho depositato in un bidone della spazzatura. Era un bidone di plastica arancione, protetto da due anelli di metallo in cima e alla base. Era colmo fino all'orlo di cartacce e lattine di birra, così che il sacco con la mia divisa restava esposto sopra; impediva di chiudere il coperchio. Ho cercato di spingerlo più a fondo; ma il contenuto del bidone aveva una consistenza elastica, riacquistava subito il suo volume. Alla fine l'ho lasciato come era; mi sono allontanato di qualche passo. A dieci metri di distanza si intravedeva il rosso della giacca attraverso la plastica biancastra del sacchetto.

Camminavo indietro con cautela, come se il sacchetto potesse esplodere nel bidone, e i frammenti proiettarsi tutt'attorno. Ho continuato a girarmi ogni due o tre passi finché sono arrivato al cancello di ingresso.

Sono tornato verso Westwood villaggio attraverso il terreno dell'università. C'erano alcuni studenti fermi in piedi lungo i vialetti, di fianco a cartelli con i nomi di candidati alle elezioni universitarie. Erano tutti leggermente protesi in avanti, pronti a fermare altri studenti di passaggio, spesso azzardavano battute scadenti. I loro gesti e le loro espressioni erano di una futilità straordinaria, come il loro modo di vestire e tutto l'intreccio di edifici e attività che li circondavano e giustificavano il loro stare in piedi nei vialetti di fianco a cartelli con nomi. Provavo nei loro confronti un senso di fastidio enorme.

Mi immaginavo le reazioni di Jill a non vedermi arrivare al ristorante. In parte ero divertito all'idea; in parte mi sentivo in colpa. Questo senso di colpa mi girava dentro in spirali di sensazioni piacevoli; mi spingeva a camminare sempre più vicino al ristorante, per acutizzarlo alla sua origine.

Raso al muro sono arrivato all'altezza delle cucine: teso, attento a non farmi vedere da nessuno. Dall'apertura della ventola uscivano folate di aria calda, carica di aromi pesanti di salse al pomodoro. Ho intravisto dalla porta secondaria un aiuto-cuoco che prendeva aria con le spalle appoggiate alla parete. Sono passato davanti alla porta così alla svelta che me ne è rimasta soltanto un'impressione: il suo profilo a mezz'ombra.

Ho girato l'angolo, rallentato davanti a un finestrone a volta che dava sulla sala del ristorante. Attraverso le graticce della veneziana si poteva guardare dentro, nella luce rossastra. Ho visto uno dei camerieri più anziani, grosso e goffo, che si bilanciava sulle gambe snodandole al ginocchio, come spesso fanno i camerieri inattivi per riposarsi. Altri due camerieri parlavano tra loro in un angolo d'ombra; ridacchiavano muti. Mi sono immaginato la superficialità del loro scambio di frasi, la loro prontezza a trasfigurarsi e scattare in direzione dei primi clienti, senza farsi vedere.

Sono tornato a casa in autobus, ma ho sbagliato fermata e ho dovuto camminare almeno un'ora, attraverso una cinquantina di isolati. Sono arrivato stanco e sudato, con i piedi che mi facevano male al tallone e gli occhi arrossati dallo smog. Mi sono fatto una doccia. Con la testa bagnata mi sono sdraiato sul divano a guardare un programma comico alla televisione.

Dopo venti minuti mi ha telefonato Jill. Sapevo che era lei prima ancora di sentirla. Mi ha chiesto «Cosa fai a casa? Pensavo che fossi finito sotto una macchina». Era furiosa, ma incerta sulle mie ragioni. Le ho detto «Ho buttato la mia divisa da cameriere in un bidone della spazzatura, al giardino botanico». Sdraiato com'ero la voce mi usciva strascicata, forse irritante. Jill non ha risposto per qualche secondo. Attraverso il ricevitore filtravano i rumori del ristorante: le voci e i suoni dell'ora di punta. Poi mi ha chiesto in tono appiattito «Cosa stai dicendo? Stai scherzando?». Ho buttato giù la cornetta; alzato il volume della televisione.

Non c'era un programma abbastanza buono da bilanciare la tensione, così ho preso a cambiare canali freneticamente con il comando a distanza. Non riuscivo a regolare bene i colori perché le dita facevano troppa pressione sui tasti; a ogni tentativo le immagini divenivano meno reali, spampanate in macchie rosse e gialle attraverso lo schermo.

Il telefono ha ripreso a suonare. Il suono tagliava attraverso la gamma di toni rauchi della televisione: li lacerava per aprirsi un passaggio. Sono andato in cucina di corsa e ho riempito una pentola d'acqua. L'ho portata in salotto, ci ho immerso il telefono. Anche così continuava a produrre una sorta di trillo deteriorato, che increspava l'acqua in piccole onde di vibrazioni.

Quando Jill è tornata a casa stavo guardando un programma di interviste: sdraiato sul divano, con i piedi sul tavolino basso. Ero preparato all'urto della voce mentre lei ancora stava girando la chiave nella serratura.

Invece era abbastanza triste; con la faccia scura. Mi ha chiesto subito «Cosa farai adesso? Tornerai in Italia?». Il suo tono mi ha fatto ridere, anche se non volevo. Le ho detto «Ma no, resto a Los Angeles». Cercavo di avere una voce naturale e distesa, ma per qualche ragione mi è parso che suonasse irritante.

Jill ha buttato la sua borsa sul tavolino, quasi sul mio piede sinistro. È andata in cucina, ha aperto il frigorifero, lo ha richiuso senza prendere nulla; è tornata in salotto con le mani sui fianchi. Mi ha detto «Ti devi assumere le tue responsabilità. Non puoi mantenere tutto così nel vago. Hai venticinque anni, non diciotto». Le ho detto «Ho capito, ho capito». Lei è andata verso la finestra. Guardava in strada: in piedi a braccia conserte. Ogni tanto si girava e mi diceva qualcosa, in tono acuto, quasi gridato. Mi ha detto che condizionavo la sua vita senza offrirle alcuna prospettiva; che quando aveva deciso di stare con me aveva rinunciato ad altre possibilità. Ha detto che aveva delle ambizioni come chiunque; che non aveva voglia di aspettare a vuoto.

Quando era arrabbiata i suoi gesti si involgarivano: acquistavano un'espressività elementare, del tutto priva di eleganza. I suoi gesti di rabbia erano simili a quelli di euforia che avevo osservato la sera con Marcus. Eppure così mi sembrava più vicina a se stessa di quando era pacata e ragionevole.

Poi mi ha chiesto «Perché non hai risposto quando ti ho telefonato?». Le ho detto «Perché il telefono è nella pentola». Le ho indicato la pentola, dietro l'angolo del divano, contro la parete. Lei è corsa e ha ripescato il telefono dall'acqua; senza dire niente di particolare. Alzava solo gli occhi verso di me per indicare che avevo fatto una cosa orrenda. È andata in cucina ed è tornata con uno straccio feltroso grigio. Si è messa in ginocchio ad asciugare la cornetta, il corpo del telefono. Passava lo straccio lungo le curvature con cautela, attenta a non fare troppa pressione. Guardava il telefono come se fosse un piccolo cadavere di gatto o cane, annegato da un teppista. Le ho detto «Guarda che funziona ancora». Lei senza dire niente si è sporta e mi ha accostato la cornetta all'orecchio: in effetti era muta. L'ho sbattuta un paio di volte sul tavolino, e di colpo funzionava di nuovo. Ma Jill non sembrava più contenta; me l'ha strappata di mano.

Abbiamo litigato ancora una ventina di minuti: io sul divano davanti alla televisione accesa, lei che si aggirava con un bicchier d'acqua in mano; in lacrime in certi momenti e quasi minacciosa in altri. Non riuscivo a capire come il mio ritiro dal ristorante le potesse sembrare così grave; glielo chiedevo di continuo. In questo litigio ho notato che la comunicazione tra noi era solo apparente: i nostri argomenti si esaurivano appena pronunciati, senza produrre alcun cambiamento di opinione.

Siamo andati a dormire quando eravamo allo sfinimento più completo; frastornati dai suoni nostri e della televisione.

La mattina alle dieci mi ha telefonato la segretaria-amministratrice polacca del ristorante. Mi ha chiesto se stavo meglio. Le ho risposto che stavo benissimo. Jill mi ha fatto cenni attraverso la stanza per spiegarmi che aveva inventato una malattia a giustificazione della mia assenza il giorno prima.

La segretaria-amministratrice mi ha detto «Allora Ghiovàni ci vediamo alle cinque». Le ho detto «No, non ci vediamo più». Lei ha chiesto «Come dici?». Era in difficoltà; quasi patetica con il suo accento polacco. Le ho detto «Dica per favore al signor Michelucci che cammina ancora come un cameriere, e non riuscirà mai a farlo in modo diverso». Ho messo giù la cornetta mentre lei stava dicendo qualcosa.

Jill è riapparsa sulla porta con espressione deteriorata. Mi ha fissato per qualche secondo, ferma in piedi. Poi ha raccolto le chiavi della macchina dal comodino; ha attraversato il salotto, sbattuto la porta d'ingresso.

Sono andato a frugare nella sua scatola di vecchie lettere e fotografie, per aggiungere qualche particolare al quadro che mi ero fatto di lei.

Sono andato in giro per le librerie di Westwood e Beverly Hills, a chiedere se c'era bisogno di commessi; ma pareva che fossero sul punto di licenziare quelli che avevano. Ho provato nelle gallerie d'arte, nelle gelaterie, nelle tavole calde. Tutto quello che si poteva trovare erano lavoretti a metà tempo, da ottanta dollari alla settimana.

Di giorno ormai faceva caldissimo; l'aria era giallastra e densa. Il condizionatore di casa nostra funzionava molto male, produceva più rumore che fresco. Era intasato di polvere fina e grigiastra, che mi si attaccava alle dita ogni volta che smuovevo la griglia della presa d'aria per vedere cosa non andava. Le notti per fortuna erano fredde e umide, come sempre nell'estate californiana. Jill era irascibile o muta, a seconda dei momenti; la nostra comunicazione si era ridotta al minimo concepibile tra due persone che vivono insieme.

Ho cercato sulla guida i numeri di telefono di quattro o cinque scuole di lingue. Ho parlato con segretarie che mi hanno detto di mandare un curriculum per lettera. Ho fatto cinque fotocopie di un elenco fasullo di impieghi come insegnante di lingue; trascritto il numero di codice fiscale dalla tesserina di Jill; dichiarato che risiedevo legalmente negli Stati Uniti. Compivo queste operazioni in modo del tutto automatico.

Perdevo enormi quantità di tempo al supermarket. Mi pareva che almeno questa attività avesse una sua coerenza: le scelte erano circoscritte, indirizzate. Passavo decine di minuti tra gli scaffali, a confrontare i tipi diversi di fette biscottate, osservare i formaggi nei loro pacchetti di plastica, immaginare il sapore di qualche vino. La disposizione dei cibi, la loro varietà, la quantità pura delle confezioni accatastate in pigne mi comunicavano un senso di benessere.

In questi giorni ho comprato un'automobile di seconda mano, con quasi tutti i soldi che mi avanzavano dal lavoro al ristorante. Ho comprato una Ford nera da un anziano signore di Santa Monica, che mi ha detto di venderla perché il prezzo della benzina era salito troppo. Era un modello abbastanza recente e ben tenuto; con le gomme nuove.

Quando la mattina dopo l'ho fatta vedere a Jill dalla finestra lei mi ha chiesto se stavo scherzando. Mi ha detto che dovevo essere pazzo a comprare una macchina così grande quando tutti cercavano di liberarsene per scampare ai nuovi prezzi della benzina. Anche vista dalla finestra però mi piaceva abbastanza; lunga due volte quella di Jill.

Con la macchina ho cominciato a girare la città. Mi sono reso conto che fino ad ora non ne avevo percepito che frammenti: atolli isolati nel mare di strade e costruzioni. Poco alla volta le relazioni tra i diversi punti sono divenute chiare. Stavo in giro anche tutto il giorno. Mi sembrava impossibile essermi accontentato per mesi di quello che riuscivo a vedere nei lunghi trascinamenti in autobus, o durante le escursioni alla spiaggia con Jill.

Giravo per ore, senza mai scendere dalla macchina; non in modo indiscriminato. Incrociavo per le strade di Beverly Hills; per le vie fitte di vegetazione di Bel Air. Percorrevo i sensi chiusi fino alle stanghe finali; giravo nei rondò o ritornavo alla strada a marcia indietro.

Passavo davanti alle case più opulente, avvolto nel quasi-silenzio della Ford nera. Rallentavo fino quasi a fermarmi davanti ai cancelli. Giravo attorno al perimetro dei giardini per godere una successione di prospettive. Se i cancelli erano aperti penetravo quanto potevo nei vialetti di accesso. Assorbivo l'aspetto complessivo di queste case, i singoli dettagli che le componevano: la consistenza dei muri, lo spessore delle siepi. A volte ero colpito dall'ordine del giardino;

altre dalla prospettiva dei viali, dalle cromature delle Rolls Royce parcheggiate davanti ai garages. Non erano le case come oggetti autonomi che mi attiravano; piuttosto la loro capacità di contenere e rivestire le attività prodotte e incoraggiate dal successo.

Mettevo insieme immagini che derivavo da riviste e dalla televisione con quelle che riuscivo a raccogliere ogni giorno nei miei giri, fino a ottenere una visione complessiva sfumata ai margini, che costituiva il centro dei miei pensieri.

La mia vita quotidiana mi pareva una sorta di filtro opalino, attraverso cui osservare una catena infinita di possibilità inespresse. Vedevo decine di immagini di me stesso a Los Angeles, in ruoli diversi ma comunque dall'altra parte delle siepi e cancelletti che andavo a guardare ogni giorno. Ogni tanto queste immagini si sovrapponevano a immagini della mia vita reale: io che davo pugni al condizionatore difettoso; io che facevo colazione guardando nel parcheggio dalla finestra a ghigliottina. In questi momenti mi colpiva come pensiero curioso l'idea di vivere in parallelo alle case di Bel Air e alle attività che contenevano; ruotando in una sfera vicina e trasparente ma del tutto impermeabile. Fluttuavo nella mia sfera, con la convinzione di fondo che prima o poi si sarebbe creato un punto di contatto, e aperte improvvise falle di comunicazione.

Una decina di giorni dopo che avevo spedito le mie lettere di referenze, mi ha telefonato la segretaria di una scuola di lingue di Santa Monica. Mi ha detto che la signora Schleiber che dirigeva la scuola era interessata a parlarmi; che mi aspettava il giorno dopo alle nove.

Alle nove ho trovato la scuola, dopo qualche giro in lungo. Aveva una vetrina da negozio, in un edificio a un solo piano. Era una specie di piccolo supermarket di scuola, costruita in modo da sfruttare al massimo lo spazio disponibile. La segreteria era minuscola, separata con un vetro dall'ingresso.

La signora Schleiber era alta e giovanile, con capelli raccolti a coda e occhi piccoli e azzurri. È uscita dal suo ufficio e mi ha guardato fisso per due o tre minuti. Mi ha fatto un paio di domande in italiano per vedere come parlavo; mi ha guardato ancora, come si guarda un cavallo prima di decidere se comprarlo o no. Le ho chiesto se aveva bisogno di altre referenze. Lei mi ha fissato ancora con i suoi occhi azzurri e sospettosi. Ha detto che non c'era bisogno di referenze, perché le sembravo a posto. Aveva un accento tedesco moderato; più che altro un modo rigido di pronunciare le parole, tagliarle via senza riguardo.

Ha detto che mi avrebbero pagato poco, alla fine di ogni settimana. Mi ha detto «Del resto lei non ha il permesso di lavoro». Non ho sostenuto il contrario, perché lei non aveva un tono d'accusa, ma di semplice constatazione. Ho firmato una carta e la signora Schleiber ha compilato con il mio nome una serie di caselle, riferite ai diversi giorni della settimana. Mi ha detto che le mie due allieve erano una coppia di madre e figlia che volevano seguire un corso intensivo in vista di un viaggio in Italia. Ho immaginato madre e figlia: in due o tre modi diversi.

La segretaria mi ha guidato in un giro rapidissimo della scuola, che consisteva in una serie di minuscoli cubicoli affacciati su un corridoio a due uscite. Mentre camminavamo lungo il corridoio si sentivano molte voci in lingue diverse uscire dai cubicoli: quelle dei maestri sovrapposte in toni di falsa pazienza a quelle esitanti degli allievi.

Madre e figlia che volevano imparare l'italiano per il viaggio erano orribili. La prima volta che le ho viste erano sedute sullo scalino dell'ingresso sul parcheggio; bevevano caffè ricavato da una macchina a gettoni. Le loro due figure massicce formavano un unico volume, come una composizione iperrealista.

La madre era grassa e ricciuta, vestita con un paio di calzoni corti e sandali di plastica. Aveva occhi marroni e larghi, che lampeggiavano una malizia elementare. La figlia sedicenne era anche vestita in calzoni corti, ma le sue gambe spesse erano avviluppate nell'intreccio di stringhe di un paio di sandali alla schiava. In questi sandali appoggiava il piede di piatto, come in un paio di scarpe da tennis.

La madre mi ha salutato da seduta, con un'espressione dubitativa; aveva in mano il suo caffè, in un bicchierino di plastica. La figlia invece si è alzata a stringermi la mano. Mi è sembrato che avesse un difetto di pronuncia piuttosto marcato, che le faceva strascicare le esse e inceppare le ti. Quando ha aperto la bocca meglio ho visto che portava invece un apparecchio per raddrizzare i denti.

Ho condotto madre e figlia nel cubicolo che ci avevano assegnato. Ho chiuso la porta; ci siamo seduti ai tre lati di un minuscolo tavolino. Per terra c'era una moquette rossa da motel di terza categoria. Alle pareti erano appese illustrazioni didascaliche, che forse dovevano fornire spunti di conversazione agli insegnanti. Il caldo della giornata si assorbiva nell'edificio piatto e largo della scuola; si condensava nei cubicoli fino a diventare soffocante. Il caldo e la mancanza di spazio mi rendevano quasi intollerabile la vicinanza di madre e figlia.

Mi sono messo a indicare i pochi oggetti nella stanza; scandivo i nomi in italiano. Madre e figlia rispondevano meccanicamente: all'erta tutte e due a non sbagliare una parola. Si sforzavano di ripetere i suoni, prima di capirne il significato. Arrotavano la lingua, la strusciavano sulle pareti delle guance, soffiavano aria attraverso le labbra. Producevano sfrinamenti, gorgoglii di parole. Niente riusciva a produrre crepe di interesse nelle loro espressioni. Mi guardavano e si guardavano tra loro, come a mettere ogni volta in discussione l'autenticità di quello che avevo detto.

Madre e figlia non tolleravano di perdere più di qualche minuto su una singola spiegazione; cercavano tutto il tempo di sospingermi avanti. In un'ora e mezza ho esaurito tutti i nomi di oggetti che mi venivano in mente. Ho cominciato a costruire frasi elementari. Loro ripetevano le frasi e mi guatavano, come una coppia di ottusi animali da preda. Anche se ciascuno di noi era seduto a uno dei tre lati liberi del tavolino, era straordinario come madre e figlia riuscivano a riformare la loro composizione. Si spalleggiavano e si facevano forza l'una con l'altra; mi fissavano in una sola direzione, per vedere se qualche volta ero io a sbagliare.

Quando la lezione è finita ho indicato l'orologio a muro; loro hanno alzato i polsi a controllare. Ho visto che l'orologio della madre aveva un Topolino al centro del quadrante, che indicava le ore con manine guantate di giallo.

Ho chiesto alla madre dove sarebbero andate in Italia. Ero in piedi sulla porta, credo in attitudine da professore di lingue che conversa con gli allievi. Lei mi ha detto che solo la figlia sarebbe andata; che lei invece imparava le lingue per puro passatempo, senza una ragione particolare. La figlia ridacchiava. La madre l'ha guardata: covandola con occhi opachi, ad anticipare il viaggio che avrebbe fatto; i possibili incontri.

Sono passato in lungo per il corridoio prima di uscire. Guardavo nei cubicoli aperti per scoprire se ne uscivano allieve più gradevoli di quelle che mi erano capitate. Ma camminavo alla svelta, e non ho raccolto che immagini sfuggenti di persone nell'atto di alzarsi in piedi.

Jill si è molto stupita quando le ho detto che mi avevano preso alla scuola di lingue. Ha detto «Fantastico», in tono ambiguo. Non capivo se era contenta, o invece irritata perché non ne avevo parlato con lei prima.

Aveva un atteggiamento particolare di fronte a situazioni di questo genere: gesti più rallentati del solito, lo sguardo più fisso. Ha preso uno sgabello e si è seduta tra me e la televisione; l'ha spenta senza nemmeno girarsi. Ha allungato dietro di sé una mano fino a premere il tasto; ha interrotto suono e immagini a metà. Ero lì seduto come un cretino, sul divano di fronte a lei.

Mi ha fatto alcune domande sulla scuola, ha chiesto quanto mi davano all'ora. Ho detto cinque dollari. Lei ha assunto un tono materno: con una mano stesa avanti a chiarire il discorso. Mi ha detto «Ora, devi sapere qual è la situazione…». Quando mi parlava di soldi o automobili lo faceva sempre in questo modo: come a un bambino sprovveduto, che non sa come muoversi e ha bisogno di raccomandazioni precise. Mi ha spiegato quanto avrei potuto guadagnare se avessi giocato bene le mie carte; ha descritto le parole e il tono di una richiesta d'aumento.

A parte questo, alla fine sembrava soddisfatta.

Le lezioni a madre e figlia erano cinque giorni alla settimana per tre settimane. Quasi ogni mattina mi alzavo e andavo alla scuola-supermarket di Santa Monica.

Alla terza o quarta lezione la madre ha iniziato una dieta che le aveva consigliato il medico. Ha cercato di parlarmene in un italiano sconnesso: in equivoco su quasi ogni singola parola. Si portava a scuola un sacchetto di cellophane pieno di verdure fresche. Il principio della dieta era non lasciare mai inattivo lo stomaco. Dopo mezz'ora di lezione la madre tirava fuori cime di sedano e carote una a una; le sgranocchiava mentre io spiegavo qualcosa o facevo domande.

La figlia invece sosteneva di non mangiare quasi mai, cosa che mi riusciva difficile credere dato il suo aspetto. Diceva di vivere con qualche bicchiere di latte al giorno, e poche manciate di frutta secca. La madre confermava ogni tanto queste affermazioni: compiaciuta come se l'attitudine della figlia fosse da ammirarsi.

Per il resto, la loro attenzione era fissa sulla quantità di informazioni che potevano accumulare e portarsi a casa. Più volte hanno sottolineato il fatto che la scuola era costosa; consideravano ogni minuto come un investimento da non sciupare. Esaurivano con rapidità incredibile gli argomenti *exhaust* di conversazione che riuscivo a trovare, come due cavallette su una foglia di granturco. Facevano a brani le frasi, rosicchiavano via le parole nuove e scartavano in fretta quelle che già conoscevano. Dicevano tutte e due «Lo so, lo so».

Ho portato a scuola un vecchio giornale italiano, che mi era rimasto in fondo a una valigia. Madre e figlia hanno guardato con sospetto la carta ingiallita, le pieghe e increspature delle pagine. Hanno frugato tra le righe alla ricerca di termini sconosciuti; hanno spolpato il giornale in poco tempo.

Sono andato a parlare delle due allieve alla signora Schleiber; le ho chiesto se non c'era per caso un metodo da seguire. Lei mi ha detto «Lasciamo fare a lei». Ha aggiunto che madre e figlia erano le peggiori clienti della scuola. Ha detto di aver quasi litigato con la madre a proposito del costo delle lezioni.

Ho trovato un manuale di italiano nella biblioteca minuscola della scuola, tra libretti della Bank of America e vecchie copie del "National Geographic". Era una compilazione di frasi per turisti, divise a capitoli in situazioni-tipo, come "Al ristorante", o "Sul treno". Le frasi si sviluppavano in ramificazioni di possibilità secondarie, del genere «Vorrei una stanza a un letto, due letti, tre letti; al primo, secondo, terzo piano; con bagno, senza bagno; sulla strada, sull'interno».

Così passavo le lezioni a far memorizzare da madre e figlia le battute di un'intera situazione-tipo. Recitavo io stesso la parte dell'albergatore o cameriere o autista di taxi. Usavo accenti quasi caricaturali che riverberavano tra le pareti della stanzetta e infastidivano spesso chi era nei cubicoli adiacenti.

Poco alla volta madre e figlia sono divenute una visione ricorrente, che mi seguiva anche nei sogni. Mi capitava di immaginare le loro figure iperrealiste che mi fronteggiavano nelle situazioni più diverse: con una mano sull'orologio e l'altra a indicare oggetti di cui volevano conoscere il nome.

Una notte ho sognato che me le trovavo ai piedi del letto, furiose perché non mi ero alzato in tempo; gesticolanti. In effetti sono arrivato alla scuola in ritardo e ho trovato madre e figlia sedute sullo scalino di ingresso del parcheggio, con aria muta di rimprovero.

Con lo stipendio della prima settimana alla scuola sono andato in un negozio di articoli fotografici a comprarmi cinque o sei rullini in bianco e nero. A casa ho passato un'ora a pulire la mia Nikon con una pelle di daino e un soffietto; ho tolto i granelli più fini di polvere. Nel pomeriggio sono uscito in macchina a fare fotografie.

Giravo piano per Beverly Hills, nella parte residenziale. Stavo appoggiato di gomito alla base del finestrino, con la macchina già pronta nella sinistra. Se vedevo qualcuno che mi interessava, fermavo e mettevo a fuoco a distanza. Avevo un 1000 mm, pesante. Dovevo sostenere la macchina con due mani e spingere sullo schienale per tenerla stabile.

Il commesso che mi aveva venduto il 1000 mm in Italia diceva che gli sembrava assurdo usarlo per fotografare la gente; che andava bene per riprendere leoni nella savana, o i crateri della luna. Gli avevo detto che mi bastava appena; che anche così dovevo avvicinarmi troppo.

Non era spiacevole da tenere tra le mani: come un piccolo cannone brunito, con riflessi bluastri sulla superficie convessa della lente. Mi appoggiavo di gomito e lo puntavo su qualcuno a distanza di un isolato. Scattavo in successione, per fermare le diverse fasi di un movimento.

Le prime volte non mi rendevo conto di come alcune delle case erano in realtà piccoli scenari, studiati apposta per essere visibili in ogni particolare a chi passava lungo la strada. Le siepi e i cancelletti erano bassi in modo ridicolo; i ~hedges~ prati si aprivano piatti, per lasciarsi esplorare a sguardi. I proprietari si trattenevano nei giardini più del necessario; si sporgevano sulla strada, stavano in posa sulla porta. Non mi rendevo conto che era come andare a caccia in un allevamento di polli, con fucile e reticella e richiami. Ho fatto centinaia di fotografie inutili. Quando le ho viste stampate mi sono sentito idiota. Sarebbe stato lo stesso andare direttamente da loro con una Istamatic in mano e chiedere se per piacere potevo scattare qualche foto.

Ho cominciato a fermarmi davanti a case più schermate; a frugare in situazioni più mobili. Ci voleva molto più tempo, parecchi tentativi a vuoto. Ma capitava che un attore e un'attrice che erano stati amanti si incontrassero per caso davanti a un negozio di mobili, e rimanessero per un attimo imbarazzati, senza difese. Oppure un divo anziano doveva convincere il proprio cane a rientrare in casa dal giardino, ed era costretto a richiamarlo scompostamente: agitando le braccia. Era questa momentanea sbilanciatura di tratti, questa increspatura non prevedibile in una superficie omogenea che mi attirava. Su cento fotografie forse due o tre appartenevano a questa categoria; ed erano le sole che tenevo.

Jill non riusciva a capire perché queste immagini mi interessavano. Lo capiva sempre meno, man mano che riuscivo a ottenerne di più interessanti. Ogni volta che mi trovava a osservare con la lente di ingrandimento le stampe che avevo appena ritirato dal negozio, veniva a guardarle. La curiosità le si spegneva subito; appoggiava una mano sul tavolo e mi chiedeva «Ma cos'è?». La colpiva l'idea che potesse interessarmi il dettaglio di un'automobile, il particolare di un abito, il frammento di un gesto frettoloso. Mi guardava perplessa.

Quando mancavano due giorni alla fine del corso intensivo di madre e figlia, mi ha telefonato la segretaria di un'altra scuola di lingue.

La Suprème Language School è nel cuore di Beverly Hills, al settimo piano di un palazzo alto. L'ascensore dà direttamente sull'anticamera. Le pareti dell'anticamera sono coperte di fotografie di attori, attrici, registi e cantanti famosi. Tutte le fotografie sono firmate e dedicate, con frasi come: «Grazie Jacques per avermi insegnato a dire *Je t'aime*».

La mattina del colloquio ho camminato per l'anticamera con le mani dietro la schiena, guardando le fotografie. La segretaria seduta a un tavolo parlava in portoghese con qualcuno che chiamava «Vostra Eccellenza». La moquette era spessa cinque centimetri; a ogni passo i talloni mi affondavano nella superficie soffice. Le luci erano tenui, filtrate da tende spesse alle finestre e bocce giallo oro sui lampadari a piede. Intravedevo un finto arazzo alla parete di una stanza aperta sul corridoio. C'era un profumo acuto di gelsomino che sembrava emanare dalle pareti o dal pavimento. Cercavo di rallentare il ritmo del mio respiro ma senza riuscirci molto. Avevo paura che scoprissero da un momento all'altro di avermi chiamato per sbaglio; camminavo sulla moquette come su un terreno minato.

Appena ha finito di parlare al telefono in portoghese, la segretaria mi ha richiamato presso il tavolo, con un cenno sottile di mano. Mi ha salutato; mi ha porto un foglio da compilare sui due lati. Ho riscritto in forma schematizzata le referenze false che avevo indicato nella mia lettera; ho indicato date e nomi, cancellato caselle con piccole croci. Quando ho finito, la segretaria mi ha preso il foglio di mano. Non era brutta, ma indossava un abito color malva dalla strana scollatura; il suo sguardo aveva una consistenza non gradevole. Mi ha detto «Aspetti un attimo, prego». È andata verso una stanza in fondo al corridoio, bilanciata su tacchi sottili.

Ero seduto con le mani in tasca e guardavo nel nulla quando la segretaria è tornata. Mi ha detto «Ecco». Ha indicato il corridoio. Nel corridoio c'era un signore piccolo e brizzolato, vestito in un completo di lino grezzo a filaccioni. I pantaloni erano troppo lunghi e gli ricadevano in pieghe sopra le scarpe, le sommergevano dalla parte del tacco. I suoi occhi erano piccoli e assai vicini, ma anche molto attenti. Aveva un modo rigido di stare in piedi, in contrasto con lo stile dell'abito.

Il signore è venuto vicino a passetti rapidi, ha allungato la destra, ha detto «Molto piacere, Jacques de Boulogne». Gli ho detto «Molto piacere, Giovanni Maimeri». Lui mi ha chiesto «È per caso parente del musicista?». Ha avuto un gesto rapido che accantonava la domanda, prima che potessi chiedergli quale musicista. Si è girato di taglio e mi ha fatto strada lungo il corridoio: con un braccio proteso in avanti, a indicare la direzione. Sulla porta del suo ufficio c'era la scritta a caratteri dorati "Suprème Language School. Presidente Jacques de Boulogne".

L'ufficio era arredato più o meno come l'anticamera; c'era un finto mappamondo antico vicino alla finestra. Ci siamo seduti ai due lati di una scrivania di noce. De Boulogne mi ha detto «Signor Maimeri, il suo curriculum è molto ricco». Ho detto «Be'». Lui guardava la scrivania. Dopo un minuto si è inclinato verso di me e ha chiesto in tono sommesso «Ha visto senz'altro le fotografie in anticamera?». Ho detto di sì. Lui ha detto «Sono i nostri clienti. È per questo che siamo molto attenti a scegliere chi insegna».

Aveva una voce impostata, da scuola di dizione. Parlava bene e alla svelta, ma il suo accento francese traspariva in piccole deformazioni, o slittamenti di tono, che finivano per ricorrere ogni due o tre gruppi di parole. Era come uno che con un paio di pattini da ghiaccio ai piedi cerca di mantenersi eretto, e sta rigido e innaturale sulle lame: minacciato ogni tanto da piccoli cedimenti alle caviglie, che compensa accentuando la rigidezza dell'insieme.

Dopo una breve serie di frasi formali sulle qualità della sua scuola e la bellezza della lingua italiana mi è parso a disagio. Era paralizzato in un giro di genericità; trattenuto per le braccia. Non sapeva come spostarsi ad argomenti più specifici. Creava con enormi sforzi uno stacco di «Eh, bene», e subito tornava a protendersi verso di me e dire «Signor Maimeri, la nostra scuola è davvero la migliore di Los Angeles». Io dicevo «Certo, certo». Mi chiedevo come saremmo arrivati a parlare del mio stipendio.

Alla fine in una frase contratta mi ha detto «Signor Maimeri ai nostri insegnanti diamo di solito sei dollari all'ora». Gli ho detto subito «Va benissimo». Lui ha girato la testa rapido, mi ha guardato con un filo di sorpresa. Poi ha sorriso: sollevato, quasi infantile. Mi ha detto «Signor Maimeri, sono felice di averla nella nostra scuola!». Nella successione di sentimenti gli è sfuggito in qualche modo il controllo della pronuncia; il tono si è aperto: fiottava suoni francesi dagli spazi tra le parole.

La segretaria mi ha spiegato il metodo della scuola in una saletta contigua all'anticamera. Era leggermente perplessa sul mio inglese, sull'atteggiamento di grande distacco che avevo assunto.

Il metodo era molto semplice: si trattava di fare entrare in testa all'allievo un certo numero di parole, attraverso una tecnica di condizionamento che la segretaria chiamava "il trapano". Per la spiegazione si serviva di un manuale rilegato a spirale, fitto di disegni bidimensionali che rappresentavano oggetti e azioni elementari. Dovevo sostenere la parte dell'allievo. La segretaria indicava il disegno di una penna. Diceva «Questa è una penna»; io dovevo ripetere «Questa è una penna». Lei mi domandava «Cos'è questa?», e io dovevo rispondere «Questa è una penna» di nuovo. Mi guardava attraverso il tavolo, marcando la voce lungo i profili delle parole; distorcendole in successioni insensate di vocali e consonanti. Mi ha domandato «È un muro questo?»: sempre indicando la penna. Ho detto «No, è una penna». Lei allora ha avuto un gesto di rimprovero, mi ha detto «No, lei deve dire solo "Questo non è un muro". Che è una penna deve dirmelo solo quando le chiedo cos'è».

Io le guardavo la scollatura circolare del vestito, per non farmi sopraffare dalla stupidità della dimostrazione. Guardavo a occhiate oblique la scollatura: trattenuta com'era da un cordino lasco. Cercavo anzi di correggerla mentalmente riportarla verso l'alto a coprire la base del collo. Lei vedeva che la stavo osservando, e ne era forse lusingata. Mi ha sorriso in modo laterale un paio di volte; mi ha detto di prestare attenzione alla meccanica del metodo. Mi sembrava che cercasse di complicare la spiegazione, in modo da trattenermi nella saletta ed estendere il più possibile la situazione. D'altra parte non ne ero sicuro. Mi osservava ogni tanto in atteggiamento da maestra inseverita.

Quando abbiamo finito mi ha consegnato il manuale rilegato a spirale. Ha detto «Allora ci vediamo tra due giorni alle dodici in punto». Mi è venuto in mente che non sapevo a chi avrei dovuto insegnare, ma non volevo mostrarmi ansioso o indiscreto. Ho detto «Bene, grazie».

Stavo per andarmene quando lei mi ha chiesto «Sa già chi è la sua allieva, vero?». Ho detto di no. Lei si è avvicinata e con la stessa voce sommessa di de Boulogne quando aveva accennato ai "nostri clienti" mi ha detto «È la signora Marsha Mellows».

Devo dire che mi aspettavo di controllare meglio la reazione. Ero abbastanza preparato alla possibilità di insegnare a un'attrice o cantante nota. Ma quando la segretaria ha detto Marsha Mellows ho avuto un attimo di opacità totale: una strana onda di impressioni mescolate strettamente come molecole di gas che mi è salita dallo stomaco verso la testa.

Questo naturalmente è durato una frazione di secondo; l'impressione si è ribilanciata presto a un livello meno acuto. Però mi sono reso conto di essermi scoperto in un allungamento laterale degli occhi, o strascicamento dell'espressione che avevo quando la segretaria ha pronunciato il nome. Ero girato di tre quarti verso la porta che dà sull'ascensore, pronto a premere il pulsante di chiamata con l'indice della mano destra; stringevo il manuale con la sinistra. La frase della segretaria mi ha colto in questa posizione: involontariamente mi sono sbilanciato verso di lei, con un movimento della testa che seguiva la scia delle sue parole. Lei era troppo esperta per non leggere dentro questa frazione di secondo. Mi ha guardato e ha sorriso in modo quasi impercettibile.

Ho ringraziato e salutato con il maggior distacco possibile. Ho preso l'ascensore, che ai piani più alti si era riempito di impiegati che uscivano per l'intervallo di metà mattina.

Ho girato in macchina a caso per Beverly Hills, lungo le stesse svolte agli stessi sensi unici. Dai finestrini aperti entravano fiotti di aria calda e densa. Mi chiedevo se Marsha Mellows era in quel momento in una delle gioiellerie, circondata dall'attenzione dei commessi. Me la immaginavo davanti a una vetrinetta: con la testa inclinata a guardare una collana.

Mi sembrava di capire almeno parte degli scorrimenti di automobili; le conversazioni ai bar e davanti ai negozi. Ho pensato che fino a quel momento avevo osservato tutto dal di fuori, come uno può guardare un acquario e rimanere impressionato dalle forme e i colori dei pesci, senza per questo avere un'idea delle motivazioni che li spingono a nuotare dall'altra parte del vetro.

Pensavo a quante riviste mi era capitato di vedere con la faccia di Marsha Mellows in copertina. Mi venivano in mente sue fotografie nel giardino di casa, o truccata sulla scena. Cercavo di ricomporre sequenze dei suoi ultimi film, ma continuavano a ricorrermi in testa gli stessi primi piani. In questi primi piani la vedevo muovere le labbra e ripetere «Sono Marsha Mellows». Non immaginavo il suono delle parole: immaginavo di leggerle sulle sue labbra, mentre venivano pronunciate. "Marsha Mellows", perdeva la sua natura di nome e cognome di persona; diventava un sostantivo, come "mela" o "gelato".

Mi è venuto in mente che una volta in Italia avevo sentito una trasmissione alla radio su di lei. Stavo facendo colazione una mattina, ho acceso la radio e riconosciuto la voce di un mio ex compagno di liceo che parlava di Marsha Mellows. Aveva lo stesso tono ottuso e goffo di quando lo conoscevo, solo inspessito dal fatto di parlare alla radio; venato di accenti ironici di routine. La trasmissione era un servizio speciale su

Marsha Mellows, in occasione della prima italiana del suo ultimo film. Questo mio ex compagno di liceo parlava di lei come se la conoscesse da sempre. Si soffermava a descrivere particolari del suo aspetto fisico; del suo modo di muoversi. Paragonava la sua recitazione nell'ultimo film a quella in altri ruoli meno recenti. Girava attorno al suo nome con nastri di aggettivi da critico cinematografico. Si permetteva di riferirsi a lei come "Marsha"; strizzava l'occhio a chi ascoltava.

Aspettavo a un incrocio su Wilshire Boulevard e pensavo al mio ex compagno di liceo che guardava Marsha Mellows alla moviola, osservava le sue espressioni scomposte fotogramma per fotogramma. Pensavo anche alle volte che avevo dovuto ascoltare Marsha Mellows doppiata da qualche orribile attrice italiana: sovraimpressa nei giochi di parole, negli sbalzi di voce. Seguivo il movimento delle labbra per immaginare i suoni veri. Faceva così caldo che mi si appiccicava la camicia allo schienale.

Avrei voluto dare la notizia a Jill con disinvoltura, ma non sono riuscito ad attendere il momento giusto. Avevo immaginato due o tre intonazioni per dirglielo come se la cosa mi sembrasse solo una curiosità. Avevo immaginato di parlarle da seduto sul divano, con la testa girata di tre quarti. Invece lei era in bagno a farsi una doccia, e continuava a non uscire, e alla fine ho dovuto andare a picchiarle alla porta. È venuta fuori avvolta in un asciugamano color sabbia, irritata dalla mia insistenza.

Le ho detto «Insegno italiano a Marsha Mellows». Ma ho pronunciato le parole troppo alla svelta: si sono impastate una con l'altra. Anche la mia espressione non era giusta. Avevo una specie di riso nervoso ai lati delle guance. Jill ha chiesto «Cosa?». Mi sono irritato e le ho gridato «Cristo, insegno italiano a Marsha Mellows!». Lei mi ha guardato perplessa. Le ho detto «Davvero» un paio di volte, finché lei ha fatto un passo indietro e ha detto «Cavolo». Ha fatto una serie di piccoli salti in giro; ha detto che non ci poteva credere.

Ci siamo bevuti una birra per festeggiare, in due bicchieri a forma di scarponcino tirolese che Jill aveva ricevuto in regalo anni prima.

Il giorno dopo sono andato da Nieman-Marcus a comprarmi un foulard di seta e una camicia bianca. Una commessa del reparto foulards mi guardava con insistenza; mi seguiva con lo sguardo. Quando mi sono avvicinato al suo bancone mi ha chiesto se ero per caso un cantante inglese di cui adesso non ricordo il nome. Le ho detto di sì. Lei ha parlato con un'altra commessa; tutte e due hanno continuato a occhieggiarmi da dietro il bancone finché ho preso la scala mobile per il primo piano.

A casa mi sono provato la camicia nuova e il foulard con il mio abito bianco. Nello specchio intero del bagno facevo una buona figura. Mi sono aggiustato i capelli con una forbice discreta che Jill usava per tagliare stoffe.

La notte non ho dormito molto bene. Più che altro continuavo a pensare a possibili atteggiamenti, sguardi e frasi di presentazione.

Mi sono alzato tardi, poco riposato. Ho perso venti minuti almeno a farmi la barba. Mi sembrava di avere piccoli brividi di freddo; continuavo a sbadigliare.

Ho fatto colazione con Jill, anche se non avevo molta fame. Lei mi osservava con fin troppa attenzione. Ogni tanto mi chiedeva «Sei agitato, Giovanni?». Mi sentivo imbecille di fronte a questo suo modo di fare. Le dicevo «Ma Cristo lasciami in pace». Lei diceva «Va bene, va bene». Mi davano fastidio i suoi mescolamenti di miele nella tazza di latte e avena: il suo modo di girare il cucchiaio in circolo; batterlo di piatto sull'orlo della tazza, incantata dal piccolo ritmo percussivo che ne risultava.

Quando sono uscito lei mi ha salutato sulla porta: con occhiate per dire «Dài che ce l'hai fatta». Si è affacciata alla finestra sulla strada per vedermi uscire in macchina; mi ha fatto altri cenni di approvazione, ammiccamenti.

Sono arrivato a Beverly Hills quaranta minuti prima del giusto. Ho lasciato la macchina nel parcheggio di un grande magazzino e mi sono messo a camminare in giro.

Il cuore mi batteva più o meno alla base del collo, in una successione di pulsazioni minute: come piccole fitte regolari. Ho attraversato una strada, e mi è parso che i miei gesti fossero poco coordinati. Mi sono guardato nella vetrina di un negozio di antiquario; il riflesso mi ha rassicurato un filo. Ho respirato a fondo un paio di volte; senza forzare l'aria, per paura di peggiorare la situazione.

Non avevo un orologio, così ho fermato due vecchie signore per farmi dire l'ora. Le vecchie signore mi guardavano con sospetto, come capita quando le si ferma per strada; i loro orologi non concordavano. Allora sono andato fino in fondo a una strada, da dove si poteva vedere un grande tabellone luminoso sopra il palazzo di una banca. Il tabellone indicava la temperatura e l'ora: c'erano trentacinque gradi ed erano le dodici meno venti. Ho cominciato a camminare verso la scuola.

Ho attraversato un paio di incroci, e di colpo mentre camminavo mi è sembrato di aver perso il senso del tempo. Non riuscivo più a capire se stavo arrivando alla lezione in ritardo o no. Mi sono messo a correre lungo Rodeo Drive, parallelo al traffico ottuso di grandi macchine; ogni pochi metri rischiavo di travolgere qualcuno che entrava o usciva da un negozio. Poi sono passato davanti a un gioielliere e ho visto un orologio in vetrina che segnava le dodici meno un quarto.

Ho rallentato il passo; camminato senza fretta guardando le vetrine. Ma dopo un altro incrocio il senso del tempo mi è sfuggito di nuovo: non avevo la minima idea di quanti minuti erano passati da quando avevo visto l'ora. Mi è venuto in mente che forse era già mezzogiorno e venti; o l'una. Ho ripreso a correre come un pazzo verso la scuola: sudato e pieno di angoscia come una lepre braccata.

Sono entrato dalla porta a vetri nel grande atrio rivestito di marmo. L'orologio a muro sopra la portineria segnava le dodici meno sei. Non avevo nessuna voglia di incontrare Marsha Mellows ansimante e trafelato com'ero, se per caso era già arrivata. Ho preso l'ascensore con l'idea di starci cinque minuti e ricompormi davanti allo specchio. Ma ai piani bassi sono saliti nugoli di impiegati che andavano al bar sulla terrazza. Tenevano le mani dietro la schiena, guardavano in alto; si pressavano di spalle contro lo specchio. Ho cercato di sistemarmi i capelli e il foulard, ma non avevo spazio per vedermi. Ho dovuto salire fino all'ultimo piano, e poi scendere con grande lentezza, perché gli impiegati che erano già stati a bere tornavano nei loro uffici.

Sono uscito nell'anticamera, e la segretaria mi è venuta subito incontro, nervosa. Mi ha guardato male per il ritardo ma di sfuggita. È arrivata davanti a me, si è girata e mi ha condotto verso un angolo riparato della saletta. Ha detto «Prego, signor Maimeri». Su una poltrona era seduto de Boulogne, di fianco a Marsha Mellows. Tutti e due hanno guardato verso di me, con la testa inclinata.

De Boulogne si è alzato di scatto; ha atteso presso la poltrona di Marsha Mellows che anche lei si alzasse. A gesti l'ha guidata vicino a me. Ha detto «Signora Mellows, il signor Maimeri».

Vedevo la situazione attraverso un filtro: attraverso un vetro zigrinato. Marsha Mellows mi ha porto la mano; gliel'ho stretta ma senza sentire molto della sua consistenza. Le ho detto «Molto piacere» in italiano, cercando di fare risuonare i contorni delle parole. Lei mi ha guardato un attimo, si è voltata verso de Boulogne che le sorrideva con tutti i denti.

Si è girata di nuovo verso di me e mi ha detto «Ciao». Ha dato un'altra occhiata rapida a de Boulogne per vedere se aveva usato l'espressione giusta. Lui ha detto «Ma lei parla già benissimo». Continuava a sorridere come un cretino: con la faccia tirata agli angoli degli occhi.

Guardavo Marsha Mellows a trenta centimetri da me, e mi sembrava solo di vedere delle sue fotografie, disposte in successione così da creare un'idea di movimento. Guardavo queste sue fotografie di fronte e di tre quarti e di profilo, e mi sembrava di conoscerle bene. Mi sembrava di poter anticipare e accompagnare e concludere ogni suo gesto o espressione. Non vedevo molto nitido.

De Boulogne ha atteso qualche minuto e poi si è messo a guidarci lungo il corridoio. Camminavo quasi accostato a Marsha Mellows, senza capire bene la situazione. De Boulogne ha spalancato una delle porte; ci ha introdotti uno dopo l'altra. Quando siamo stati dentro si è ritratto nel corridoio, si è inchinato rapido. Ha detto «Buon lavoro, *Madame*».

C'era un tavolo ovale di abete, con otto sedie foderate di rosso. C'era una vetrata che dava sulla strada molto in basso, schermata da una tenda bianca a strisce gialle. Ho scostato una sedia per Marsha Mellows, a uno degli estremi dell'ovale. Lei si è seduta guardando davanti a sé; ha appoggiato sul tavolo la borsetta e un piccolo quaderno.

Era vestita con un completo di giacca e pantaloni azzurro opaco; una cintura sottile di coccodrillo le segnava la vita. Sotto la giacca aveva una camicia di seta a motivi equestri, che si rigonfiava soffice attorno al seno. I suoi capelli erano tirati indietro con un nastro giallo chiaro, a scoprirle la fronte e il profilo. Le sopracciglia erano sottili: due archetti regolari di pelini chiari. I suoi occhi erano dello stesso azzurro dei miei; forse appena più scuri. Questi particolari venivano a fuoco poco alla volta, man mano che riuscivo a vederla al di là delle fotografie che avevo in mente.

Lei sembrava imbarazzata; sbatteva le palpebre per non scoprirsi troppo. Mi sembrava di aver letto che aveva compiuto trentasei anni dieci giorni prima; in ogni caso non ne dimostrava di più. Aveva un'aria fresca, la pelle liscia e chiara. Ha indicato il quadernetto sul tavolo, più che altro per non mostrarsi a disagio. Ha indicato la copertina a fiori fitti.

Ha detto «L'ho comprato a Venezia nel '71, quando ero lì a girare *Treno di panna*. L'ho tenuto otto anni in un cassetto, perché non sapevo cosa scriverci. Non è una coincidenza se adesso lo uso per i miei appunti di italiano?».

La vera cosa strana era che *Treno di panna* era il primo film di Marsha Mellows che avevo visto in vita mia. A pensarci mi riusciva abbastanza difficile respirare.

Mentre parlava, Marsha Mellows tracciava segni con l'indice destro sulla copertina del quadernetto. Aveva un indice nervoso, magro. Ogni dieci parole alzava lo sguardo verso di me, per vedere le mie reazioni. Io la guardavo a distanza di un metro e mezzo: inclinato all'indietro sulla sedia. Tenevo la mano destra a sostegno del mento, la sinistra nella tasca dei calzoni. Mi sforzavo di mantenere un'espressione omogenea, tra interesse e leggero divertimento. Facevo emergere a tratti uno dei due elementi, per restare parallelo ai suoi racconti frammentari.

Dopo una decina di minuti di questa situazione ho detto «Bene, vediamo di cominciare la lezione». Marsha Mellows mi ha guardato; ha raccolto le mani, intrecciato le dita. Ho detto in italiano «Buongiorno, signora. Come sta?». Lei mi ha guardato senza capire. È arrossita leggermente agli zigomi: giusto una coloritura. Ha cercato di rispondere qualcosa, ma senza decidersi a pronunciare quello che aveva in mente. Alla fine ha detto «No capisce». Aveva una sottile luce di panico negli occhi; era chiaro che non le faceva piacere essere in una situazione di svantaggio. Si è rassettata sulla sedia, ha cambiato posizione due o tre volte. Mi ha chiesto rapida «Le dispiace spiegarmi?». Le ho spiegato. Lei ha riso; ha detto «Come sta! Come sta!».

Aveva una consistenza fragile, poco sicura: come se dovesse stare attenta a far rientrare le proprie espressioni in un perimetro prestabilito, senza molto margine libero. Forse aveva una specie di metro su cui misurare le reazioni, i toni di voce: una scala millimetrata. Quando prendeva fiato, o girava gli occhi, ricalcava immagini che mi ricordavo dai suoi film. Adesso venivano fuori più tridimensionali che in anticamera; appena più vere del vero.

Ho aperto il manuale alle prime pagine; indicato il disegno piatto di una casa. Ero allungato con il busto verso di lei, per farle vedere le illustrazioni da vicino. Ho scandito «Que-sta è u-na ca-sa». Marsha Mellows ha ripetuto «Questa è una casa» in una voce fina e lenta che trasformava la frase in una constatazione piuttosto triste. Le ho chiesto allora «È una casa questa?». Lei mi ha guardato perplessa; ha ripetuto «Questa è una casa». Non capiva dove volevo arrivare. Le ho detto «Deve dire: "*Sì*, questa è una casa"».

L'ho guardata e ho visto che la sua attenzione stava evaporando alla svelta nel gioco di ripetizioni. Le ho detto «Mi dispiace, il metodo è un po' stupido». Lei ha avuto una breve risata acuta, che usciva tra le labbra socchiuse, tra i denti ben curati e bianchi.

Cercavo di mantenere in equilibrio un atteggiamento da maestro di lingue esperto e disincantato, ma non sapevo bene cosa fare. Le ho chiesto di parlarmi di quello che voleva.

Lei si è messa a raccontare del primo viaggio che aveva fatto a Venezia con suo marito. Parlava veloce, accompagnandosi con una varietà di piccoli gesti delle mani. Portava le dita alla fronte per ricordarsi un nome; tamburellava i polpastrelli sulla superficie lucida del tavolo. Intervenivo ogni poche parole a scandirle un termine italiano; cercavo di aprire un varco nelle sue frasi per collocarci una didascalia.

Appena lei ha finito di parlare, ho preso a ricostruire il suo racconto: con frasi semplificate e piatte, che corrispondevano solo in superficie a quello che lei aveva detto. Dicevo «So-no an-da-ta a Ve-ne-zia con mi-o ma-ri-to». Lei ripeteva, seduta a braccia conserte. Le riusciva facile riprodurre i suoni come me li sentiva pronunciare; lo faceva alla svelta, quasi senza pensarci. Quando arrivava alla fine di una frase mi guardava. Siamo andati avanti così a lungo.

Ogni tanto dal margine alto di una parete provenivano strani rumori meccanici: come sfiatamenti di vapore in una tubatura. Erano così regolari che non capivo se si trattava di segnali per scandire le lezioni in quarti d'ora, o di un guasto nel sistema di condizionamento. Sono uscito in corridoio a vedere, ma il corridoio era vuoto; tranne per un acquario che ribolliva vicino alla nostra porta.

Stavo seduto in modo instabile: bilanciato sulle gambe di dietro della sedia, fino quasi al punto di rovesciarmi. Più longitudinale ero, meno mi sentivo a disagio. Tenevo i piedi puntati, lunghi in avanti sotto il tavolo. Quando non dovevo indicare qualcosa, tenevo tutte e due le mani in tasca. Mentre parlavo cercavo di convogliare agli occhi lampi di ironia. Cercavo di essere meno pedante possibile.

Quando c'è stata una pausa ho detto a Marsha Mellows «Fino a due giorni fa ho insegnato a un'orrenda coppia di madre e figlia grasse e arroganti». Lei ha riso una seconda volta; ma è stato un frammento di risata, interrotta dopo nemmeno un secondo da una mano portata alle labbra. La luce divertita nei suoi occhi è scomparsa sotto un'espressione di falsa innocenza. In questo momento mi è parsa del tutto impermeabile, qualunque cosa io potessi dire o fare.

Mi ha chiesto «Come si dice "grassa e arrogante" in italiano?». Le ho detto «Grassa e arrogante». Questa volta ha riso in modo diverso: inclinata leggermente in avanti, come sorpresa da un piccolo attacco di tosse. Questo successo minuto mi è salito alla testa; mi è andato in circolo nel sangue, in lampi ravvicinati di euforia.

Le ho dettato una breve lista di parole italiane. Guardavo le pagine rovesciate mentre lei le compilava in una calligrafia aguzza, con un pennarello blu. Mi colpiva il movimento del suo braccio destro: la vibrazione che produceva nell'aria e la vibrazione più interna, sotto la seta della camicia disegnata a ferri di cavallo. Mi colpiva l'idea di essere all'origine del movimento; di essere a un metro e mezzo da lei e lo stesso poter guidare la punta del suo pennarello. Lei aveva un profumo sottile, che si sprigionava attraverso la stanza con ogni suo gesto. Le facevo scrivere parole lunghe per poter respirare meglio questo profumo.

Poi le ho guardato l'orologio e ho visto che la lezione era finita. Erano anzi già passati cinque minuti dalla fine. Gliel'ho fatto notare; lei ha alzato il polso di scatto, come punta da una vespa. Ha detto «Accidenti». Ha messo il quaderno e il pennarello nella borsetta, l'ha chiusa alla svelta. In pochi secondi è diventata molto più sicura di sé. Si è alzata in piedi, mi ha detto «Grazie, Giovanni». Mi sono alzato e l'ho seguita nel corridoio. Non mi veniva in mente una frase brillante per concludere la lezione. La seguivo nel corridoio senza saper cosa dire.

Nell'anticamera c'era un giovane alto in divisa da autista che parlava con la segretaria, appoggiato con una mano alla scrivania. Appena ha visto Marsha Mellows ha smesso di parlare e si è raddrizzato, con il cappello da autista in mano. Ha mantenuto un sorriso fine sulle labbra, per far vedere alla segretaria che non era a disagio. Ha chiamato l'ascensore, aperto la porta a Marsha Mellows. Lei ha detto «Arrivederci»: già quasi fuori dalla porta. Io e la segretaria abbiamo detto «Arrivederci», più o meno sincronizzati.

Sono rimasto nell'anticamera qualche minuto, senza ragione. La segretaria ha tirato fuori una brioche dal cassetto della scrivania e si è messa a mangiarla. Le ho detto «Va bene, ci vediamo». Lei mi ha fatto notare che non avevo compilato la scheda. Mi ha indicato una cassettiera a muro, dello stesso legno della scrivania. Ho frugato nello schedario catalogato in ordine alfabetico: alla M c'era Mellows Marsha, come un qualunque altro allievo. Ho estratto la scheda e l'ho compilata con un pennarello appena troppo spesso.

Mentre scrivevo, la segretaria mi ha chiesto «Da che parte d'Italia vieni?». Mi sono girato, ma lei mangiava la brioche e guardava nel vuoto. Ho detto da Milano. Lei ha detto «Che meraviglia l'Italia! Tutte le fontane incredibili!» Le ho detto che a Milano non ci sono fontane; che la città è anzi una delle più brutte del mondo, è per questo che non ci vivo più. Lei si è girata come per dire «Ah sì?»; senza che questa mia osservazione producesse alcun mutamento nelle immagini mentali che stava percorrendo. Sono uscito due minuti dopo pensando a come lei era sgradevole, senza essere brutta né particolarmente villana.

In strada faceva ancora più caldo di quando ero venuto; l'aria era ancora più densa e opaca. I contorni delle macchine si dilatavano nello spazio; scorrevano paralleli ai marciapiedi in masse rosa e bianche, porose. Ho camminato qualche minuto raso alle vetrine, abbagliato.

Sono entrato in un negozio a comprare un paio di occhiali da sole. In vetrina c'erano due o tre manichini di polistirolo bianco, vestiti con camicie hawaiane. Dentro alcune commesse giovani si guardavano tra loro e oscillavano al ritmo di una canzone ripetitiva. Ho provato controluce tre o quattro occhiali diversi. Ho guardato in strada attraverso la vetrina, e sul sedile di dietro di una Rolls Royce azzurra mi è sembrato di veder passare Marsha Mellows.

Non ne ero sicuro: tutto quello che ho visto erano i capelli biondi raccolti e una mano che copriva il viso dal lato esposto al vetro. Ho pensato che se fossi uscito in strada a salutarla lei non mi avrebbe riconosciuto. Da fuori sarei stato uno che le faceva gesti; lei avrebbe letto solo quelli. L'autista avrebbe guidato via alla svelta attraverso il traffico. Del resto quest'idea non mi ha colpito in modo particolare; non avrei saputo cosa dirle in ogni caso.

Ho comprato gli occhiali da sole più scuri che c'erano: con lenti nere che alla luce filtrata del negozio mi rendevano quasi cieco. Sono uscito in strada e mi è parso di vedere il paesaggio in una prospettiva più equilibrata. Le lenti scure mi provocavano un senso leggero di nausea; ma questo mi è sempre capitato con tutti gli occhiali da sole, anche i meno impenetrabili.

A casa Jill non c'era. Non sapevo bene cosa fare; giravo tra il salotto e la cucina. Mi sono preparato un panino al formaggio e l'ho scaldato nel forno a infrarossi che la madre di Jill aveva mandato in regalo qualche giorno prima. Mentre il panino si scaldava ho dato un paio di pugni al condizionatore; senza alcun risultato. Mi sentivo appiccicaticcio per il caldo. Ho tolto il panino dal forno, acceso la televisione e schiacciato i tasti a caso. Mi sono sdraiato sul divano, con il pane che si sbriciolava sui cuscini.

Jill è entrata con due sacchi della spesa; mi è venuta davanti. Ha detto «Potevi aspettarmi». Aveva comprato un pacchetto di code di aragosta surgelate, per festeggiare l'inizio del mio nuovo lavoro. Ha tirato fuori il pacchetto da uno dei sacchi e me lo ha mostrato. Sotto la plastica si vedevano le code di aragosta: rossastre, coperte di cristallini di ghiaccio. Mi ha detto che ero stato villano a non attenderla. Le ho detto che mi dispiaceva.

Abbiamo mangiato le code di aragosta, quando già mi ero guastato la fame con il panino caldo. Jill si è seccata perché non le raccontavo molto della lezione a Marsha Mellows. Continuava a farmi domande morbose su com'era lei fisicamente, su cosa aveva detto e fatto. Alla fine se n'è andata a dormire, piena di irritazione.

Sono entrato nella stanza mentre lei stava dormendo, ho preso la cartelletta dove avevo messo le ultime fotografie che avevo fatto. In cucina le ho disposte sul bancone, una di fianco all'altra. Viste dall'estremità della stanza sembravano formare un'unica figura bianca e nera. Ho preso la lente d'ingrandimento che Jill teneva sopra la guida del telefono e le ho guardate da vicino.

C'era un particolare della fiancata di una Cadillac bianca, ferma davanti a un negozio di moda italiana. Attraverso il vetro di uno dei finestrini si vedeva la faccia di un signore sulla sessantina. Con la lente a due centimetri dalla carta potevo seguire la linea delle sopracciglia, gli zigomi di persona soddisfatta e gonfia di benessere; gli occhi distratti, persi in immagini autoriferite.

Ne ho osservate altre in successione: particolari di polsi, piedi scarpettati. Più avvicinavo l'occhio sinistro alla lente, più i particolari assumevano altri significati. Pensavo a cosa li collegava tra loro, come perle di una collana.

Prima che Jill si svegliasse sono andato in giro a fare altre fotografie. Arrivavo a un incrocio e puntavo il teleobiettivo: nascosto in parte dalla cornice della portiera e dai riflessi sul parabrezza.

Domenica mattina Jill ha telefonato a Marcus in cerca di ispirazioni. Con la testa sul cuscino la osservavo mentre parlava con la cornetta in mano: seduta sul bordo del letto, inclinata su un fianco. Si girava in modo da farmi vedere le sue espressioni.

A distanza di due metri sentivo la voce di Marcus, rimpicciolita e resa ancora più frenetica dal ricevitore. Non riuscivo a decifrare cosa stava dicendo. Solo ogni tanto un suono più lungo filtrava oltre la miscela di suoni contratti: una specie di «eeehm». Dopo queste pause il ritmo riprendeva come prima, punteggiato in una serie di esclamazioni o affermazioni concitate: come tanti «sì sì sì sì», o «hà hà hà hà» che si ripercuotevano sulla membrana del ricevitore.

Jill assentiva, o ascoltava in silenzio. Commentava quello che lui diceva con brevi escursioni verticali degli occhi; o laterali verso di me. Ogni tanto inspirava o faceva una domanda, o ricacciava indietro i capelli con uno scrollamento del capo. A un certo punto si è girata del tutto verso di me, con il busto ruotato di sessanta gradi rispetto all'asse delle gambe. Ha coperto il microfono con una mano. Mi ha detto piano «È fattissimo. Dovresti sentire che discorsi fa».

Dopo qualche minuto si è messa a rassicurarlo. Usava frasi del genere «Vedrai che si sistema tutto», o «Non devi pensarci così tanto». Mentre parlava appoggiava il mento alla base del collo, nel tentativo di osservarsi il seno. Quando lui si è rimesso a parlare, lei ha mantenuto solo segnali di presenza a intervalli regolari: una successione di «Certo, certo» del tutto automatici. Per il resto era girata verso di me e mi indicava il seno destro.

Quando ha finito la telefonata, si è rotolata fino a me attraverso il letto. Le ho chiesto cosa aveva detto Marcus; lei mi ha detto che si era scottata il seno al sole il giorno prima. Ha scostato il bordo dell'accappatoio di spugna. Mi ha detto «Guarda, mi sono scottata un po'». C'era solo un'ombra di arrossatura, due centimetri sopra il capezzolo destro. Le ho chiesto di nuovo «Che discorsi faceva Marcus?». Lei ha risposto in fretta «È depresso perché ha nostalgia di sua moglie che lo ha lasciato e perché il negozio è in perdita di nuovo». Le ho detto «Non sapevo che fosse sposato». Jill ha detto «Guarda». Ha aperto l'accappatoio e si è abbassata su di me, così che il suo seno destro era all'altezza della mia bocca. Ho chiesto «Ma che tipo è la moglie di Marcus?». Jill è rotolata di fianco; scesa dal letto; uscita dalla stanza. Sulla porta del bagno mi ha gridato «Non te ne frega niente di me». Ho insistito che non era vero.

Nel pomeriggio siamo andati a trovare i genitori di Jill a Pasadena. Quando siamo usciti di casa l'aria era rovente; la Volkswagen di Jill nel parcheggio si era riscaldata come un forno. Le gomme nere si erano allargate sull'asfalto. Siamo andati veloci per la freeway, ma era quasi inutile tenere i finestrini aperti e la capote abbassata: correvamo in un tunnel di gas caldo.

Dopo mezz'ora giravamo per le vie residenziali di Pasadena, dense di verde immobile. Jill ha fermato la macchina davanti a una casa abbastanza grande, di legno bianco. C'era un signore in calzoni al ginocchio che annaffiava il prato. Aveva un cappellino floscio in testa, una maglietta a maniche corte con una scritta pubblicitaria. Jill ha detto «Ciao papà», prima ancora di scendere dalla macchina. Il signore le ha fatto un cenno di saluto con la mano libera: senza alzare la testa.

Jill gli è corsa incontro saltellando sull'erba; l'ha stretto attorno al collo, baciato sulla guancia. Lui le ha dato due o tre pacche sulla schiena, senza molta forza né attenzione. Era un uomo alto e robusto, orsino nei movimenti. Jill è tornata verso di me alla macchina; mi ha detto «Vieni a conoscere mio padre». L'ho seguita attraverso il prato fino al padre.

Mi sono tolto gli occhiali da sole, gli ho porto la mano; ho detto «Buongiorno». Lui ha passato il tubo dell'acqua nella sinistra, ha alzato la destra in un cenno verticale. Mi ha detto «No guardi, ho la mano sporca». La mano non mi sembrava sporca in modo particolare; solo umida forse. Ho detto «Non importa»: sempre con il braccio teso verso di lui. Ma lui si considerava già disimpegnato dalla stretta; si è grattato la nuca con la mano libera. L'ho guardato in faccia, o nella porzione di faccia non coperta dal cappellino floscio. Era una versione più rozza dei tratti di Jill; più insistita.

Jill osservava me e suo padre che ci guardavamo; cercava di capire le nostre reazioni. È tornata addosso a lui per fargli qualche complimento sul giardino. Lui ha chiuso il rubinetto e arrotolato il tubo. Si è asciugato le mani sui fianchi; ha detto «Andiamo a salutare tua madre». Ha fatto strada per un percorso mattonellato che passava di fianco alla casa, attraverso un cancelletto di canne che dava sul giardino interno. Sul cancelletto ha avuto un gesto verso di me. Mi ha detto «Chiamami pure Don, eh?». Ho detto «Va bene».

La madre di Jill era distesa su una sdraio bianca sul bordo della piscina: una figura piatta e abbronzata, con la faccia nascosta da occhiali da sole. Si è alzata a sedere di scatto appena ci ha visti entrare; ha pescato un piccolo asciugamano verde da terra e se lo è messo sulle spalle. Ha detto «Ma che bravi! Non è una fantastica giornata?».

Jill è andata a darle un bacio sulla guancia. Ha esitato prima di appoggiare le labbra, alla ricerca di una zona libera dalla crema solare. Poi sono andato a salutare io: con le mani dietro la schiena per non ripetere la scena con il padre. Ho fatto un piccolo inchino; ho sorriso.

La madre quasi subito si è messa a gridare «Correte a mettervi il costume e fate un salto in piscina!». Indicava l'acqua, che rifletteva attorno reticoli di luce. Non avevo nessuna voglia di nuotare, ma era chiaro che la madre si sarebbe offesa se fossi rimasto seduto. Jill mi ha accompagnato in casa, ha tirato fuori da un cassetto un costume da bagno del padre. Mi stava malissimo: molto più largo del giusto, di una brutta stoffa impermeabile. Mentre tornavo fuori il padre mi ha gridato «Giovanni, vuoi una birra?». Ha raccolto le mani attorno alla bocca per far risuonare la voce, benché fossimo poco lontani.

Ho fatto qualche vasca, mentre Jill parlava con sua madre e il padre cercava di aggiustare uno spruzza-acqua che avrebbe dovuto innaffiare il giardino interno. Dava piccoli colpi di martello: inginocchiato, con i suoi calzoni a righe e il berretto in testa. Lo stesso riusciva a intromettersi con frasi o singole parole nella conversazione tra moglie e figlia. Ansimava leggermente, per lo sforzo di stringere lo spruzzatore e martellarlo mentre parlava.

Non avevo molta voglia di uscire, così ho continuato a nuotare in lungo per la piscina. Ogni tanto il padre mi chiedeva se l'acqua era abbastanza calda; sempre senza smettere di martellare. Gli dicevo «Eh sì». Cercavo di nuotare sott'acqua il più possibile, per non dover parlare. Alla fine sono venuto fuori; non potevo stare nella piscina fino a sera. Ho dovuto sedermi vicino a Jill, ad ascoltare sua madre che parlava.

Lei ha spiegato quanto era riuscita a guadagnare nel '78 con la sua agenzia di ricerche di mercato. Elencava cifre e date e nomi delle ditte per cui aveva lavorato. Il padre stava a sentire; continuava a trafficare con lo spruzza-acqua. A un certo punto la madre ha parlato anche di quanto aveva guadagnato lui: con lo stesso tono che si può usare per lodare le qualità di qualcuno davanti ad altri. Diceva «Giovanni, Don è il più grosso concessionario General Electrics di Encino. Quest'anno ha fatturato più lui delle altre quattro sedi della San Fernando messe insieme». Don passava un piccolo cacciavite nelle aperture dello spruzzatore; sfregava il metallo. La madre ha detto «Nel '78 tra tutti e due abbiamo guadagnato quarantamila dollari più che nel '77. Se anche quest'anno va bene compriamo un'altra casa, da affittare. Magari la teniamo per voi». Osservava me e Jill, per capire che intenzioni avevamo.

Verso sera il padre mi ha chiesto se lo aiutavo a preparare un aperitivo. Mi sono rivestito e sono andato nel soggiorno a guardarlo mescolare gin, martini e succo di limone. Quando ha colmato i bicchieri, li ho messi su un vassoio laccato, in atteggiamento da assistente di bar. Lui mi ha fermato mentre stavo per uscire: ha preso uno dei bicchieri e se l'è vuotato. L'ha riempito subito di nuovo dallo shaker. Mi ha messo una mano sulla spalla. Ha detto «Da giovane la mia compagnia mi ha mandato in Messico per nove mesi, e ho imparato lo spagnolo benissimo». Lo guardavo da sotto: lui molto più massiccio che mi premeva sulla spalla. Ha detto «*Io sabe muchas palabras*». Ho detto «Che bello!». Lui ha detto «Sì sì»; ma ormai aveva perso interesse, guardava nel giardino attraverso la porta-finestra.

Ho ripreso il vassoio per uscire. Lui si è girato e ha detto «Abbiamo sentito che insegni italiano a Marsha Mellows». Aveva un sorriso esagerato, a indicare stupore e ammirazione. La cosa mi ha seccato in modo incredibile, me lo sono immaginato che occhieggiava Marsha Mellows, mescolato a una folla di ammiratori. Ho detto «Sì». Ero pronto a dargli un calcio nello stomaco, o sospingergli la testa contro il muro: avevo i muscoli delle braccia tesi. Lui ha detto «Io e mia moglie siamo sempre stati ammiratori di Marsha Mellows». Ho detto «Bene».

Sono uscito nel giardino, con il vassoio in mano.

Sulla strada di casa Jill mi ha chiesto cosa pensavo dei suoi genitori. Le ho risposto che li trovavo simpatici. Lei ha detto «È un bel tipo papà, eh? E mia madre! A me sembrano i genitori più incredibili del mondo. Sono due persone fantastiche». Ha guidato zitta; poi ha detto «Sono contenta che ti siano piaciuti. Ho visto che hai fatto subito lega con papà». Aveva un tono infantile di voce, appena alzato a contrastare il rumore del vento; uno sguardo equivalente.

Di sera abbiamo visto un vecchio film melodrammatico alla televisione. Jill si è messa a piangere alle scene finali, io ho cercato di spegnere e ne è nata una lite di media consistenza.

Lunedì alle dodici sono arrivato alla Suprème Language School. Marsha Mellows non c'era ancora. Mi sono seduto nella sala delle lezioni a leggere un libro francese di archeologia. Sentivo attraverso la porta aperta la voce della segretaria che parlava al telefono con un cliente. Aveva un tono di zelanteria intollerabile. Dalla parete in alto provenivano i soliti suoni difficili da spiegare. Si sentiva il ronzio dell'ossigenatore dell'acquario nel corridoio; il rumore delle bollicine.

Non mi piaceva l'idea di stare seduto nella stanza ad aspettare, con le gambe accavallate e il libro in bordo al tavolo. Ho cambiato tre o quattro atteggiamenti in successione. Ho provato a sedermi più eretto, con il libro piatto e aperto di lato, appoggiato di gomito e con le gambe parallele al tavolo; senza libro, con un blocchetto per appunti e un pennarello rosso in mano. Mi sono alzato; seduto su una poltrona vicina alla finestra. Ho scritto un paio di righe senza molto significato, tenendo il blocchetto sulle ginocchia. Avevo un gomito sul bracciolo, i capelli che mi ricadevano sulla fronte. Ho aperto la camicia sul petto fino al terzo bottone; ci ho ripensato e l'ho riabbottonata. La piccola superficie lucida dei bottoni mi sfuggiva tra i polpastrelli; con le unghie cercavo di far presa sul bordo.

Due o tre volte ho sentito rumori dall'anticamera e mi sono bloccato com'ero; ma doveva essere la segretaria. Alla fine sono tornato al tavolo e mi sono messo a leggere il libro. Era illustrato con cattive fotografie in bianco e nero delle pitture rupestri di Lascaux, ritoccate e sfumate ai margini per non far vedere i graffi sui negativi.

A un certo punto mi è venuto in mente che forse non esistevano limiti ragionevoli ai ritardi di Marsha Mellows, che avrei potuto anche aspettare lì per ore e ore, prima che la segretaria venisse ad avvertirmi che la lezione era rimandata. Subito dopo mi ha colpito l'idea che forse non ero affatto il maestro d'italiano di Marsha Mellows, che forse ero in attesa nella saletta per tutt'altre ragioni.

Più o meno a questo punto lei è arrivata: con un'espressione bambinesca e trafelata. Si è affacciata sulla porta. Ha detto «Giovanni, mi dispiace». Mi sono alzato di scatto, ho detto «Non importa assolutamente». Mi sentivo come un cane recuperato dal padrone sulla porta del supermarket. Lei ha accantonato quasi subito l'ostentazione di rincrescimento. Ma in realtà doveva aver corso attraverso l'atrio, da come respirava.

Mi sono fatto dare il suo quadernetto, ho guardato la lista di parole che lei si era segnata la volta prima. Le pagine avevano una consistenza diversa da normali pagine di quadernetto: erano più dense, più morbide al contatto con i polpastrelli. Alcune parole erano scritte con piccoli errori, scambi di vocali: come *scuoli* o *albera*. Ho pensato di correggerle; preparato il pennarello sopra la pagina per modificare i percorsi della sua calligrafia. Invece ho guardato i brevi segni di inchiostro arricciato, le parole compiute e autonome, richiuse con cura su se stesse, sospese nel bianco del foglio, e le ho detto che andavano benissimo così. Le ho rilette una a una come lei le aveva scritte.

Lei mi stava a sentire, con le braccia raccolte. Le sue braccia erano appena più asciutte di come avrebbero potuto essere: si vedeva il disegno dei muscoli sottili quando le piegava. Aveva una camicetta di crespella a fiori con appena un accenno di manica.

Le ho chiesto di ripetere le parole del quadernetto, e indicarmi gli oggetti che corrispondevano ai nomi. Ho scoperto che non ne ricordava che pochissimi. Ogni volta che la correggevo, lei diceva «Ma certo». Era attenta a leggermi le labbra quando dicevo qualcosa; a volte riusciva ad anticiparmi. Mi strappava le frasi di bocca e le portava a conclusione; mi guardava in attesa di una conferma. Non tollerava di sbagliare. Quando le facevo notare un errore di pronuncia lei riprovava subito, tre o quattro volte di seguito. Se ancora non riusciva a ottenere i suoni giusti, si impuntava in giochi di lingua, come «la la la»: guardando in alto la lampada sospesa sopra il tavolo.

In questi scambi mi sembrava di acquistare una certa confidenza con lei; ma era una confidenza racchiusa, limitata dai ruoli che tutti e due assumevamo per la lezione. La comunicazione tra noi si riduceva al margine recitato attorno a ogni frase. Pensavo tutto il tempo a parlare di altro, ma non mi veniva in mente come. Cercavo di sospingere le mie qualità in superficie alla voce, così da renderle almeno visibili. Cercavo di essere spiritoso e distaccato. Ogni tanto avevo l'impressione di risultare invece patetico: di risultare un maestro d'italiano che vuole apparire spiritoso e distaccato. Facevo di tutto per allontanarmi da questa immagine; cercavo appigli per costruirne un'altra.

Quando la lezione è finita sono rimasto un attimo seduto, a osservare la sua metamorfosi di estraneazione. Il senso di strana accessibilità che trasmetteva mentre era seduta a scrivere si esauriva in pochi secondi. Poi tornava distante, come per un automatismo curioso. Sembrava di vederla riprendersi da una trance; riacquistare di colpo il senso dell'equilibrio e dell'orientamento. I suoi gesti divenivano più veloci in qualche modo, più ravvicinanti e precisi. Avevo la sensazione di non poterla raggiungere nemmeno a parole.

Le ho fatto un paio di osservazioni sulla città: senza alcuna naturalezza, con voce male impostata. Lei ha sorriso senza ascoltare molto, mentre riponeva le sue cose nella borsetta. Le ho aperto la porta; l'ho seguita in anticamera. Sono rimasto vicino alla segretaria a vederla uscire.

Mentre compilavo la scheda con i soliti dati, de Boulogne è passato per l'anticamera. Mi ha salutato; ha chiesto «Va bene, eh?». Aveva un tono leggermente allusorio: come il padre di Jill. Ha detto «La signora Mellows ha una facilità straordinaria con le lingue, non le sembra?». Ho risposto che mi pareva di sì. Lui ha detto che era molto contento di lavorare con me. Ha detto «Lavorare con Lei», come se questi fossero i termini della relazione.

Jill mi ha chiesto particolari sulla mia seconda lezione a Marsha Mellows. Le ho riferito due o tre scambi di battute senza soffermarmi troppo sui dettagli. Me la immaginavo che telefonava a suo padre, per dirgli che ormai io e Marsha Mellows eravamo amici.

In questi casi mi intristiva pensare a come la realtà procedeva lenta, secondo ritmi stabiliti su altre scale. Ogni mattina mi sembrava di essere vicino a una svolta, e ogni sera finivo per andare a letto con la sensazione di essere allo stesso punto del giorno prima.

Se ci penso, non credo di essere mai passato attraverso una successione altrettanto densa di stati d'animo contrastanti: trecce e spirali di ottimismo e depressione. Il mio umore cambiava quattro o cinque volte al giorno, sospinto da episodi marginali o piccoli mutamenti di sfondo che si ripercuotevano e amplificavano nel quasi-vuoto dove crescevano le mie idee. Queste idee, come canne su una falda d'acqua, crescevano parallele e in continua competizione tra loro. Tendevano a sminuirsi o porsi vicendevolmente in ridicolo, senza che una riuscisse a strappare da sola abbastanza spazio o credibilità.

Per esempio: a momenti pensavo che avrei voluto fare l'attore. Quest'idea reggeva per qualche tempo l'equilibrio dei miei pensieri; se li distribuiva attorno con grazia tale da fare apparire secondaria ogni considerazione pratica sul *come* farlo ecc… Ma non era un'idea fatta di sensazioni confuse. Era fatta di immagini, film o fotografie mentali: io in una grossa automobile che rispondevo ai saluti di gruppi di persone in strada; io sul bordo di una piscina in conversazione con diverse ragazze molto belle; io che parlavo davanti a due o tre telecamere, abbagliato dai riflettori.

Quasi sempre queste visioni erano ricche di dettagli, definite nei particolari più minuti. Mi bastava addentrarmi nel loro tessuto con una lente di ingrandimento per osservare lo sviluppo di immagini secondarie. A volte stavo per ore di seguito a guardarle da vicino: le ripercorrevo decine di volte senza riuscire ad abbandonare il tepore irreale che producevano. Dovevo aspettare che si esaurissero da sole.

Quando le immagini si erano sfaldate fino all'inconsistenza, venivano sostituite da pensieri del tutto incompatibili. Le considerazioni sul *come* divenivano dominanti, e io le stavo a guardare come uno guarda un muro abbastanza alto da non poterlo superare. Mi vedevo peggio di com'ero: goffo e presuntuoso, intralciato da ogni sorta di dettagli secondari. Mi bastava leggere la stroncatura di un film, o l'articolo che illustrava i meccanismi di una multinazionale, per convincermi di non avere alcuna possibilità reale di fare qualcosa.

La sfera di quello che avrei voluto essere e fare diventava spessa e stagna; lontanissima da quella che conteneva invece la mia vita. Il vetro delle due sfere diventava così denso e opaco da schermare del tutto la luce.

Dopo un paio di settimane che insegnavo a Marsha Mellows ho trovato un altro cliente alla scuola di Santa Monica. Dovevo correre lì appena finita la lezione alla Suprème. La scuola di Santa Monica sembrava incredibilmente sciatta in confronto a quella di Beverly Hills: le stanze piccole come scatole di cartone. Non avevo nessuna voglia di insegnare anche lì, ma avevo bisogno dei soldi.

Jill si è seccata quando le ho detto che non saremmo più riusciti a mangiare insieme. Ha detto «Cristo, così non ci vediamo più». Si stava sfilando i calzoni, in piedi sulla porta del bagno. Le ho detto che mi dispiaceva; lei ha buttato i calzoni in un angolo e detto «Non importa». Ha aperto il rubinetto della doccia, gridato «Non importa più un cavolo di niente».

Sono stato in bagno dieci minuti a litigare con lei: appoggiato di schiena al lavandino, con le mani in tasca. Gridavamo tutti e due, in competizione con il rumore della doccia che scrosciava. La vedevo come una silhouette rosa zigrinata attraverso il vetro scherma-acqua: con un braccio alzato, mentre si passava il sapone sotto l'ascella.

La mattina dopo Jill è uscita presto e tornata a casa verso le undici. Mi ha detto che aveva trovato lavoro in un'agenzia pubblicitaria collegata in qualche modo a sua madre. Aveva un tono euforico; di rivalsa. Parlava e camminava nel suo altro modo di parlare e camminare: sicura, arrogante, estranea.

Ha telefonato a sua madre. Aveva un modo frenetico di comporre i numeri: *zic zic zic* premeva i tasti uno dietro l'altro, senza smettere di camminare in giro per la stanza. Ha detto alla madre «È tutto sistemato, comincio domani. Quattrocento alla settimana». La madre le ha chiesto altri particolari; lei rispondeva a frasi corte, precisa sui dati da fornire. Girava in circoli per la stanza, tirandosi dietro il cavo del telefono con una mano. Se il cavo si impigliava in una sedia, lei dava uno strattone; o rifaceva il percorso alla rovescia fino a disfare il groviglio. Assentiva con brevi escursioni del capo, che la madre forse percepiva in qualche modo. Assentiva anche con manifestazioni vocali semiarticolate, come «*Ahà, ahà*» a intervalli regolari.

Ero in piedi appoggiato alla parete, perplesso per la sua ostilità. Non mi guardava neanche; nemmeno quando mi passava davanti in uno dei suoi percorsi circolari. Ogni tanto le facevo cenni di mano, o cercavo di fermarla, farla incespicare con uno sgambetto. Ma lei scartava di lato in tempo; respingeva i miei cenni con movimenti verticali della mano sinistra senza alzare lo sguardo. Appena finita la conversazione con la madre, ha premuto i tasti di un altro numero, ripreso a parlare di altri aspetti dello stesso argomento; forse con il nuovo datore di lavoro.

La guardavo: in parte dispiaciuto per la cattiva situazione tra noi, in parte stupito dai suoi modi di fare e toni di voce. Finivo per assumere un atteggiamento caricaturale, con gesti ed espressioni facciali del tutto inadeguate alla situazione. Ridacchiavo, la chiamavo in toni ridicoli mentre lei stava parlando al telefono con faccia seria. Appoggiavo il pollice della mano destra aperta a ventaglio in punta al naso e vibravo le dita a poca distanza da lei. La seguivo per la stanza e mi facevo scrollare di spalla ogni volta che riuscivo a raggiungerla. Le dicevo «Jill, Jill» giusto dietro le orecchie; cercavo di pizzicarle le braccia.

Non ero sicuro di cosa pensavo in questo momento: c'erano piuttosto grumi di impressioni, condense di stati d'animo che cercavo di rendere fluide gettando in ridicolo l'intera situazione. Ma Jill non è mai stata molto spiritosa. A un certo punto si è girata a guardarmi e mi ha detto «Cerca di comportarti da persona adulta».

Sono uscito con la macchina fotografica mentre lei ancora parlava al telefono punteggiando di «certo» e «naturale» e «assolutamente» la sua conversazione.

Ogni volta che mi sedevo alla destra di Marsha Mellows dopo che lei si era seduta e aveva composto quaderno e penna davanti a sé, mi chiedevo se c'era qualcosa di diverso. Mi sembrava che alcuni mutamenti sottili non emergessero che in seguito, quando ci ripensavo sdraiato sul divano di casa, o guidando in giro.

Lungo il percorso da casa a Beverly Hills mi immaginavo il suo aspetto al momento del nostro incontro; il suo modo di essere vestita. Mi immaginavo parti della nostra conversazione; i gesti che avrei potuto usare a supporto e decorazione delle parole. Anticipavo le sue reazioni, i suoi possibili sguardi.

Ma quando alla fine ero di fronte a lei, i contorni della situazione si sfumavano. Le mie percezioni erano sfalsate su due piani: alcune tornavano a galla molto dopo, quando servivano solo a riempirmi di ansia. I discorsi tra me e lei erano in sé privi di interesse; come quelli che hanno luogo tra allievo e maestro nel corso di una qualsiasi lezione di lingue. I veri scambi di informazioni avvenivano alla periferia dei nostri gesti, lungo nastri indipendenti dalle parole. E visto che queste informazioni erano ambigue al punto di non esistere nemmeno con certezza, la loro interpretazione era lasciata a se stessa; fluttuava su laghi di dubbi.

La cosa strana è che quando ero seduto davanti a Marsha Mellows avevo un'immagine incredibilmente precisa di me stesso dal di fuori: come guardarmi da una botola sul soffitto, o un'impalcatura a parete. Potevo osservarmi lungo l'asse del mio busto rispetto al tavolo e alla sedia.

Ho chiesto a Marsha Mellows di portarsi un registratore a cassette alla lezione, così da poterla riascoltare più tardi in automobile o a casa. Lei il giorno dopo è venuta con un minuscolo apparecchio di metallo brunito, che le aveva regalato un produttore giapponese.

Abbiamo fatto una prova: lei ha premuto un tasto mentre io seguivo la traccia di un breve discorso, finalizzato unicamente al suono delle parole. Abbiamo riascoltato la porzione di nastro. La mia voce suonava elettronica, interpretata in modi misteriosi dai microcircuiti. Ho detto «Bene, bene». Marsha Mellows si è allungata per spegnere il registratore, ma ha esitato un secondo sul tasto da premere. Si è sentita la sua voce che canterellava un frammento di canzone.

Era una canzone che avevo sentito molte volte alla radio: insistita su poche note ricorrenti. Non era bella, e questo riduceva in parte l'effetto di sentire la voce di Marsha Mellows che la ripercorreva. Lo stesso sono rimasto colpito. Ho guardato il registratore e sorriso in modo goffo. Anche lei era a disagio per questa piccola rivelazione involontaria: ha stretto tra le mani il registratore, come per coprire i suoni che aveva prodotto.

In un giorno molto caldo sono andato alla Suprème Language School e ho aspettato mezz'ora seduto al tavolo ovale. Marsha Mellows è arrivata quando stavo per andarmene; è entrata nella stanza con occhi ansiosi da persona in ritardo. Ero così seccato all'idea di averla aspettata a lungo, che l'ho guardata da seduto senza dire niente.

Lei ha scostato una sedia da sola; mi ha chiesto di scusarla. Ha detto che stava facendo delle prove e aveva pochissimo tempo libero. Ha insistito che ci teneva enormemente a continuare le lezioni di italiano. Ha detto «enormemente». Era stanca e accaldata, la sua voce aveva una sottile incrinatura.

Più tardi ridevamo di qualcosa, e lei mi ha toccato il dorso di una mano con due dita. Si è inclinata ridendo verso di me; ha appoggiato l'indice e il medio della sua mano destra sulla mia sinistra per un centesimo di secondo.

All'inizio di una lezione, Marsha Mellows mi ha chiesto se non avrei potuto continuare a insegnarle l'italiano a casa sua. Mi ha detto «Perché davvero non ho più tempo di venire qui». Parlava quasi sottovoce: non voleva farmi aver grane con de Boulogne.

Le ho risposto sottovoce che andava bene; ho aspettato giusto un attimo a dirlo, per filtrare le impressioni. Sentivo il sangue che circolava, in piccoli impulsi che dal centro del torace si diffondevano in alto verso le tempie.

Marsha Mellows ha segnato su una pagina del quadernetto il mio numero di telefono; lo ha sottolineato con un segno svelto di pennarello. Mi faceva quasi male vederle scrivere il mio numero: sentivo una pressione tra lo stomaco e i polmoni.

Sono uscito in strada, e si soffocava di caldo. L'aria era così densa e sporca da nascondere i profili degli edifici più alti. La gente girava in calzoni corti e sandali e camicie hawaiane, come se il caldo fosse in qualche modo godibile, e ci si potesse anzi considerare fortunati a disporne in così grandi quantità.

Ho preso la macchina e guidato fino a una gelateria attraverso il traffico. Ho parcheggiato giusto davanti alla vetrina, nello spazio vietato della presa per idranti. Sono entrato, ho ordinato una coppa grande di yogurt gelato all'arancia. Mi sono seduto; alzato a ritirare la coppa; seduto di nuovo allo stesso posto. Le altre persone nella gelateria erano attaccate alle pareti come mosche sul vischio: sudate e zitte.

La ragazza dietro il bancone aveva miscelato la mia coppa in proporzioni sbagliate; ci aveva messo di gran lunga troppo zucchero. Così bevevo yogurt dolciastro e mi appiccicavo le mani con quello che strabordava, e assorbivo il caldo terribile che entrava dalla strada e radiava dai muri.

Pensavo a come poteva essere la cucina della casa di Marsha Mellows; a che genere di piastrelle coprivano le pareti del suo bagno.

Di pomeriggio mi ha telefonato la segretaria di Marsha Mellows; mi ha tenuto in linea ad aspettare almeno dieci minuti. Quando alla fine Marsha Mellows è venuta al telefono stavo cercando di imburrare una fetta di pane con una sola mano, in piedi davanti al bancone della cucina.

Mi faceva impressione sentirla al telefono. Aveva un tono di voce leggermente infragilito, di persona che si deve occupare di troppe cose diverse. Dopo qualche frase generica mi ha chiesto quanto volevo essere pagato a lezione. Le ho detto quanto; lei ha considerato per qualche secondo la cifra. Mi sono imbarazzato; ho aggiunto «Se le va bene». Ma lei ha detto che le andava bene. Mi ha spiegato l'indirizzo si è dilungata nella descrizione di curve e cancelli, incroci che avrei incontrato.

Come mi capita in questi casi, ero molto più concentrato sul tono della sua voce che sulle informazioni che mi dava. Ho trascritto nomi e numeri in un groviglio di segni affrettati, sul dorso di una scatola di biscotti.

Otto

Verso le quattro di lunedì sono andato a Bel Air. Appena oltre la cancellata sul Sunset l'aria era più fresca di qualche grado, credo per il verde degli alberi, i prati estesi. Conoscevo le strade abbastanza bene, per tutte le volte che ero venuto a cercarci fotografie. Mi faceva impressione percorrerle con altre intenzioni.

Sul sedile di fianco avevo la scatola di biscotti con le indicazioni di Marsha Mellows; non le avevo trascritte perché me ne ero dimenticato l'ordine. Potevo solo ricostruirlo man mano che percorrevo la strada. La strada saliva a spirale attorno a una collina coperta di alberi e grandi cespugli fioriti. Ogni tanto si aprivano varchi verso la valle, in corrispondenza di cancelli e vialetti d'accesso. Quasi tutte le case erano a breve distanza dalla strada: le facciate aperte, rivolte a chi entra come colossali carte di presentazione. Tutta la collina era privata, silenziosa, protetta dall'esterno. Ho incrociato a un certo punto un'automobile blu di vigilantes, che pattugliava lenta come un predatore.

Dopo una curva ho visto un gruppo di mimose, che Marsha Mellows mi aveva descritto esattamente com'erano. La strada di accesso alla sua casa cominciava un centinaio di metri dopo. Quando mi sono reso conto di essere praticamente arrivato, mi sono lasciato quasi travolgere dal panico.

Mi salivano brividi ai fianchi, lungo la schiena, attorno ai polsi: per un attimo mi hanno sommerso al punto che ho dovuto accostare in margine alla strada. Poi mi sono guardato nello specchio retrovisore, mi sono aggiustato i capelli; ho guidato avanti fino al cancello.

Sono sceso a suonare il campanello. Giusto sopra il pulsante c'era una targhetta con la scritta "Attenti ai cani", a caratteri rossi. Ho suonato il campanello, e quasi subito un dobermann e un mastino inglese sono sbucati di corsa da dietro una siepe. Senza abbaiare; si sono fermati a guardarmi, con i musi tra le sbarre del cancello. Sono tornato a sedermi in macchina e ho chiuso la portiera. I cani mi guardavano; fiutavano l'aria.

Poco dopo è arrivata una ragazza messicana vestita da cameriera disinvolta: con un paio di jeans e una maglietta azzurra. Ha richiamato i cani e mi ha aperto il cancello. Mi ha guidato a gesti lungo il vialetto di ghiaia. Vedevo la casa: grande, bianca, con una veranda a colonnine. C'erano palme ed eucalipti, disposti simmetrici ai due lati del giardino.

Appena sono sceso dalla macchina i due cani sono venuti ad annusarmi le caviglie. La cameriera li ha chiamati per nome; senza risultati. Mi ha detto «Sono buoni. Non si preoccupi». Mi ha guidato all'ingresso e dentro casa, oltre l'anticamera. Mi ha aperto la porta della cucina ed è tornata indietro.

Marsha Mellows era seduta su uno sgabello alto: leggeva un libro di ricette che teneva sulle ginocchia. Ha sollevato lo sguardo, si è alzata e mi ha dato la mano; ha chiesto se mi era stato difficile trovare la strada. Era vestita con una camicetta senza maniche e un paio di calzoni di tela con molte tasche, di stile militare. Sono stato sorpreso a vederla così: anche i capelli erano meno tirati indietro, gli occhi meno truccati. Si muoveva nella cucina con un passo diverso da quello che avevo conosciuto; con un modo diverso di stare in piedi e bilanciarsi sulle gambe.

C'era un piccolo cane che dormiva su una sedia di paglia. Quando ha sentito la mia voce si è svegliato, si è messo ad abbaiarmi contro in tono aspretto. L'ho guardato e ho detto a Marsha Mellows «È un bel Löwchen».

Non era bello, in verità: bassino sulle gambe. Lei mi ha fissato con occhi larghi. Mi ha chiesto «Come sai che è un Löwchen?». Le ho detto che avevo letto qualche libro di cani.

Mi ha guidato in giro per la cucina, grande e piena di luce. Una porta a vetri dava su un giardino interno, racchiuso da un muretto. Mi ha indicato una terrina su un tavolo, alcuni ingredienti in pacchetti e barattoli. Mi ha detto «Devo assolutamente fare un dolce per questa sera. Va bene se facciamo lezione mentre lo preparo?». Ho detto di sì; lei mi ha indicato una sedia.

Ero seduto a un metro e mezzo dal tavolo dove lei preparava il dolce; senza giacca e con le mani in tasca. Lo stesso mi sentivo a disagio, perché lei era in piedi e mi sovrastava. Le ho chiesto se potevo prendere il suo sgabello alto; l'ho trascinato dal mio lato del tavolo. Così i nostri occhi erano più o meno alla stessa altezza, anche se lei guardava quasi solo gli ingredienti da mescolare.

Mi ha chiesto come si dice torta in italiano. Ha detto «Faccio torta con mano». Le ho detto «Signora Mellows, ormai parla benissimo». Lei mi ha guardato e si è messa a ridere. Mi ha chiesto «Come mai mi chiami Signora Mellows? Guarda che sei l'unico, davvero». Le ho spiegato che era stato de Boulogne a farlo per la prima volta; abbiamo riso tutti e due e ironizzato su de Boulogne per qualche minuto.

Lei mescolava burro fuso e zucchero in una terrina: con giri troppo stretti del cucchiaio di legno, che le costavano una certa fatica. Mi ha guardato mentre la guardavo. Ha chiesto «Italiani sempre fa torta?». Ho scandito «Gli italia-ni fa-n-no sem-pre la tor-ta». È suonata come un'affermazione, invece che un'aggiustatura della sua domanda. Questa è stata in ogni caso la sua interpretazione; ha fatto un mezzo inchino verso di me, come dire «Complimenti». Mi chiedevo se l'avevo vista in qualche film in una scena di cucina, ma non riuscivo a ricordarmene.

Cercavo di condurre la conversazione lungo una linea di didascalie, scandendo con pazienza parole e verbi; ma a un certo punto è stato chiaro che lei era completamente distratta dalla preparazione della torta. Rispondeva a caso, solo per farmi contento. Man mano che l'impasto diveniva più complesso, il suo vocabolario si sfrondava di parole e verbi e generi e tempi. Mi tirava una o due parole italiane ogni tanto, come si tirano pesci alle foche dello zoo. Alzava lo sguardo dalla terrina con l'aria di dire «Va bene?».

Alla fine ho rinunciato all'idea della lezione, e lei mi ha descritto la cena che voleva preparare per i suoi ospiti la sera.

Ero in leggero imbarazzo, per paura che le potesse sembrare villano descrivermi la cena e non invitarmi. Mi è venuto in mente che forse ero in una posizione stupida: seduto sullo sgabello a guardarla preparare una torta. Mi ero immaginato queste lezioni a casa in tutt'altro modo.

Le ho descritto alcune fotografie che avevo fatto il giorno prima: gruppi di anziani turisti sdraiati al sole davanti a un albergo che si affacciava su una strada. Mi avevano colpito perché avevano un'attitudine da spiaggia, e invece erano immersi nel gas di scarico. Lei non mi è sembrata molto attenta alla descrizione. Era troppo assorbita dalla torta. Però alla fine mi ha detto «Sarei curiosa di vedere le tue fotografie». L'ho guardata mentre cospargeva di uva passita l'impasto, dopo averlo rovesciato in una teglia. Ho pensato se era vero; se avrei potuto farglielo vedere; se da questo sarebbero nate delle svolte.

Lei ha messo la teglia in un grande forno a infrarossi; si è chinata a guardare attraverso il vetro. Dopo quattro minuti mi ha detto «Guarda, guarda». Sono andato a vedere, e la pasta stava lievitando; anche se mi pareva troppo densa per salire davvero molto. Lei ha detto «Sta lievitando». Si è girata a controllare le mie reazioni, e di colpo eravamo a pochi centimetri di distanza.

È suonato un campanello. Marsha Mellows si è scostata dal forno; ha detto «È Arnold». Si è asciugata le mani su uno strofinaccio appeso al muro, poi mi ha sospinto verso la porta. Mi ha detto «Così puoi conoscere mio marito». Non ero particolarmente contento di conoscerlo, ma ho detto «Benissimo». L'ho seguita nel soggiorno, che dava sul giardino con una grande vetrata.

Stavo in secondo piano, con le mani raccolte dietro la schiena, e ho visto una Lincoln nera arrivare sulla ghiaia del vialetto. La Lincoln si è fermata al margine sinistro della vetrata. Arnold Bocks è sceso: più o meno come me lo ricordavo da una fotografia. Era alto, largo, sulla cinquantina, vestito con un completo blu malgrado il caldo. Ha salutato sua moglie attraverso il vetro, con la mano aperta. Io ero più indietro, in piedi tra le poltrone; non mi ha visto. L'ho guardato procedere per tutta la lunghezza della vetrata, fino quasi alla porta d'ingresso, dove il vetro finiva. Marsha Mellows lo ha accompagnato da dentro: ha percorso per il lungo il soggiorno. Hanno camminato paralleli, divisi dalla vetrata, scambiandosi cenni e saluti di ogni genere.

Quando Arnold è entrato si sono salutati di nuovo; questa volta credo con abbracci e baci. Non li vedevo, ma sentivo i suoni dall'anticamera. Poi sono venuti tutti e due nel soggiorno: Marsha Mellows leggermente avanti, per presentarmi. Arnold l'ha superata negli ultimi metri, mi è arrivato davanti e mi ha porto la mano. Me l'ha stretta con forza; scossa per qualche minuto con grande energia. Mi ha detto «Buongiorno, *Señor*». Aveva una voce sonora, amplificata dal petto largo e profondo. Marsha Mellows gli stava di fianco lo guardava dal basso. Gli ha stretto il braccio sinistro. Mi ha detto «Arnold sa anche parlare italiano». Ma lui ha scosso la testa e detto «No, no», con aria di falsa modestia.

È andato verso un mobile-bar e ci ha chiesto cosa volevamo bere. Lo guardavo mentre mi girava la schiena, intento a estrarre bottiglie due alla volta. Era su una scala leggermente più grande del normale, non solo in dimensioni pure, ma per l'energia incredibile che investiva in ogni gesto; per il tono di voce e gli atteggiamenti di sicurezza smodata.

Ha girato la testa verso di me e mi ha gridato di nuovo «Cosa vuoi bere, Giovanni?». Ho detto «Non so». Lui mi ha gridato indietro «Come non sai, Giovanni? Forza!». Incalzava con la sua voce, come attraverso un megafono; compiaciuto e quasi grottesco nei movimenti. Aveva mani spesse, braccia spesse; anche la stoffa della sua camicia era spessa, tessuta di cotone solido, consistente. Oscillava la testa larga, mi guardava di profilo girandomi la schiena. Visto da dietro sembrava un monolito impressionante: compatto di ricchezza, di soddisfazioni; senza un dubbio nella vita.

Marsha Mellows gli ha detto «Fagli uno dei tuoi Negroni». Usava una voce sottile quando parlava con lui; o forse questo era un effetto della contrapposizione. Lui ha inchinato la testa come dire «sissignore»; ha alzato una bottiglia di Campari e l'ha guardata controluce. Mi ha gridato «Ho imparato a Venezia come si fanno i Negroni. Me l'ha insegnato il barman dell'Harry's Bar. Quando giravamo *Treno di panna* facevo esperimenti su tutta la troupe, finché sono riuscito a trovare le proporzioni giuste. Dovevi vedere come andavano in giro gli operatori». Ha fatto un cenno serpentino con il braccio. Rideva e gridava, rivolto a me, ma anche a un pubblico figurato molto più esteso. Ha gridato «Ti avverto che è molto più forte di come te lo fanno in un bar. E ci metto solo una goccia di angostura. È una mia aggiunta».

«Solo una goccia di angostura!», ha gridato di nuovo rivolto a Marsha Mellows. Le ha gridato «Signora Bocks!». La pungolava, le rovesciava addosso ondate di energia frenetica e sicurezza di sé. Lei rideva o sorrideva, faceva da comprimaria nella piccola recita.

Quando Arnold ha finito di preparare il Negroni, ha riempito due coppe di cristallo e le ha guarnite con scorza d'arancio che la cameriera aveva portato su un piattino. Ha versato dello sherry in un piccolo bicchiere, lo ha disposto su un vassoietto assieme alle due coppe. Faceva tutti questi gesti con forza, come per imporsi anche sugli oggetti. È venuto con il vassoietto dove io e Marsha Mellows eravamo seduti, ha porto a lei il bicchierino di sherry. Mi ha allungato una coppa di Negroni e si è tenuto l'altra. Si è seduto su una poltrona, tra la mia e quella di sua moglie. Anche in questo è stato eccessivo: si è affondato all'indietro, ha compresso il cuscino e lo schienale fino al loro limite di resistenza. Ha appoggiato una mano di piatto sul bracciolo, con le dita distese, a impossessarsi della poltrona.

Ha bevuto una sorsata di Negroni, poi si è allargato ancora di più, in attesa di complimenti. Mi fissava soltanto, come dire «Allora?». Gli ho detto «È il miglior Negroni che ho mai bevuto». Non riuscivo a ottenere lo spessore di voce che avrei desiderato: le parole più o meno scivolavano via. Ma lui era compiaciuto; ha scosso la testa, detto «Ahà!».

Poi mi ha gridato «Giovanni, allora. Raccontami come mai sei in questa città di pazzi». Nello stesso momento è entrata la cameriera a dirgli che c'era una telefonata per lui. Sono rimasto un attimo sospeso in avanti; proteso verso Arnold con le parole quasi pronte. Lui ha detto «Scusatemi» ha appoggiato il bicchiere sul tavolino, attraversato il soggiorno a passi lunghi. Erano passi così sicuri e arroganti da non produrre nemmeno rumore; se si esclude lo scricchiolio secondario della suola dei mocassini.

Si è messo a parlare a un telefono di fianco al mobile-bar grattandosi la nuca con la sinistra. Parlava senza lasciar tempo alle informazioni che gli arrivavano di sedimentare: rispondeva come in una specie di tiro al piattello di parole. Diceva «Sì, sì, sì, sì». Rispondeva a domande con altre domande; ciascuna che già prevedeva una risposta, o almeno lo spirito e i motivi della risposta.

Marsha Mellows lo guardava attraverso il soggiorno, cercando di ricavare l'intera conversazione dalla metà che poteva seguire. Arnold a un certo punto ha detto «Ne parlo a Marsha, perché in fondo è lei che deve decidere». Ha alzato ancora la voce, ha gridato «Ti ho detto che decideremo in questi giorni»; poi «Sì sì sì certo che lo so».

Guardavo il soffitto o gli eucalipti nel parco. Cercavo di sorseggiare piano il mio Negroni, in modo da non finirlo subito e restare disimpegnato nei gesti. Ho provato un paio di volte ad accarezzare il Löwchen, che si era seduto sul divano di fronte a me; ma ogni volta che avvicinavo la mano lui ringhiava. Pensavo a due o tre possibili frasi per dire che era tardi e dovevo andare.

Poi Arnold ha messo giù il ricevitore, detto a Marsha Mellows «Era Harvey da Chicago». Lei ha detto «Questo lo avevo capito». L'ha guardato come per avere qualche informazione; lui ha sospeso il discorso con un gesto di taglio. È tornato verso di noi e si è seduto. Mi ha detto «Scusa tanto, Giovanni». Ho detto che non importava. Lui mi ha guardato con un'espressione che pareva sorpresa e invece era assente. Infatti qualche secondo dopo mi ha detto di nuovo «Scusa tanto». Ho pensato a una frase di congedo, mi sono spostato in bordo alla poltrona. Invece lui ha notato che avevo il bicchiere vuoto; si è alzato a riempirmelo. Si è riempito anche il suo ed è tornato ad affondarsi nella poltrona.

Mi guardava da una distanza di due metri, con i suoi occhi arroganti; con la coppa di Negroni vicina alle labbra. Marsha Mellows gli si è seduta sul bracciolo della poltrona; gli ha passato un braccio attorno alle spalle. Gli ha tolto qualche pelucco dalle maniche della giacca, con piccoli movimenti rapidi delle dita.

Lui mi ha gridato «Ho sentito che fai il fotografo, quando non insegni l'italiano a mia moglie». Cominciavo a sentirmi in una situazione ridicola: seduto di fronte a marito e moglie abbracciati sulla poltrona, con il marito che mi interrogava.

Ho detto «Be', non proprio il fotografo». La frase è suonata male: come una goffaggine da dilettante. Ho cercato di recuperare a gesti; coprire le parole con espressioni facciali discordanti. Ma Arnold non aveva nemmeno notato la mia risposta. Mi osservava pensando a chissà cosa, con la testa larga e fissa. Marsha Mellows gli carezzava la nuca.

Lui d'improvviso mi ha chiesto «Ma non ti interessa lavorare nel cinema?». Non capivo se intendeva la frase come battuta ironica o cercava invece di sondare i miei motivi. Non capivo niente del suo modo di fare: non riuscivo a decifrare le sue espressioni. In ogni caso ho risposto nel peggiore dei modi, senza scegliere tra le due interpretazioni possibili. Ho detto «Mi piacerebbe». Ho aggiunto subito un sorriso che avrebbe potuto apparire ironico, oppure ingenuo in modo adeguato alla frase. Ma nel distendere le labbra l'equilibrio che volevo creare si è incrinato malamente; la seconda componente ha finito per prevalere in modo imbarazzante sulla prima.

Arnold mi ha fissato; ha detto solo «Ahà». Era un grosso animale da preda, uno squalo da freeway. Era così compatto e denso da sembrare indistruttibile. Aveva un orologio d'oro spesso un centimetro; mocassini di coccodrillo. Aveva due grossi anelli alla mano sinistra, uno con rubino esagonale. Profumava di acqua di colonia.

Mi sono alzato; ho detto che dovevo andare a casa. Ho ringraziato per l'aperitivo e la gentilezza. Marsha Mellows è uscita in parte dalla trance che l'avvolgeva in presenza di suo marito: si è alzata. Mi ha detto «Ci vediamo lunedì alle quattro». Anche Arnold si è alzato, mi ha scosso la mano facendomi vibrare tutto il braccio. Si è girato verso sua moglie e le ha chiesto «Perché non facciamo venire Giovanni domani sera?». Lei ha detto «Certo». Lui si è entusiasmato all'idea; ha gridato «Certo! Vieni domani sera alle otto. Abbiamo qualche amico a cena. Non occorre l'abito da sera». Non ha nemmeno aspettato che gli dicessi se mi andava bene; mi ha sospinto verso l'anticamera con dimostrazioni di grande cordialità. Marsha Mellows si teneva in secondo piano: lo assecondava e sorrideva.

Sono andato verso la macchina. A metà strada mi sono girato a salutare: erano insieme sulla porta. Lui la teneva stretta attorno alla vita, con il braccio spesso.

Sono uscito di casa verso le sette e dieci; ho perso tempo nel cortile a pulire i vetri della macchina con una pelle di daino. Poi ho raggiunto Wilshire Boulevard e l'ho seguito per un pezzo verso il mare, dove mi ricordavo di aver visto un fioraio. _Florist_

La sera aveva cominciato a perdere luce: i gialli si sbiancavano, diventavano grigi poco alla volta. I piccoli edifici bassi e squadrati venivano fuori in modo diverso. Usavano le insegne luminose per giustificarsi almeno in parte; per creare false impressioni. Guardavo i supermarket di secondo piano, le rivendite di automobili, i ristorantini messicani dritti sulla strada. Mi colpiva vedere com'era inconsistente la città; piatta e fragile e sparsa.

Ho trovato il negozio di fiori: una specie di casetta tonchinese, con un tetto rossastro elaborato e una bandiera bianca e rosa nel parcheggio. Dentro c'erano una signora anziana alla cassa e un commesso nero in grembiule. Ho chiesto se avevano delle rose; ma erano finite. In verità erano finiti anche gli altri fiori, tranne un paio di composizioni in grandi cesti di vimini. La signora dietro la cassa mi ha detto «Prenda una composizione». Non è che cercasse di convincermi: lo diceva in tono stanco e annoiato. Il commesso nero si è mosso, con aria di voler sollevare la composizione dallo scaffale dov'era appoggiata. L'ho fermato a metà strada. Ero sicuro di non avere abbastanza soldi per pagarla. Ho detto «Grazie, ma volevo delle rose». La signora mi ha fissato da dietro la cassa: aveva un paio di occhiali azzurrati, un colletto bianco a punte aguzze. Ha sbadigliato, si è girata a guardare la strada attraverso la vetrina. Ho guardato lei che guardava fuori, e mi sono accorto che la sera stava diventando scura.

Sono arrivato a Bel Air alle otto. Mi chiedevo se per caso si erano dimenticati di avermi invitato; se stavano già mangiando con i loro amici. Ho pensato un paio di volte di tornarmene a casa.

All'imbocco di un vialetto di accesso ho visto un grande cespuglio di gardenie. Il bianco dei fiori spiccava nella luce che era rimasta. Ho fermato e sono sceso, ho fatto il giro della macchina. Il cofano era così lungo che mi ci è voluto un minuto prima di essere dal lato del cespuglio. C'era un vento sottile, che mi entrava nella giacca e la strapazzava leggermente. Ho cercato di staccare un rametto con quattro fiori; ma era molto più flessibile e resistente di come mi aspettavo. Mi sono messo a tirarlo e torcerlo; ho scosso tutto il cespuglio con furia. Un cane si è messo ad abbaiare dalla casa vicina: con voce rauca e profonda di bestia grossa e incattivita. Ho tirato ancora il ramo, ma le dita mi scivolavano. Ho pensato che stavo arrivando in ritardo; ero sudato, in preda al panico. Mi è venuta voglia di risalire in macchina, ma ormai avevo immaginato il mio arrivo con qualche fiore in mano. Ho infilato a caso le mani nel cespuglio, passato la dentellatura di una chiave fino a recidere un rametto. L'ho guardato in fretta, ho visto che c'era una sola gardenia. Sono salito in macchina lo stesso; ho guidato altri quattrocento metri, fino alla casa di Marsha Mellows.

Il cancello era aperto: sono entrato senza dover suonare. I cani erano legati da qualche parte, perché li sentivo abbaiare da dietro la casa. Ho parcheggiato la macchina tra le Mercedes e le Cadillac e le Rolls Royce degli altri ospiti. Ho fatto un giro largo in corrispondenza della vetrata, per non farmi vedere dal soggiorno.

Ho suonato alla porta: la cameriera è venuta ad aprirmi,

questa volta in divisa con la crestina. Nell'anticamera ho guardato la gardenia che ero riuscito a prendere, e ho visto che non era molto bella. Era leggermente sciupata, credo per la rabbia con cui avevo staccato il rametto. L'ho porta alla cameriera; ho detto «È per la signora». Lei si è ritrovata con la gardenia in mano. L'ha guardata un attimo, con aria di volerla posare da qualche parte. Invece mi ha guidato nel soggiorno, con espressioni poco convinte.

Sono entrato nel soggiorno, e nello stesso momento Marsha Mellows stava venendo in anticamera a vedere chi era arrivato. La cameriera le ha mostrato subito la gardenia: con un movimento formale del braccio, fuori proporzione con le qualità del fiore. Marsha Mellows mi ha appoggiato tre dita sulla spalla destra e ha detto «Grazie, che gentile». Ero così imbarazzato che mi sono sentito in dovere di dire «È una gardenia del mio giardino», per giustificare in parte la presentazione. Ma lei era distratta dalla serata: mi ha sospinto tra gli altri invitati.

Arnold era al centro di un grande divano, quasi rovesciato su una ragazza in abito lungo a fiori. Ero sicuro di averla vista alla televisione, ma non mi ricordavo in che programma. C'erano quattro o cinque gruppi separati di persone, che vibravano su frequenze diverse, con diverse intensità di suoni. Il centro di uno di questi gruppi era una signora anziana, avvolta in un vestito rosa che formava due alucce in corrispondenza delle spalle. Distribuiva battute a quelli intorno, che in apparenza si divertivano moltissimo. Mi sembrava di conoscere anche lei; di averla già vista.

Marsha Mellows mi ha condotto a braccio a fare il giro degli invitati. Mi presentava come «Il mio maestro di italiano, e un fotografo bravissimo». Tutti approvavano con la testa; dicevano «Fantastico», o «Che bravo» senza pensarci molto. Più che altro allargavano le labbra e sorridevano; mostravano il bianco dei denti.

Marsha Mellows mi guidava in giro, e di colpo mi stava presentando a gente come Steve Graham, Louise Alberts e Tony Fleets. Erano lì seduti sulle poltrone in mezzo agli altri ospiti, perfettamente a loro agio; ridacchiavano e si scambiavano frasi come a casa loro. Erano vestiti con giacche leggere, foulards di seta al collo, scarpe morbide; sembravano morbidi loro stessi, affondati nelle poltrone. Ho stretto la mano a tutti, senza rendermi conto esattamente di quello che facevo. Loro ricambiavano la stretta; si curvavano in avanti come se fossi stato uno dei loro amici.

Mi facevano la stessa impressione di quando avevo visto Marsha Mellows la prima volta: mi sembravano appena più che tridimensionali. Erano più stagliati nello spazio di una persona normale; i loro lineamenti definiti meglio, illuminati meglio. Ero abituato almeno in parte all'idea di avere a che fare con Marsha Mellows, ma questo rimetteva tutto in discussione; mi faceva dubitare dei collegamenti di spazio e tempo. Mi sembrava di essere precipitato di colpo al centro delle cose, ma non avevo idea di dove era cominciata la caduta, o cosa avrei dovuto fare una volta lì. Cercavo di rendermi conto della situazione; di non perdere troppo tempo a sincronizzarmi con la realtà. Cercavo di demolire il vetro delle sfere alla svelta; mettere in contatto la mia vita con la vita vera.

Mi sono seduto a caso di fianco a una signora che mi indicava un cuscino libero sul divano. Ho scoperto subito che era l'unica persona nella stanza che non mi interessava, ma ormai ero seduto. C'era un tipo dalla testa sfuggente alla mia sinistra: credo un attore minore. Un cameriere mi ha porto un cocktail. La signora mi ha chiesto «Lei è italiano?». Ho detto sì, e lei ha detto «Che bello». Aveva una faccia troppo abbronzata; tesa, tirata agli zigomi forse da una plastica. Mi sembrava di vedere alle orecchie le due piccole incisioni della plastica. Aveva un bicchiere pieno in mano, ma era chiaro che ne aveva già vuotati due o tre.

Ha detto «Mio marito e io siamo stati spesso in Italia». Aveva una nota di rimpianto nella voce, e ho pensato che il marito fosse morto. Ho detto «Mi dispiace». Lei mi ha guardato stupita; ha detto «Le dispiace?». Mi sono girato e ho visto che il tipo dalla testa sfuggente rideva: con una mano davanti alla bocca per trattenere i suoni. La signora ha detto «Io e mio marito facciamo gli arredatori di interni». Ogni volta che pronunciava parole larghe le si tendeva la pelle della faccia. Ho detto «Interessante».

È suonato il campanello, la cameriera ha attraversato il soggiorno per aprire la porta. C'è stata una breve esplosione di voci in anticamera, poi è emerso un signore anziano vestito in abito bianco, con un mazzo di tulipani in mano. Ha agitato i fiori verso Marsha Mellows; gridato «La Splendida! la Splendida Marsha Mellows!». Lei gli è andata incontro con le braccia tese; lo ha abbracciato e baciato sulle guance, ringraziato per i tulipani. La cameriera li ha presi e portati via, li ha messi in un vaso.

Marsha Mellows ha condotto in giro il signore tra gli invitati, come aveva fatto con me; tranne che tutti lo conoscevano bene, si slanciavano subito a salutarlo. Tutti dicevano «Come va, Freddie?»; o solo «Freddie!», con gesti di eccitazione. Mi è venuto in mente quasi subito che doveva essere Freddie Aaron, il regista. Continuavano a emergere facce che conoscevo benissimo; si sovrapponevano tra loro; alcune ne nascondevano altre. Non ero stupito, ormai: affondato nel divano, tra la signora non interessante e l'attore di secondo piano. Tutti ridacchiavano, si pizzicavano le braccia, bevevano più che potevano.

Marsha Mellows ha battuto le mani a un certo punto, e due o tre paladini che le stavano attorno hanno cominciato a zittire almeno le persone più vicine. Quando il rumore si è attenuato, lei ha indicato la porta che dava sulla sala da pranzo. Abbiamo seguito tutti in branco, con i bicchieri degli aperitivi in mano per mantenere qualche atteggiamento durante il tragitto. Arnold sospingeva avanti gli ospiti, creava vortici di ridacchiamenti e risate aperte, faceva osservazioni sicuramente già utilizzate prima. Stringeva in vita le donne, si attaccava al braccio degli uomini, gridava e rideva e pungolava in avanti. Quando mi è passato vicino mi ha chiesto se avevo fame; gli ho detto molta. Lui ha gridato «Bravo Giovanni! Hai capito com'è la situazione!». Ha seguito queste parole con tutta la sua persona; proteso oltre la spalla di una ragazza alta e riccia che lo sosteneva malvolentieri. Ha ruotato gli occhi e allargato la bocca in un'espressione di compiacimento: gli ho guardato i denti fitti, lucidi.

Marsha Mellows ha guidato gli ospiti attorno a un tavolo lunghissimo, ha indicato i posti; altri li ha indirizzati a gesti da lontano. Ci siamo seduti tutti, guardando i vicini di sedia. Ci siamo messi a forchettare un risotto freddo con gamberi e piselli, man mano che il cameriere ce lo versava nei piatti. I piatti erano bianchi e blu, con i simboli dello Zodiaco. Non erano disposti in modo da corrispondere al segno di chi ci mangiava: io per esempio avevo Pesci, anche se sono Gemelli. Ho guardato lungo la tavolata per scoprire se ero l'unico non combinato con il suo piatto, e ho sentito due o tre persone che dicevano «Ehi! Questo non è il mio segno!». I piselli erano in scatola: dolci e molli, di un verde sbagliato. Gli altri invitati li mangiavano senza notarlo; si ingozzavano a forchettate rapide.

Cercavo di seguire le conversazioni; mangiavo e ascoltavo a destra e sinistra. Quasi tutti lavoravano nel cinema, o in campi collegati al cinema in qualche modo. I discorsi erano attorno a registi, produttori, attrici, film già usciti o ancora da fare. Al centro di ogni battuta c'erano frammenti di episodi, o episodi interi così poco comprensibili in sé da sembrare porzioni di storie più complesse. Ogni volta che qualcuno rideva, lo faceva in modo da dare l'idea di ridere per motivi particolari, non apparenti. Cercavo di ridere subito anch'io in questi casi, per non creare diffidenza in quelli che mi sedevano vicino. Poco alla volta ridevo più forte; bevevo Pinot californiano e acquistavo confidenza. Mi allargavo sulla sedia, distendevo le gambe.

Louise Alberts era seduta a tre posti da me, alla mia sinistra, più o meno con la stessa faccia e lo stesso vestito che aveva in *Giorni pazzi*. Stuzzicava i suoi vicini di piatto, faceva osservazioni sui loro modi di essere. Ho perfezionato un paio di sue battute, le ho condotte a un possibile sviluppo ulteriore. Intervenivo abbastanza sul sicuro, a giochi avviati. Ma il ritmo generale era molto veloce, e non era facile cogliere il momento giusto. L'iniziativa passava subito a qualcun altro attraverso la tavola.

In effetti la conversazione seguiva ritmi difficili da prevedere. In certi momenti la sovrapposizione di voci era così fitta e densa da non lasciare alcuno spazio: le diverse frequenze si intrecciavano su diversi strati. Poi capitava che i

166

discorsi si arenassero tutti allo stesso momento, restassero lì come pesci sulla sabbia. Qualcuno ripeteva «Già» oscillando la testa, o il bicchiere. Si sentiva il rumore delle forchette, le bocche che masticavano. E un secondo dopo c'era uno che si precipitava a raccogliere la conversazione e la strappava in giro come una palla da rugby, inseguito dagli altri. Le voci si intessevano alla svelta di nuovo, creavano un tunnel di suoni sopra la tavola.

Arnold e Marsha Mellows ai due estremi lontani della tavola intervenivano spesso a regolare i ritmi della conversazione: la trattenevano e pungolavano in modi diversi, la indirizzavano. Le condense di interesse erano attorno a loro due, attorno a Freddie Aaron, a Louise Alberts, a Tony Fleets. C'era una gerarchia nella quantità di suoni e gesti che le diverse persone riuscivano a produrre e catalizzare; alcuni avevano molto meno potere di altri. Alcuni erano specializzati in piccoli ruoli di contorno, come rincalzare battute o stimolarne di nuove, o solo far domande o rispondere. Arnold utilizzava tutto il tempo questi personaggi secondari: li aizzava quando aveva voglia di far fiammare un argomento; rideva e li incoraggiava, cercava di renderli più fiduciosi. Se si avventuravano troppo allo scoperto da soli, lui li ricacciava quasi sempre indietro; smetteva di sostenerli. Guardava altrove, cambiava argomento; faceva cadere le loro voci nel vuoto. Alcuni ospiti non parlavano nemmeno; stavano solo ad ascoltare per non mettere troppo in mostra la propria debolezza.

Guardavo Arnold a capotavola e mi chiedevo com'era quando aveva cominciato. Non riuscivo a immaginarmelo senza potere, a domandare in giro e adattarsi a ruoli minori, Forse quando aveva cominciato era già così. O forse non aveva cominciato affatto; forse era nato e cresciuto sempre nello stesso modo. Potevo vedermelo da bambino: spesso e arrogante, con la testa piena di idee sicure.

Non era facile nemmeno immaginare Marsha Mellows agli inizi, senza l'aura che rivestiva ogni suo gesto e lineamento, così facile da riconoscere. Eppure, a differenza di Arnold, era possibile in qualche modo ricostruirla più vicina al suo punto di partenza. Era vestita di sicurezza, o di singole sicurezze intrecciate tra loro a formare un tessuto; ma la trama non era compatta, lasciava intravedere piccole porzioni di pelle esposta. La guardavo ogni tanto: perduta nel ruolo di intrattenitrice di ospiti.

Stavo in margine alla conversazione; più che altro ascoltavo. Ho scambiato un paio di battute con una ragazza in tuta di plastica nera che mi sedeva davanti. Tra una parola e l'altra mangiava con grande avidità: si calava con la testa sul piatto a occhieggiare il cibo prima di forchettarlo. Mi guardava masticando e probabilmente calcolava la mia posizione; mi lasciava scivolare lungo un piano inclinato di non-interesse. Le ho chiesto qualcosa in tono di scherzo, e lei ha risposto senza nemmeno guardare precisamente nella mia direzione: rivolta a un punto generico all'altra sponda della tavola. Era protesa di lato verso Freddie Aaron, verso Arnold quasi irraggiungibile in fondo alla sua destra.

Quando siamo arrivati al gelato, Marsha Mellows ha cominciato a tirarmi a parlare. Mi faceva domande, disboscava piccole radure nella conversazione perché io le occupassi con osservazioni o aneddoti. Gli ospiti seduti attorno si giravano verso di me e aspettavano di sentire qualcosa di divertente: con occhi ansiosi, le corde vocali già in tensione. Marsha Mellows era insistente; mi pungolava, mi guardava con i suoi occhi particolari.

Mi sono messo a raccontare di aver lavorato in un ristorante allo scopo di raccogliere materiale di prima mano. Ho descritto due o tre tipi di cameriere, i loro atteggiamenti nelle varie fasi di una serata. Cercavo di voltare in leggera caricatura le osservazioni che mi venivano in mente; misuravo le distorsioni in base al modo di ridere degli ospiti. Gli ospiti ridevano; mi guardavano incuriositi e ridevano. Alcuni addirittura si lasciavano travolgere dalle risate; si abbassavano con la testa sul tavolo o si inclinavano all'indietro; rimbalzavano su se stessi e si mettevano le mani sullo stomaco, diventavano rossi in faccia.

All'inizio non ero sicuro. Parlavo e facevo qualche gesto, ma non sapevo bene come interpretare le risate, in quanta parte attribuirle alla situazione o ad automatismi nervosi, e in quanto alla mia capacità di risultare divertente. Mentre parlavo controllavo le facce dei miei vicini di posto; cercavo di leggere le reazioni nell'istante in cui le mie parole venivano raccolte. Poco alla volta ho visto che la gente aspettava di sentirmi dire qualcosa: con curiosità, pronta a reagire e ridere di nuovo.

Mi sono esteso in osservazioni brillanti sulla città, giocate nella prospettiva di un giovane europeo cinico e critico che ha il gusto di intrattenere un gruppo di persone che ancora non conosce bene. Avevo successo: sembravano tutti concentrati su di me, messi a fuoco sulla mia faccia. Arnold era troppo lontano per sentirmi, ma c'erano Freddie Aaron e Louise Alberts e molti altri girati a guardarmi e sentire la mia voce. Marsha Mellows era deliziata; si inseriva di frequente con la sua voce fluida e brillante sulla mia, a giocare di rincalzo e di contrappunto. Si girava verso i suoi invitati a osservare che era stata lei a portarmi lì e stimolarmi poi a parlare. Altre persone erano pronte a raccogliere le mie parole, girarle su se stesse; fare domande o commenti, che venivano raccolti ai margini.

Avevo una sensazione quasi fisica, che adesso non riesco a definire a parole: una sorta di avidità o sete astratta che cresceva con ogni frammento di successo che riuscivo a strappare. C'era qualcosa nel sangue, qualcosa di chimico credo che circolava alla svelta dal cuore alla periferia delle arterie, alle vene minori, ai capillari, fino alla punta delle dita e alla pelle della faccia. La percezione che avevo dei miei movimenti era completamente alterata: giravo la testa o facevo cenni con le mani in modo quasi automatico, senza scegliere o decidere prima. Mi vedevo dal di fuori, ma come avrei potuto vedere chiunque altro; senza cercare di intervenire in qualche modo. Allo stesso tempo ero abbastanza lucido. Potevo mettere a fuoco un particolare interessante; carrellare in avanti e soffermarmi a pochi millimetri da un'espressione.

Anche il mio senso del tempo era alterato. Non riuscivo bene a calcolare la distanza tra due frasi; lo spazio di risate e voci liquide che le connetteva.

Ci siamo alzati da tavola, siamo andati verso il soggiorno. La conversazione si è disgregata lungo il percorso; sfilacciata, persa per strada. Ci siamo seduti a caso, senza scegliere di fianco a chi. Tutti erano molto più molli: piegati sui contorni dei divani, lungo le pieghe delle poltrone. Tutti facevano gesti a vuoto; bevevano vino e liquori, si guardavano attorno senza ragioni. Ho cercato di parlare ancora, e nessuno stava attento, nessuno soffermava gli occhi abbastanza a lungo. Non riuscivo a capire come una situazione si era sovrapposta all'altra, senza lasciare spazio in mezzo. Mi sembrava di avere appena capito come andavano le cose, e di colpo tutto era diverso. Sono stato una ventina di minuti affondato nel divano a guardare attorno. Ho quasi vuotato una caraffa di succo di mela, bicchiere dopo bicchiere.

Appena ho visto i primi ospiti che se ne andavano mi sono alzato anch'io. Non avevo nessuna voglia di restare fino a che la situazione si fosse spenta del tutto. Marsha Mellows mi ha visto in piedi; ha detto «Resta ancora dieci minuti». Le ho detto che il giorno dopo dovevo alzarmi presto; che altrimenti non sarei riuscito a svegliarmi. Ho fatto un giro di congedo tra gli invitati. Alcuni salutavano reclinati, sdraiati sulle poltrone: alzavano una mano e dicevano che speravano di rivedermi; che era stato fantastico avermi conosciuto.

Marsha Mellows e Arnold mi hanno sospinto in anticamera, insieme alla coppia di arredatori di interni che anche se ne andavano. Arnold è stato dieci minuti sulla porta a stringere la mano di lui, fare complimenti a lei per il vestito, insistere che cenare con loro era stato un piacere. Loro stavano sulla porta, trattenuti quasi a forza dal rifugiarsi nell'automobile non lontana. Avevano gli stessi atteggiamenti di quando erano a tavola: sorridevano, ostentavano disinvoltura anche se si sentivano a disagio e subordinati. Arnold perdeva tempo con loro solo perché era ubriaco; forse anche per il gusto di vittimizzarli. Marsha Mellows cercava di dirmi qualcosa in italiano, senza riuscirci bene. Aveva bevuto anche lei, ma non tantissimo. Era leggermente instabile sulle gambe. Si appoggiava di spalla alla parete dell'anticamera.

Quando i due arredatori sono usciti, Arnold mi ha stretto la mano. Mi ha gridato «È stato un vero piacere». Lo ha ripetuto un paio di volte. La seconda volta ha anche chiesto a sua moglie «Non è vero, Marsha?». Lei ha detto di sì. Ho ringraziato; sono riuscito a svincolarmi. Ho salutato Marsha Mellows, senza sapere se darle la mano o no. Le sono stato davanti e ho detto «Buonanotte»: con le mani sui fianchi. Lei mi ha porto la mano, leggermente obliqua. Aveva una stretta esile, non inconsistente ma nemmeno di molta soddisfazione. Ho pensato che avrei preferito non darle la mano del tutto. Lei però mi ha sorriso di nuovo sulla porta: più distesa del solito.

Sono uscito nel parco, andato verso la macchina. Lo scricchiolio delle mie suole sulla ghiaia mi dava una soddisfazione enorme. Questa sensazione era così forte, che ho allungato di una cinquantina di metri il mio percorso verso la macchina. Ho camminato con le mani in tasca nel vento leggero e umido, fino quasi al cancello aperto e poi indietro. Ho visto i coniugi arredatori di interni che uscivano in una Silver Shadow grigia e nera, lenti sulla ghiaia. Sembravano tristi e patetici, come li vedevo attraverso i vetri; poveri.

Ho guidato mezz'ora senza scopo per i viali di Bel Air. Mi immaginavo Marsha Mellows che si lavava i denti, di fianco alla camera da letto allagata dalla presenza di Arnold.

C'era una canzone alla radio che diceva «Devi solo insistere e insistere e insistere»; riferita a una situazione di tutt'altro genere. Alla fine mi ha irritato e l'ho spenta.

Mi chiedevo come mi potevano vedere Arnold e Freddie Aaron. Forse non mi vedevano del tutto. Forse mi uniformavano a colpo d'occhio alle migliaia di giovani squali ansiosi che girano in circolo per Los Angeles, tutti più o meno con le stesse pretese fuori misura, le stesse idee sbagliate sulle proprie qualità.

Sono arrivato a casa, e dal pianerottolo sentivo suoni di televisione e risate acute. Ho aperto la porta, visto Marcus sdraiato per terra. Si è girato subito verso di me, con un'espressione di ilarità interrotta, o congelata. Jill era seduta di fianco a lui, ai piedi del divano: con un barattolo di miele in mano, un cucchiaino tra le labbra. Mi ha guardato con occhi allungati; ha seguito il mio movimento oltre la porta.

Nell'attimo in cui mi si è fissata sulla retina, l'immagine di Marcus sdraiato di fianco a Jill mi ha provocato un lampo di rabbia astratta. Sono andato in cucina a prendermi un bicchiere di latte, senza dire niente. Forse li ho solo salutati quando sono passato davanti al divano, alzando i piedi per non inciampare nelle gambe distese di Marcus.

Poi li ho visti dalla cucina: più o meno nella stessa posizione di quando sono entrato. Ridacchiavano davanti alla televisione, molto meno forte di come li avevo sentiti da fuori. L'ambiguità che avevo notato tra loro altre volte si era dissolta; avevano gesti distesi, facili. Erano vicini in modo del tutto naturale, senza rigidità o esitazioni. Quando mi hanno sentito girare la chiave nella serratura lui probabilmente aveva la testa appoggiata alle gambe allungate di lei. Lei deve averle raccolte un attimo prima che io entrassi. Ma anche questo suo raccogliere le gambe per togliergli il punto di appoggio era stato del tutto naturale: un movimento fluido, coerente.

Li ho guardati dall'angolo della cucina, con un bicchiere di latte in mano, e d'improvviso mi sono sentito sollevato, libero da responsabilità.

Sono andato a sedermi sul divano, vicino a loro. Ho sorriso a tutti e due. Loro giravano la testa dalla televisione e mi guardavano, incerti. Le loro facce erano illuminate dallo schermo: i rossi e i verdi, le luci bianche lampeggiate. Sembravano due bambini di otto anni sorpresi a guardare la televisione dai genitori che rientrano.

Ero così contento che avrei voluto dirlo, farlo capire. Invece loro stavano all'erta; cercavano di dissimulare. Jill mi ha detto un paio di frasi del genere «Io e Marcus ci siamo fatti un sacco di risate tutta la sera», volte a rendere innocente la situazione. Marcus cercava di estendere a me lo stesso atteggiamento di cordialità infantile che avevo sorpreso tra lui e Jill quando ero arrivato. Ridacchiava del mio vestito, socchiudeva gli occhi arrossati, puntava il dito. Mi ha porto uno spinello; quando gli ho detto che non lo volevo ha cominciato a insistere e grattarmi la gamba. Jill guardava la televisione senza dire più niente. Avrei voluto incoraggiarli, e loro affondavano nel disagio. Non sapevo come fare.

Sono andato in bagno a lavarmi i denti, e Marcus se ne è andato. È venuto a bussare alla porta, ha gridato «Ciao, ci vediamo presto». Me lo sono immaginato che scendeva la scala con il suo passo convulso e breve: gettando il suo piccolo peso compatto prima su una gamba e poi sull'altra, in modo da oscillare giù per gli scalini come in un balletto.

Jill è venuta in bagno, ha richiuso la porta. Mi ha stretto per un braccio. Ha detto «Ti devo parlare». Detestavo il suo modo di dirmi «Ti devo parlare», oppure «È ora che parliamo»; di guardarmi fisso negli occhi e tenermi fermo. Ho detto «Ma non c'è niente da dire». Ho alzato il braccio libero: in un gesto che corrispondeva abbastanza bene alle parole. Lei ha detto «Sì che c'è qualcosa da dire». Io ho detto «No che non c'è». Lei ha detto «Sì che c'è». Ci guardavamo: in piedi davanti al lavandino.

Jill ha detto «Non ti saranno venute idee strane su me e Marcus?». Le veniva una voce profonda, dal basso del torace. Le ho detto «Ma guarda che va benissimo». Lei mi guardava. Ho insistito «Davvero». Lei ha detto «Pensavo che gli volessi rompere la testa, quando lo hai visto». Adesso ero imbarazzato; volevo essere altrove. Ho detto «Ma stai scherzando».

Ho ricoperto lo spazzolino con tre centimetri almeno di dentifricio alla menta; ho cominciato a lavarmi i denti una seconda volta. Jill mi ha preso di nuovo per il braccio, mi ha stretto con forza. Mi guardava fisso con i suoi occhi marroni: inspirava profondo dal naso, bilanciata sulle gambe. Ha detto «Dobbiamo parlare del nostro rapporto».

Credo che sia stata questa frase, o il suo modo di pronunciare la parola "rapporto", a far scattare una molla. Da qui in poi ho avuto un'immagine di me stesso che correvo in discesa, ruzzolavo e riprendevo a correre a capofitto per allontanarmi da lei. Lei invece era ferma; cercava di attanagliarmi un braccio o l'altro con le sue mani forti da giocatrice di tennis.

C'è stato uno scambio di frasi che adesso non ricordo ma tutte del genere affermazione-negazione di qualche principio. Jill gridava e io cercavo di girarmi di nuovo verso lo specchio a finire di lavarmi i denti. Il dentifricio mi insaporiva le pareti della bocca, schiumava al palato. Avevo la bocca piena di bolle e le parole mi uscivano ovattate e gorgoglianti. Jill a un certo punto se n'è irritata follemente: ha lasciato la presa del mio braccio, aperto la porta; l'ha sbattuta più forte che poteva.

Ho finito di lavarmi i denti. Jill intanto apriva cassetti in camera e sbatteva oggetti attorno. Sono uscito dal bagno e ho visto che aveva quasi riempito di vestiti una valigia aperta sul letto. Buttava dentro calze e mutande con rabbia incredibile; quando ha finito di riempirla l'ha chiusa e sbattuta verso la porta. Le ho chiesto cosa stava facendo e lei ha gridato «VADO VIA», con un volume di voce che non mi aspettavo affatto. Ha aperto la porta, buttato la valigia nel pianerottolo; sbattuto la porta. Sono rimasto in anticamera una trentina di secondi, nel riverbero dello sbattimento.

Sono sceso nel cortile-parcheggio, dove l'aria era fredda e umida. Jill stava cercando di far partire la macchina, ma era così nervosa che doveva aver ingolfato il motore. Insisteva a girare la chiave di avviamento. La vedevo curva sul volante, alla luce dei lampioni da cortile. Le candele dovevano essere sporche; o le puntine consumate. Le ho aperto la portiera, chiesto se non poteva evitare la scenata nel mezzo della notte. Lei faceva finta di non sentirmi; girava la chiavetta. La batteria doveva essere quasi scarica. Le ho detto che avrebbe potuto invece andarsene di mattina. Lei ha smesso di girare la chiave, si è girata verso di me e mi ha gridato «Te ne vai *tu* domattina!».

Forse su questo ha influito il fatto che la macchina continuava a non partire, o l'ora della notte; o considerazioni più generali. Comunque è scesa, ha raccolto la valigia dal sedile di fianco, spinto me di lato quando ho intralciato il suo percorso, salito gli scalini e sbattuto la porta. Ero in vestaglia sul pianerottolo alla una di notte e ho pensato "Oh Cristo".

Mi sono messo a picchiare pugni sulla porta, poi colpi con il palmo della mano, ma senza nessun risultato. Allora ho preso a tirare calci. Questo produceva un rumore tremendo, amplificato tra i muri stretti del pianerottolo. Dopo un paio di minuti Jill ha socchiuso la porta; ha lasciato la catenella di sicurezza agganciata. Ha infilato il naso nello spiraglio e mi ha detto «Se continui chiamo la polizia». Mi ha colpito il suo tono di voce, l'espressione che aveva. Era chiaro che l'avrebbe fatto.

Quando stava per richiudere le ho gridato «Non puoi lasciarmi fuori tutta la notte in vestaglia». Lei ha chiuso e girato la chiave nella serratura. Ho guardato la porta per quattro o cinque minuti. Lei ha rigirato la chiave, socchiuso quanto bastava per buttare fuori la giacca del mio completo bianco; ha richiuso a quattro mandate. Mi sono tolto la vestaglia, ho infilato la giacca sul pigiama, ho appeso la vestaglia alla maniglia della porta. Non riuscivo a capire se Jill mi avrebbe lasciato fuori tutta la notte. Sono sceso nel parcheggio, l'ho attraversato e sono uscito in strada. Avevo un paio di zoccoli bianchi, che rifrangevano la luce dei lampioni e mi davano uno strano passo lento e ondulato.

La notte era senza luna, ma c'era lo stesso una luce opalina: l'aria era satura di pulviscolo luminoso, come latte visto al microscopio. C'era una fascia più intensa vicino alla strada, fino ai tetti piatti delle case; poi si diradava verso l'alto, verso il cielo nero. Ho camminato sulla striscia di erba in margine al marciapiede. Affondavo con gli zoccoli nella consistenza spugnosa; guardavo i tetti delle macchine, opachi di milioni di gocce di umidità. Si sentiva un ronzio lontano di traffico in movimento, coperto solo ogni tanto dal passaggio di un'automobile lungo la strada. A un certo punto è arrivata una macchina della polizia: larga, bianca e nera. Ha rallentato, si è fermata alla mia altezza. Un poliziotto si è sporto dal finestrino e mi ha illuminato con un faretto a batteria. Non ho più visto la macchina; ho detto «Buonasera» alla cieca nel fascio di luce. Il poliziotto non ha risposto, mi ha passato il faretto addosso ancora qualche secondo. Forse gli sembravo strano: con la giacca bianca e i calzoni azzurri del pigiama, gli zoccoli bianchi. Poi la luce si è spenta; ho guardato la macchina scivolare oltre. Ho camminato altri dieci minuti lungo il marciapiede.

Sono tornato a provare la porta di casa; era aperta. Jill aveva buttato sul pavimento del salotto una coperta e un cuscino. Mi sono sdraiato sulla moquette e addormentato.

Mi sono svegliato per la luce che fiottava dalla finestra. Anche per Jill che produceva rumori senza riguardo, sbattendo porte e oggetti.

Ci siamo incontrati davanti alla porta del bagno e non ci siamo neanche salutati. Abbiamo strusciato contro pareti opposte, per evitare di venire a contatto. Quando siamo stati a cinque metri di distanza, le ho detto «Non ti preoccupare, me ne vado da questo schifo di casa». Lei si è girata e mi ha fissato. Ha detto solo «Cerca di farlo presto». Nessuno dei due ha gridato: avevamo voci fredde, tese.

Appena Jill è uscita sono andato in camera a cambiarmi. Ho visto che lei appena sveglia aveva tolto dall'armadio tutti i miei vestiti e li aveva buttati in un angolo. Ho raccolto una a una le camicie spiegazzate, le ho infilate su ometti che ho appeso in bagno al tubo della doccia. Poi ho pensato che Jill le avrebbe tolte anche da lì, e allora le ho piegate e messe nelle valigie. Ho messo via anche tutto il resto alla svelta. Ho chiuso le valigie, le ho lasciate una di fianco all'altra vicino all'ingresso; sono uscito a cercare un'altra casa.

A Westwood ho comprato un giornale che pubblicava annunci privati per case e appartamenti. L'ho letto seduto in un bar macrobiotico, bevendo una spremuta di arance organiche. Segnavo i numeri di telefono interessanti su un foglietto, con un pennarello rosa quasi secco.

Ho fatto cinque o sei telefonate dal bar; un paio di appartamenti erano già stati presi. Sono andato a piedi a vederne uno vicino all'università, in un edificio a quattro piani intonacato di verde. Una signora dalla faccia slavata mi ha chiesto se ero uno studente; ho detto di no e lei mi ha guardato con sospetto. Mi ha condotto a vedere un piccolo scenario di fodere verdi e lampade a campanula, schiacciato in pochissimi metri quadri. Le ho detto che non importava; sono uscito svelto per il corridoio, prima di lei. Lei mi è venuta dietro verso l'uscita, radiando disapprovazione alle mie spalle.

Ho provato due o tre indirizzi a Santa Monica, due a Venice. Uno dei padroni di casa aveva uno schnauzer nano, che quando ho detto di non essere interessato si è messo ad abbaiarmi contro. Ho girato ancora, nella macchina sempre più gonfia di caldo smog giallo. Gli appartamenti erano tristi e miseri più di come mi ero immaginato. Avevano moquettes verdine, tende bianche o gialle alle finestre, condizionatori d'aria rotti. I muri erano così sottili, così poco consistenti; coperti di polvere fina.

Sono tornato a casa verso le due a mangiare qualcosa. Cominciava a salirmi il panico di non trovare niente prima di sera. Ho immaginato di andare a chiedere a Marsha Mellows se mi poteva ospitare; ma era ridicolo. L'appartamento di Jill era diventato un forno. Mi sembrava di sentire i muri che scricchiolavano, si disgregavano lentamente sotto la pressione del caldo. Ho fatto una doccia di dieci minuti, tiepida perché non avevo coraggio per l'acqua gelata. Dopo stavo leggermente meglio.

Ho mangiato un panino al formaggio, controllando ancora gli annunci, con il giornale disteso sul bancone della cucina. Restavano solo le offerte di condivisione di appartamenti o case. Gli annunci di questo genere avevano indicazioni molto precise, lasciavano ben poco margine. Erano del tipo «si cerca uomo vegetariano non fumatore interessato alla musica cosmica». Ho segnato quelli meno impossibili con un pennarello nuovo, pescato in cucina da un bicchiere portapennarelli. Sono uscito di nuovo a girare in macchina.

La macchina beveva galloni di benzina nel caldo selvaggio: l'ago dell'indicatore continuava a spostarsi a sinistra ogni chilometro che facevo. Mi sono fermato in Wilshire Boulevard a fare il pieno, e c'era una coda di macchine lunga due isolati. Sono stato seduto ad aspettare un quarto d'ora con il sole che mi cuoceva attraverso il vetro; a guardare gli altri che aspettavano davanti e dietro di me. I benzinai non lavoravano nemmeno, stavano in un casello a controllare su uno schermo quanti galloni di benzina si era preso ciascuno.

Tutti gli automobilisti dovevano scendere, togliere il tappo della benzina, staccare la pistola del distributore e infilarla nel serbatoio. A quasi tutti tremavano le mani; quasi tutti inciampavano nel tubo di gomma, o almeno dovevano faticare a strattonarlo avanti. Se qualcuno non riusciva a fare le mosse giuste, quelli dietro lo guardavano male, toccavano il clacson due o tre volte. Non era divertente; faceva caldo.

Sono andato a un indirizzo di Santa Monica, dove un musicista cercava qualcuno con cui dividere le spese. Era una minuscola casa unifamiliare dipinta di giallo, in un gruppo di cinque case simili che formavano una specie di villaggetto. Ho guardato dentro una finestra che dava su un piccolo prato: c'era un giovane scarno seduto a un tavolo, sommerso da pigne di giornali. Non stava facendo nulla di particolare, se non guardare il tavolo, o la porzione di tavolo libera dai giornali. Dietro di lui vedevo in un angolo un vecchio amplificatore per chitarra elettrica, con la tela coprialtoparlante strappata in due o tre punti. Non riuscivo a vedere di più, perché il riverbero del sole sulla facciata mi faceva restringere le pupille. Sono tornato alla macchina e ho guidato ancora in giro: quasi con la nausea.

Verso le sei ho pensato che non sarei mai riuscito a trovare casa attraverso gli annunci. Mi fermavo agli incroci e continuavo a cercare tra le colonne del giornale, scritte in caratteri minuti, senza spazio tra una parola e l'altra. Rileggevo lo stesso annuncio anche dieci volte di seguito; cercavo di interpretarlo, frugavo dietro le parole. A un semaforo ne ho letto uno che diceva «scultrice cerca giovane donna artista non fumatrice per dividere bellissima casa con giardino e straordinaria vista sull'oceano». L'ho riletto due o tre volte, e mi avvelenava il sangue. Ho pensato che ero in macchina dalle nove di mattina e stava diventando tardi, ed ero esasperato e depresso e stanco, e ancora così lontano dall'essere una giovane donna artista non fumatrice.

Sono andato verso Brentwood, e poi l'idea della casa sull'oceano mi è sembrata così insopportabile che ho girato la macchina nel parcheggio di un supermarket e sono tornato indietro verso Pacific Palisades.

La strada dell'indirizzo era lunga e aperta, seguiva una pendenza in margine a uno strapiombo sulla costa. Mi sono fermato a un certo punto; sono sceso a guardare. Si vedeva il traffico continuo di automobili molto più in basso, lungo la strada larga parallela al mare. Si vedevano le spiagge e il mare, da Santa Monica a Malibu. Il sole era largo e arancione, infinitamente meno caldo di un'ora prima.

Ho guardato le case che si affacciavano sulla costa: a monte della strada, perché a valle c'era lo strapiombo. Erano larghe, tranquille, opulente; i prati ben curati. Mi sembrava strano che chi le abitava si mettesse a pubblicare annunci sui giornali in cerca di condivisioni.

Ho continuato a seguire la strada, alla ricerca del numero giusto. A un certo punto c'era una curva più brusca delle altre lungo il disegno del costone, e di colpo la vista sull'oceano era sparita. La strada saliva su per una collina. In basso si vedeva un enorme parcheggio permanente di roulottes e case mobili disposte a file lungo una serie di terrazzamenti. Nella distanza parevano una grande quantità di frigoriferi allineati sui loro scaffali: insensati nel loro biancore.

Il numero dell'indirizzo corrispondeva alla casa che più di tutte si affacciava su questo spettacolo: grande, di legno azzurrino. Era così protesa in avanti da sembrare costruita come punto di osservazione, per controllare in ogni dettaglio l'aspetto e l'andamento del villaggio di roulottes.

Ho guardato in basso per qualche minuto dal finestrino aperto. Poi sono sceso, ho attraversato il prato davanti a casa. La casa in sé non era brutta: abbastanza vecchia, con una veranda di legno merlettato. C'era una Volkswagen ferma nel vialetto d'ingresso. La giovane donna artista non fumatrice doveva essere già arrivata a impadronirsi della sua stanza. Da sotto la veranda il villaggio di roulottes non si vedeva: si vedeva solo il prato e una porzione di strada e il cielo. Mi sarebbe piaciuto stare così in alto.

Ero davanti alla casa e ho sentito vociare dietro la porta; una ragazza è venuta fuori, sospinta da una signora sulla cinquantina. La signora diceva «Va bene, va bene, le telefono domani». La ragazza si girava verso la signora con espressioni ansiose.

La signora era robusta, anche se non dava nel modo più assoluto un'impressione di grassezza: era massiccia, con una testa larga di capelli boccoluti. I capelli dovevano essere tinti o almeno arricciati da un parrucchiere, ma non c'era modo di esserne sicuri. La ragazza invece aveva un viso sottile, quasi bidimensionale; si rivolgeva alla signora con occhi piccoli e puntuti. Le diceva «Allora, mi raccomando. Aspetto che mi telefoni». Guardava in cerca di conferme: vestita con un paio di calzoni larghi che s'imborsavano all'altezza del sedere. Poi è andata verso la Volkswagen, girandosi ogni pochi passi a guardare la casa.

La ragazza ha messo in moto; ha guidato via. La signora si è girata, si è accorta di me. Ero in piedi quasi sotto la veranda: con le mani in tasca. Lei mi ha guardato, perplessa. Mi ha chiesto «Cosa cerca?».

Ho indicato vagamente oltre il prato e la strada: il vuoto che si apriva al di là del costone. Le ho detto «Non c'è una straordinaria vista sull'oceano, come diceva l'annuncio». Lei mi ha guardato un attimo con occhi irritati; ha avuto un gesto nervoso della mano. Ha detto «E lei non è una ragazza artista, mi pare». Mi sono messo a ridere, ma lei non rideva. È andata di qualche passo attraverso il prato; ha indicato alla sua sinistra. L'ho seguita sulla strada: parallelo, a tre o quattro metri da lei. Lei ha detto «Guardi là, se non si vede l'oceano». In effetti dal ciglio della strada il mare era ben visibile all'orizzonte, anche se il disegno della collina nascondeva la linea della spiaggia.

La signora è tornata verso la veranda; sono tornato anch'io, sempre parallelo e distante. Lei mi guardava di tre quarti. Mi ha chiesto «È inglese, lei?». Ho detto italiano. Alzavo la voce per coprire la distanza attraverso il prato. Appoggiata con un piede allo scalino di legno della veranda, lei mi ha detto «Ma gli italiani non hanno gli occhi azzurri». Questa volta si è messa a ridere: scuotendo leggermente la testa larga e riccioluta.

Ero stanco e accaldato; mi sono seduto sull'erba. Ho detto «Non so bene dove andare. La ragazza con cui vivevo mi ha buttato fuori di casa». Non volevo nemmeno suonare troppo patetico; ho aggiunto alla frase un gesto della mano a indicare disinteresse per la ragazza. La signora mi guardava, con gli occhi socchiusi per schermare i raggi del sole, basso alle mie spalle. Si è seduta sullo scalino di legno: ha raccolto il suo corpo massiccio in una figura ancora più larga e omogenea. Mi ha chiesto «Lei cosa fa?». Le ho detto il fotografo. Lei ha assentito, senza commentare l'informazione.

Dopo qualche minuto mi sono alzato; le ho fatto un cenno per salutarla. Lei ha intercettato il mio movimento con un gesto. Mi sono fermato a guardarla. Lei ha detto «La ragazza che c'era prima. Non le pare che avesse gli occhi molto piccoli?». Ho detto di sì; che la sua faccia mi era anzi sembrata bidimensionale. Lei si è alzata, con le mani sui fianchi. Ha detto «È vero. Era anche zelante in modo intollerabile». Ha imitato per un attimo l'atteggiamento della ragazza mentre diceva «Aspetto che mi telefoni». Mi guardava, scuotendo leggermente la testa in senso orizzontale.

Sono tornato verso di lei di due passi. Le ho detto «Fumo solo cinque o sei sigarette al giorno». Lei ha chiesto «Ma non potrebbe smettere?». Le sono andato incontro e le ho stretto la mano. Le ho detto «Mi chiamo Giovanni Maimeri». Lei ha detto «Va bene, va bene». Si è alzata per farmi vedere com'era la casa dentro.

Mi ha mostrato la stanza libera: larga e bianca. Una finestra dava sul giardino laterale, sui rami di un albicocco carico di frutti. La stanza era completamente vuota; odorava di legno di pino. La signora ha detto che se volevo mi poteva prestare un letto che non le serviva. Mi ha condotto alla svelta a vedere il resto della casa. Era sbrigativa, non tollerava di soffermarsi troppo su un particolare; mi indicava alla svelta una stanza e subito camminava oltre. C'era un grande soggiorno disordinato, con un acquario di pesci tropicali, un pianoforte a coda. C'era una cucina molto luminosa e vecchia, con una porta-finestra sul giardino interno. Nel giardino interno c'erano due susini, tre palme, un filare di girasoli, alcune rose a cespuglio. La signora viveva al piano di sopra, in uno studio e una camera da letto che non mi ha nemmeno fatto vedere.

Quando abbiamo finito il giro, mi ha chiesto se sapevo che faceva la scultrice. Le ho detto che l'avevo letto nell'annuncio. Lei mi ha detto «Spero solo che non ti lamenti se mi capita di martellare tardi di sera». Le ho detto che non mi importava molto; che avevo anche vissuto quasi sotto una freeway. Lei mi ha fatto vedere un paio di sculture che teneva in anticamera: due grossi gatti di granito, uno seduto e l'altro raggomitolato. Li avevo notati entrando, ma senza collegarli a lei. Erano solidi, massicci; non sgradevoli.

Sono tornato a casa di Jill e ho raccolto le mie valigie alla svelta. Non avevo nessuna voglia di incontrarla: teso tutto il tempo ad ascoltare i rumori del parcheggio. Ho ficcato spazzolino da denti e rasoio nella borsa della macchina fotografica, insieme a un paio di riviste che non volevo lasciare. Ho pensato qualche secondo se togliere dal frigorifero il cibo che avevo comprato io; ho lasciato perdere e sono corso fuori.

Ho passato la mattina del giorno dopo a mettere a posto la mia stanza, togliere la polvere dagli angoli con una spazzetta di saggina cinese che la scultrice mi aveva prestato. Non avevo un armadio, così per il momento ho lasciato i vestiti nelle due valigie aperte. Sentivo la scultrice che lavorava al piano di sopra: con una successione di colpetti ravvicinati.

Verso le dodici l'ho incontrata davanti alla cucina, con un bicchiere d'acqua in mano. Aveva una fascia sulla fronte per tenere indietro i capelli; una casacca da lavoro di cotone azzurro molto spesso. Abbiamo chiacchierato qualche minuto, in piedi nel corridoio. Lei mi ha spiegato quasi subito che amava vivere tranquilla e per conto suo, senza sentirsi in dovere di mantenere relazioni sociali con chi altro era in casa. Le ho detto che mi andava benissimo; che non c'era problema.

Più tardi deve aver pensato di essere stata brusca, perché è venuta a bussare alla mia porta e chiedermi se volevo uno dei due gattoni di granito nella stanza. Per gentilezza ho detto di sì. Siamo andati a guardarli di nuovo, e alla fine ho scelto quello seduto. Gli abbiamo infilato uno straccio sotto, lo abbiamo trascinato sul pavimento. Anche così non era facile, perché pesava una cinquantina di chili almeno. L'abbiamo trascinato e spinto; lasciato accosto alla parete di fronte al letto. Non stava male, anche se era strano nella stanza bianca e vuota.

Alle quattro sono andato da Marsha Mellows per la lezione. La cameriera messicana mi ha aperto la porta a vetri che dal soggiorno dava sul giardino interno. Ha detto «È lì». Ha indicato Marsha Mellows a cinque o sei metri di distanza: china su una piccola pianta di rose.

Aveva un cappello di paglia da uomo in testa, forse pescato nell'armadio di Arnold. Per non farselo calare sugli occhi si era stretta un foulard in fronte. Aveva una tuta di cotone verde leggero, con tasche all'altezza del seno e sui fianchi. Aveva un boccetto di tintura di tabacco in una mano e un piccolo pennello a setole bianche nell'altra. Aveva uno sguardo divertito quando ha alzato gli occhi per vedermi arrivare.

Le ho detto «Ciao» nel giardino interno; ormai quasi disinvolto e con l'impressione di conoscerla abbastanza bene. Lei mi ha salutato, ha sorriso all'ombra del cappello di paglia. Siamo stati in piedi, molto vicini: a guardare le foglie di rosa.

Lei ha detto «Credo che soffrano per il caldo». Ha indicato il caldo: vibrato un attimo le dita sottili della mano destra. Tenevo gli occhi socchiusi, per il sole delle quattro che mi arrivava in faccia e creava riflessi sull'acqua della piscina. Marsha Mellows ha pennellato ancora le foglie di rosa con la tintura di tabacco. Usava piccoli gesti compiuti in se stessi: come brevi immagini dipinte.

Ho cercato di avviare una conversazione didascalica in italiano; per puro senso del dovere e per giustificare il fatto di essere lì. Lei ha risposto a un paio di mie domande, senza smettere di pennellare. In qualche modo l'idea delle lezioni di italiano aveva finito di essere divertente; si era esaurita. Lei rispondeva senza attenzione, solo per farmi contento. A un certo punto eravamo in un angolo del giardino, e mi è venuto un lampo di panico all'idea di restare senza pretesti.

Pizzicavo a caso le foglie di un cespuglio di ortensie, solo per sentir scorrere le dita sul liscio. Le ho detto «Guarda che non sono un maestro d'italiano». Lei ha alzato la testa; si è aggiustata il cappello di paglia con una mano. Mi ha chiesto «Cosa sei allora?». Le ho detto «In ogni caso non un maestro d'italiano». Lei si è spolverata una manica con due dita. Ha detto «Ma è chiaro che non lo sei». Ho combinato queste parole con il suo tono di voce e lo sguardo di poco prima; ho avuto l'impressione di una frase molto più estesa, ramificata.

Siamo stati nel giardino interno un'ora e mezza, e non ci siamo guardati molto. Parlavamo di qualunque cosa, senza occuparci di quello che dicevamo, ma solo di come suonavano le parole che ci capitava di scegliere. Cercavo di assorbire da vicino le sensazioni che lei trasmetteva muovendosi, girando la testa.

Alle cinque mi è venuto in mente che Arnold sarebbe arrivato, a invadere la casa e il giardino con la sua arroganza selvaggia. Non sopportavo l'idea di vederlo comparire nella Lincoln nera, silenziosa sulla ghiaia del vialetto.

Ho detto a Marsha Mellows che dovevo andare. Lei ha chiesto «Devi andare?». Ho detto «Sì, è tardi». Lei ha insistito, ma lo sapeva benissimo. Mi sono avvicinato di un passo: eravamo quasi a contatto ma ancora ci guardavamo in modo obliquo. Ho pensato di chiederle se una sera voleva venire a cena da me. Ho immaginato il suono della domanda, il mio atteggiamento nel parlare. Eravamo all'ombra di un albero di avocado: fitto, verde intenso. Ho seguito i suoi movimenti con la frase già formulata e pronta, in attesa dell'attimo giusto per pronunciarla. Ci siamo inclinati, allontanati di qualche passo, avvicinati di nuovo quando lei è venuta avanti verso la porta a vetri. Dipendevamo da forze di gravità contraddittorie, che ci attiravano e respingevano secondo piani inclinati. Ci seguivamo nel giardino senza nemmeno una direzione precisa o uno scopo definito: quasi in preda al panico, con espressioni alla meglio parallele a quello che pensavamo.

Mi è sembrato a un certo punto di essermi già sbilanciato, compromesso proprio sull'orlo di un bilico. Lei ha avuto un gesto per indicarmi qualcosa, e io senza quasi vederla le ho detto «Perché non ceniamo insieme una sera?».

Queste parole si sono dissolte appena pronunciate: evaporate nell'aria del pomeriggio. Lei mi ha guardato, e non ero affatto sicuro di com'era suonata la frase. Non avevo idea di com'era suonata. Mi ricordavo solo i suoni come li avevo immaginati prima di parlare. Ho cercato di associare lo sguardo di Marsha Mellows ai suoni immaginari della frase: non c'era molta corrispondenza. Lei sembrava stupita, più che altro.

Mi è venuto in mente che il mio invito non era stato chiaro. Ero perplesso; non riuscivo a pensare a un tono di voce adeguato. Ho detto «Voglio dire, cenare a casa mia». Lei mi ha guardato ancora e non si muoveva. Non vedevo bene i suoi occhi, all'ombra del cappello. Alla fine ha detto «Be', grazie». Non capivo cosa intendeva con questo. Lei ha riso. Mi ha chiesto «Dove abiti?». Le ho spiegato dove abitavo. Le idee mi giravano in testa lungo percorsi intrecciati: molto poco chiare.

Lei mi ha accompagnato attraverso il soggiorno, fino alla porta sull'esterno. Mi sentivo come un ladro arrivato al caveau di una banca: con i polpastrelli sudati, le tempie che mi pulsavano. Mi sono girato verso di lei, in piedi sullo scalino d'ingresso. Le ho chiesto «Quando vuoi venire?». Aveva uno sguardo perplesso, di nuovo. Ha detto «Non so, devo vedere». Di colpo tutto sembrava incredibilmente complicato, difficile da congegnare. Mi sono chiesto se era possibile sfuggire al controllo di Arnold; se esistevano scuse abbastanza plausibili da convincerlo. Ho pensato che inventare una scusa adeguata a lui doveva essere come costruire un orologio: con decine di piccole molle, rotelle dentate di ragioni e pretesti.

Marsha Mellows ha guardato l'ora con un gesto rapido, appena percepibile. Ha girato il polso e abbassato lo sguardo; ho visto solo un attimo il suo piccolo Rolex d'oro che brillava. Ho detto «Adesso vado». Lei ha detto «Ci vediamo dopodomani per la lezione». Mi sembrava innervosita, fragile nella sua tuta verde chiaro. Ci siamo salutati senza neanche darci la mano.

Sono andato alla macchina, ho messo in moto, girato sulla ghiaia del parcheggio. Sono passato piano davanti alla porta; lei aveva già chiuso. La cameriera è corsa ad aprire il cancello, seguita dai due cani. Non riuscivo quasi a guidare; mi scivolavano le mani sul volante.

Sono sceso alla svelta dalla collina, ho guidato oltre la cancellata di Bel Air, lungo il Sunset affollato di macchine di ritorno. Mi chiedevo se Marsha Mellows poteva uscire e guidare da qualche parte per conto suo, senza essere notata, fermata, fotografata. Ci dovevano essere decine di giornalisti nascosti tra i cespugli di Bel Air con teleobbiettivi in mano, pronti a sorprenderla in qualunque momento. Mi chiedevo se non era ridicolo averla invitata a cena a casa mia.

Sono arrivato a casa, andato subito nel giardino interno. Non era male, anche se molto disordinato. L'erba era troppo alta, ma fitta e verde. La scultrice sosteneva che era un delitto tagliarla; che non bisognava farlo mai. Gli alberi stavano bene, i susini in particolare. Ho pensato che avrei potuto mettere un paio di lampade con una prolunga per illuminarli. Ho riattraversato la casa, sono uscito a guardarla dalla strada. Era divertente anche da fuori; peculiare.

Ho passato almeno mezz'ora a pulire le finestre della mia stanza con uno straccio bagnato di alcool, finché i vetri son diventati del tutto trasparenti. Mi immaginavo Marsha Mellows che dava un'occhiata fuori ai rami di albicocco.

Alle nove sono andato alla scuola di Santa Monica. La signora Schleiber mi aveva trovato una disegnatrice di stoffe che voleva imparare alla svelta, in modo da sapere l'italiano per una vacanza a metà settembre. Ormai detestavo questo lavoro; continuavo a farlo solo per guadagnare qualcosa. La disegnatrice di stoffe era grassa, lenta, ottusa. Per non sprecare energie usavo con lei il metodo di condizionamento che mi aveva insegnato la segretaria di de Boulogne. Passavo due ore ogni mattina a farle memorizzare cinque o sei parole, nel caldo insopportabile.

Alle undici sono tornato a casa. La scultrice mi aveva lasciato un messaggio impuntato al mobile della cucina. Diceva che Marsha Mellows mi aveva telefonato un'ora prima. L'ho chiamata subito ma non c'era. Sono andato a farmi una doccia: in ansia tutto il tempo per sentire se il telefono suonava un'altra volta.

Ho chiamato di nuovo verso mezzogiorno, e lei era appena tornata. Mi ha detto che il giorno dopo non potevamo vederci per la lezione, perché la andava a trovare Claude Lelouch con delle proposte di lavoro. Mi sono immaginato Lelouch seduto nel soggiorno, di fronte a Marsha Mellows: con una Lacoste bianca; teso con un orecchio verso l'interprete. Ho pensato che dovevo fare qualcosa alla svelta; che non potevo continuare a insegnare italiano a disegnatrici di stoffe in partenza per le vacanze. Ero esasperato dalla lentezza delle cose; dal caldo che c'era fuori.

Ho chiesto a Marsha Mellows quando voleva venire a cena da me. Lei ha risposto con voce normale; forse appena più tesa del normale. Ha detto «Se riesco, venerdì sera. Se va bene anche a te». Ho detto che mi andava bene.

Sono passato attraverso la cucina, uscito nel giardino interno. Ho fatto tre o quattro salti selvaggi: agitando le braccia in circoli.

Venerdì mattina sono andato in un supermarket vicino a casa. Avevo una camicia di cotone fuori dai calzoni, lunga e larga. Ho fatto il giro degli scomparti carni-e-pesce; mi sono infilato sotto la cintura due tranci di salmone fresco. Ho preso una scatola di fiocchi d'avena. Ho aspettato alla cassa, in coda dietro una signora che aveva comprato almeno quaranta bottiglie di Coca Cola. I due pacchetti di salmone erano gelati; mi ghiacciavano lo stomaco.

Ho guidato fino a un altro supermarket, a Santa Monica. Ho preso due bottiglie di champagne francese, le ho messe nel carrello, ho fatto un paio di giri a vuoto. Sono tornato nel reparto vini; ho guardato le bottiglie disposte a file, con aria di non saper decidere. Ho staccato le etichette a due confezioni di chablis californiano, le ho pressate sul dorso delle bottiglie di champagne. Ho scelto una cassiera giovane e distratta, nella linea di cassiere frenetiche. Ho pagato tre dollari, ritirato il sacco con le bottiglie. Nemmeno Ron avrebbe potuto farlo meglio.

A casa ho messo tutto in frigorifero. Non ero innervosito; ma erano solo le dieci e mezza di mattina.

Sono salito a bussare alla porta della scultrice. Le ho chiesto se potevo portare in giardino un grosso tavolo di finto marmo che teneva contro una parete del corridoio. Lei aveva il solito fazzoletto intorno alla testa, i capelli pieni di polvere bianca. Aveva un paio di grossi occhiali da sole, che si è tolta quando mi ha aperto. Stava sporta fuori dalla stanza, in modo da impedirmi di arrivare troppo vicino e guardare nello studio. Fissavo la parete o la scala, per dimostrarle che non intendevo spiare dentro. Lei mi ha chiesto perché volevo il tavolo; le ho detto che avevo qualcuno a cena. Mi irritava doverle spiegare troppo. Lei ha detto «Basta che non distruggi il giardino con le tue amiche».

Verso le sette di sera la scultrice è scesa ad aiutarmi con il tavolo. Dopo che lo abbiamo sistemato si è messa a guardarlo a qualche passo di distanza, con le mani sui fianchi e gli occhi stretti. Ha detto «Sta bene, ma manca qualcosa». Ho guardato anch'io: effettivamente il giardino sembrava vuoto, in particolare attorno al tavolo. La scultrice ha appoggiato la schiena al muro di legno della casa; ha guardato il tavolo da un altro punto di vista. Mi ha detto «Se vuoi ti posso prestare l'altro gatto di granito, da mettere lì sull'erba». Ha indicato un punto preciso del prato. Le ho detto grazie tante. Lei ha scosso la testa. Mi ha detto «Visto che organizzi una cena, cerca di farlo bene».

Abbiamo trascinato il gatto, come avevamo fatto con quello seduto della mia stanza. Lo abbiamo deposto nell'erba, più o meno nel punto che la scultrice aveva indicato. Lei ne faceva ormai una questione di puntiglio professionale. Mi ha chiesto di spostarlo in punti diversi. Faceva qualche passo indietro per guardarlo bene e poi mi diceva di muoverlo di nuovo. Mi chiedeva «Dove fai sedere la tua amica?». Si è seduta sulla sedia che avevo predisposto per Marsha Mellows; ha studiato l'effetto dal nuovo punto di vista. Erano le sette e mezza, e cominciavo a diventare nervoso.

Lei a un certo punto è entrata in casa, è tornata fuori con una lampada a pinza da meccanico. L'ha fissata a una gamba del tavolo, in modo da rivolgere il fascio di luce verso il gatto di granito. Ha detto «Va bene, va bene». Ha detto «Buona cena». Si è fermata un attimo sulla porta, a osservarmi con sguardo ironico.

Ho sistemato le sedie, portato fuori piatti e posate e una tovaglietta bianca. Facevo tutto alla svelta; mi sembrava di essere in ritardo. Ho rastrellato ai margini del giardino una certa quantità di detriti che si erano accumulati nel prato. Ho collegato una lampada da tavolo alla presa della cucina, per mezzo di una prolunga avvolgibile.

Ho provato a rientrare in cucina e affacciarmi sul giardino interno, dopo aver cancellato l'immagine che già ne avevo. Lo spettacolo non era spiacevole, anche se non sapevo come sarebbe diventato più tardi, illuminato solo in parte dalle due lampade.

Mi sono seduto al posto di Marsha Mellows due o tre volte, ogni volta inclinando la testa in modo diverso. Tenevo gli occhi paralleli al piano del tavolo, li alzavo di scatto verso uno dei susini, li riportavo in basso secondo una linea che attraversava il giardino. Ho provato a schermare con una mano la vista di una casa confinante, che sarebbe scomparsa al calare del buio. Ho anche considerato che la mia presenza avrebbe alterato a Marsha Mellows la percezione dello spazio alle mie spalle, lo avrebbe ridistribuito secondo un altro ordine.

Mi sono fatto un'altra doccia; infilato una camicia di lino bianco che avevo comprato il giorno prima. Sono uscito nel prato di fronte a casa. Il sole era tramontato oltre l'oceano ma c'era ancora luce. Sono andato fino al ciglio del costone, ho guardato in basso. Una nebbia densa si stava levando dal mare. Sono rimasto a guardare il paesaggio sparire poco alla volta, finché non c'è stata più vista del tutto.

Ho camminato qualche minuto lungo la strada, con le mani dietro la schiena. Poi sono tornato in casa; ho attraversato il corridoio, aperto il frigorifero, tirato fuori i tranci di salmone. Li ho disposti in una terrina bassa di bordo; li ho bagnati di olio e cosparsi di origano. Non li ho messi nel forno, per paura di cuocerli troppo prima del giusto. Sono uscito e ho acceso le due lampade nel giardino interno: facevano già qualche effetto, anche se diluito.

Sono andato in bagno, mi sono pettinato. Mi sono infilato un golf perché cominciava a fare freddo. Sono uscito di nuovo sul prato di fronte. La nebbia si era fermata appena sotto il livello della strada: sembrava di essere in riva a un lago lattiginoso. Adesso faceva freddo, in un gioco di rivalse con il caldo selvaggio del giorno. Ho pensato che forse la cena in giardino non sarebbe risultata molto piacevole. Ho avuto un'immagine di me e Marsha Mellows rannicchiati ai nostri posti, curvi sul tavolo di finto marmo.

Sono tornato dentro, lungo il corridoio fino alla cucina e poi quasi subito indietro. Da una finestra del soggiorno ho visto che fuori era diventato buio.

Ho sentito il clacson di un'automobile, appena picchiettato due o tre volte. Sono uscito e ho visto una Mercedes bianca a due posti parcheggiata dietro la mia Ford. Sono andato alla svelta ad aprire la portiera; Marsha Mellows è scesa e mi ha dato la mano. Aveva un vestito nero stretto alle ginocchia, uno scialle di cachemire color malva. Ha pescato lo scialle dal sedile di fianco e se l'è messo sulle spalle prima di scendere. Aveva i capelli raccolti dietro, puntati con due forcine.

L'ho condotta sul ciglio del costone; ho indicato il lago lattiginoso. Ho detto «Là in basso di solito si vede un villaggio di roulottes». Lei si è sporta a guardare; ha detto «Non si vede niente». Mi dispiaceva che non si vedesse proprio niente, perché avevo pensato di fare due o tre battute sulle roulottes. Le ho detto «Allora immaginati la vista che vuoi». Lei ha riso appena; sentivo il suo disagio generico.

L'ho guidata in casa e attraverso il corridoio. Ogni due passi mi giravo a dirle qualcosa, o solo a fare gesti verso le pareti. Lei mi seguiva, a passi brevi per via del vestito; con le mani incrociate sul petto per tener fermo lo scialle. In cucina mi è dispiaciuto di non avere da camminare oltre; di essere già arrivato. Ho accennato al giardino interno, oltre le finestre, ma lei si è chinata invece a guardare il salmone nella terrina. Ha detto «Che meraviglia! Non sapevo che fossi così bravo». Non mi è piaciuto molto sentirglielo dire prima di averlo assaggiato; prima ancora di vederlo cotto.

Sono uscito nel giardino interno; sulla porta le ho fatto cenno di seguirmi. Lei è venuta fuori, ha guardato le luci e la tavola apparecchiata. Ha guardato il gatto di granito. Ha detto «Che bello»; ma vedevo che le sembrava strano e forse non piacevole. Ho pensato che tutta la scena del giardino pareva sciatta, messa insieme male.

Sono tornato dentro, dopo di lei. Ho acceso il forno, infilato la terrina con il salmone; pensato che ci avrebbe messo mezz'ora a cuocere e che non sapevo cosa fare o dire nel frattempo. Ho tirato fuori una bottiglia di champagne dal frigorifero, e nello stesso momento mi è sembrata una cattiva idea. Ho fatto saltare il tappo: è rimbalzato su una parete, caduto nel lavello. Marsha Mellows ha detto «Bravo!», come si può dirlo a un bambino. Ho pensato che la situazione stava precipitando, mi è venuto un lampo di paura. Le ho porto una coppa di champagne. Ho bevuto la mia, cercando più che altro di non farmela scivolare tra le dita.

Poi lei si è accovacciata davanti al forno, a controllare la cottura attraverso il vetro. Il salmone ci ha offerto l'occasione per cinque o sei frasi fluide. Ci siamo involti in domande e chiarimenti su questioni di cucina, con facce atteggiate a grande interesse; tesi tutti e due a guardare oltre il vetro del forno. Ho bevuto ancora dello champagne; insistito perché lei ne bevesse. Abbiamo parlato in piedi: io appoggiato di schiena al frigorifero, lei al centro della stanza.

Poco alla volta siamo diventati meno rigidi, anche se non sapevamo bene come comportarci esattamente. Abbiamo cambiato posizione quattro o cinque volte in dieci minuti: eravamo nervosi di piede, instabili. Lei sembrava meno sicura del solito; con il suo collo bianco, gli avambracci teneri, le mani sottili che stringevano lo scialle di cachemire dagli orli a frangia. Le ho chiesto a un certo punto «Ti sei fatta seguire fin qui da una guardia del corpo?». Lei ha inclinato la testa, perplessa. Ha detto «Guardia del corpo?». Ha riso; scosso una mano a mezz'aria. Ha detto «Stai scherzando?». Ho riso anch'io: con la sinistra nella tasca di dietro dei

191

calzoni, il bicchiere di champagne quasi alle labbra. Ho detto «Ero solo curioso».

Abbiamo tirato fuori dal forno il salmone, già quasi bruciacchiato. Mi sono scottato due dita sulla terrina che ancora sfrigolava. Siamo usciti nel giardino, ci siamo seduti al tavolo di finto marmo. Abbiamo preso a forchettare il salmone, senza smettere di parlare.

Ho versato dell'altro champagne. Mi sono alzato, sono andato a prendere la seconda bottiglia, l'ho stappata. Il tappo è caduto da qualche parte nel giardino; perduto. Mi sentivo molto meno esposto di prima: rivestito di euforia, di leggere distorsioni da alcool. Marsha Mellows beveva meno di me, ma sembrava abbastanza allegra, attenta a quello che dicevo. Solo a un certo punto ha detto che aveva freddo. Era molto più freddo e umido di come avevo pensato nel pomeriggio.

Sono entrato, ho preso nella mia stanza un golf di lana shetland pesante. Sono tornato nel giardino con il golf disteso tra le mani; l'ho appoggiato al petto di Marsha Mellows. Lei si è schermita, probabilmente perché pensava che un golf così grande l'avrebbe resa goffa. Io la pressavo da vicino, con il golf aperto da manica a manica, largo e blu. Le ho detto «Non devi assolutamente prendere freddo». Ho quasi scandito «assolutamente»; lei si è messa a ridere. Alla fine ha ceduto, si è infilata il golf. Ha assunto una strana espressione, domestica e bambinesca: con i capelli leggermente scompigliati. Le guardavo il trucco lungo i contorni degli occhi; il colorito degli zigomi. *cheek bones*

Sono andato di corsa in anticamera e ho preso un mandolino che la scultrice teneva appeso a un chiodo. Mancavano un paio di corde, ma questo faceva poca differenza perché non ho mai saputo suonare. Sono tornato fuori in atteggiamento da suonatore di ristorante: pizzicando le corde in modo da ottenere una frinatura di note. Marsha Mellows era deliziata; inclinata all'indietro sulla sua sedia di legno chiaro. Così ho fatto una breve finzione di concerto di mandolino. Ho improvvisato un paio di strofe in rima baciata, con una grottesca accentazione italiana. Lei seguiva con la voce i contorni della melodia, senza davvero mai unirsi alla canzone. Più che altro rideva e batteva le mani. Continuavo a osservarla, per paura di vederla scomporsi in qualche modo, scivolare in una smagliatura di movimenti. A un certo punto rideva così forte, così a bocca aperta, con le guance così imporporite, che ho smesso di suonare. Lei si è appoggiata su un gomito, con espressioni infantili. Mi ha detto «Dài. Continua». Ho detto «No, basta». Ho deposto il mandolino sull'erba umida.

Ero sicuro che lei sarebbe andata avanti a chiedermi di cantare; invece ha smesso subito. Ha cambiato espressione, assunto un atteggiamento serio nel giro di un secondo. Ha guardato di lato nel giardino buio, con aria di essere già stanca della situazione. Non sapevo cosa dire; guardavo anch'io di lato.

Dopo tre minuti lei ha detto «C'è una festa da una mia amica sulle colline di Hollywood. Se hai voglia puoi venire anche tu». Ho pensato "Cristo". Lei si è alzata quasi subito; ha guardato il tavolo ingombro di detriti, accennato a raccogliere i piatti sporchi. Le ho detto «Lascia stare, li lavo domani». Ho pensato alla scultrice che trovava il tavolo coperto di piatti sporchi la mattina.

Ci siamo avvicinati un attimo in cucina; siamo andati lungo il corridoio, a tre passi di distanza uno dall'altra. Lei camminava davanti a me, io la seguivo nella scia di profumo di gelsomino. Sulla porta si è tolta il golf, me lo ha restituito. L'ho preso in mano: mi pareva che la lana avesse già una consistenza diversa.

Una volta in strada sembrava quasi impossibile avvicinarci molto di nuovo. Ci siamo scambiati un paio di frasi a una certa distanza: lei di fianco alla macchina e io ancora in margine al prato. Mi faceva impressione vederla così, in piedi da sola e abbastanza lontana da non avere espressioni decifrabili. Mi sembrava troppo esposta allo spazio attorno; troppo instabile e fragile nel vuoto.

Lei è rimasta un minuto con la mano sulla portiera. Le sono andato vicino, con le mani in tasca. Lei ha detto «Forse è meglio se mi segui con la tua macchina». Ho pensato di dirle che non andavo; ho detto «Benissimo». Sono salito sulla mia Ford, ho messo in moto due secondi dopo di lei.

Lei ha guidato via veloce, per la strada buia e aperta. Mi ricordo in *Treno di panna* la scena dove lei fugge dal suo amante con una MG rossa: ripresa dall'alto, con i capelli al vento, ad accelerare per una strada serpentina. Guidava allo stesso modo nella vita: strappava agli incroci, tagliava gli angoli delle curve. Io la seguivo con la mia Ford ottusa come una nave, larga e molle di sospensioni. Ogni volta che prendevo una curva stretta, la Ford rollava e beccheggiava, affondava sulle ruote con la sua massa enorme. Cercavo solo di non perdere i fanali di coda della Mercedes, di tenermi il più attaccato possibile. Seguivo le pendenze del Sunset e vedevo solo i fanali rossi davanti.

Ai semafori mi spingevo quasi a contatto di paraurti, pressavo la sua macchina con la mia. Ogni tanto qualcuno nelle automobili parallele riconosceva Marsha Mellows, stava con la testa girata a guardarla attraverso il finestrino. Lei li lasciava dietro; stringeva alle curve.

A Hollywood abbiamo preso una strada che saliva abbastanza ripida verso le colline. Siamo andati su alla svelta, curva dopo curva. Si vedevano case illuminate oltre gli alberi della strada: con sempre più finestre, sempre più luce che usciva dalle finestre. Marsha Mellows ha continuato a guidare la sua Mercedes verso l'alto; passava oltre le case, una dopo l'altra. Non ero molto lucido, forse per via dello champagne. Sentivo la radio che suonava canzoni insistenti, guardavo le case illuminate finché non eravamo oltre.

Alla fine Marsha Mellows ha messo la freccia a sinistra, in un tratto di pendenza forte. Ho svoltato dietro di lei in uno stradino di ghiaia. Abbiamo parcheggiato dietro una coda di altre macchine vuote.

Siamo scesi con movimenti paralleli; abbiamo chiuso le portiere nello stesso momento. Lei è venuta di qualche passo verso di me, ha indicato in alto. C'era una casa trenta metri più sopra: traboccante di musica e di luce. Siamo saliti per una scaletta di pietra, tra piccoli oleandri e cespugli di ortensia. In alto c'era una porta rotonda, aperta; la musica usciva più forte, mescolata a grovigli di voci. Davanti alla porta c'erano due uomini larghi, con le mani in tasca. Appena hanno visto Marsha Mellows hanno detto «Buonasera». Si sono spostati ai lati della porta per lasciare libero il passaggio.

Dentro di colpo c'era molta gente rumorosa, distribuita in uno spazio enorme, su tre piani leggermente sfalsati di moquette bianca. I tre livelli erano collegati tra loro come cateratte di un fiume da scalini bianchi. Gli ospiti erano raccolti a gruppi: a circoli, in linee, o pressati uno contro l'altro. Nel margine sinistro del livello più alto c'era una piccola orchestra che suonava reggae giamaicano, interpretato e filtrato.

Abbiamo attraversato un primo gruppo di persone, puntando verso l'alto, e subito un tipo con un bicchiere in mano è uscito dalla mischia, si è sporto verso Marsha Mellows; l'ha salutata con un gesto avvinghiante. Lei ha detto «Roy!». Lui diceva «Come va? Come va?»: abbronzato, lustro, con il colletto ad alettoni della camicia riportato su quello della giacca. Teneva un braccio attorno alla vita di Marsha Mellows, un bicchiere nella sinistra. Ridacchiava, proiettava all'indietro la testa. Lei sembrava contenta: ridacchiava anche lei.

Ero lì in piedi di fianco a loro: con le mani in tasca e lo sguardo non a fuoco. A un certo punto Marsha Mellows mi ha indicato; ha detto «Roy, questo è Giovanni». Roy ha detto «Come va?». Non si è nemmeno girato molto verso di me; ha giusto spostato lo sguardo di un attimo.

Sono andato avanti per conto mio, mentre loro continuavano a scambiarsi parole gentili e stringimenti di fianchi. Non era facile farsi largo tra la gente. Camminavo a contatto di schiene e busti e gambe. Ho raccolto un bicchiere di martini da un vassoio e me lo sono bevuto. Ne ho bevuto un altro più avanti, vicino agli scalini che portavano al secondo livello. Ho guardato indietro: ho visto Marsha Mellows in mezzo a un circolo di persone, a cento metri almeno da me.

Mi sono infilato in un gruppo di ospiti che parlavano e ridevano in attesa di ricevere un cocktail da un cameriere in giacca verde. Cercavo di capire chi erano, cosa facevano nella vita; ma questo alla fine mi è sembrato irrilevante. Erano tutti legati al successo in modo così chiaro: brillanti, nervosi, pieni di energia autoriflessa. Avevano orologi di Cartier,

195

facce abbronzate, zigomi tesi, camicie di seta, mocassini di pelle leggera. Non erano solo ricchi: erano famosi, contenti di sé; quando guidavano per la strada la gente li riconosceva. Adesso erano a una festa come cani a un'esposizione. Mettevano fuori le proprie qualità; si disponevano fianco a fianco per essere facilmente confrontabili.

Ho guardato intorno e ho visto che i tre livelli della casa erano ricoperti da molta più gente di quando ero arrivato. Le voci erano risucchiate dal ritmo dell'orchestra; separate dai grovigli di discorsi e ricomposte a caso in una cadenza regolare. I suoni arrivavano a onde ravvicinate, indipendenti dalla loro articolazione originaria: con un andamento oscillante, come quello di un grande motore diesel che gira al minimo. Ho attraversato il secondo livello della casa, sospinto in qualche modo da queste onde sonore; risucchiato dai vuoti tra un'onda e l'altra. Cercavo di districarmi dagli intrecci di persone.

Contro la parete destra del terzo livello c'era un buffet, con pizzette salate e tartine disposte a mucchi, e file di bottiglie parallele a file di bicchieri. Sono filtrato attraverso la gente fino al tavolo; mi sono versato un bicchiere di vino bianco. Ormai ero più bilanciato all'indietro che in avanti, i miei movimenti non erano rapidissimi.

Di fianco al tavolo c'era una ragazza molto giovane: con capelli arricciati, pantaloni di finta pelle, una camicetta di seta viola. L'ho guardata mentre scambiava battute con un albino all'altro lato del tavolo, nascosto in parte dai cumuli di salatini. Ho detto alla ragazza «Non si riesce a vedere molto attraverso il tavolo». Lei ha alzato la testa; mi ha chiesto «Cosa?». La mia voce le arrivava scomposta nelle onde di suoni. Le ho ripetuto la frase; quasi gridando. Ho visto che l'albino si alzava e spariva tra la gente in piedi. La ragazza ha guardato il punto dove era stato seduto. Ha detto «È vero. Non lo vedo più». Mi sono seduto di fianco a lei, con il bicchiere in mano. Ero diventato appiccicoso, comunicativo credo non in modo spiacevole.

La ragazza ha detto «Che noia». Si era colorata le guance di rosso così vivo da sembrare una mela: soda e arrotondata lustra. Le ho chiesto «L'albino?». Parlavamo fortissimo tutti e due; ci allungavamo in avanti per sentire. Lei ha detto «Be' nemmeno lui è molto divertente». Ha detto «È uno schifo di festa. Sono tutti vecchi». Ho guardato in giro le persone in piedi: vibravano a gruppi, con bicchieri in mano; distribuite sui tre piani bianchi.

Ho detto alla ragazza «Non sono così vecchi. Sui trentacinque-quaranta di media». Lei ha inzuppato un salatino in un bicchiere di Coca Cola. Era quasi inespressiva, tanto la sua faccia era tesa e polposa; aveva occhi larghi, azzurrastri. Mi sono allungato verso di lei; ho detto «Io sono intermedio mi pare». Lei ha bevuto un sorso dal suo bicchiere, senza guardarmi molto. Mi sono girato un attimo, per non sembrare troppo interessato a lei. Ho visto l'uomo con la camicia ad alettoni che aveva abbracciato Marsha Mellows appena entrata. Mi è venuto l'impulso di tirargli in testa il mio bicchiere; ho pensato che l'avrei mancato. Girava attorno a una ragazza alta, con lo stesso atteggiamento di quando aveva visto Marsha Mellows.

La ragazza ha fatto per alzarsi. Mi ha chiesto «Vuoi venire?». Io le ho detto «Aspetta. Sai chi è quello là?». Ho indicato dove avevo visto l'uomo con la camicia ad alettoni, ma non c'era più. La ragazza si è alzata; ha chiesto di nuovo «Allora, vieni?». Ho detto va bene; mi sono alzato anch'io.

Siamo passati a fatica attraverso la gente attorno al tavolo del buffet. La ragazza spingeva senza scrupoli quelli che le capitavano davanti: urtava di gomito e di spalla. Alcuni si giravano verso di me con facce seccate; mi guardavano fisso mentre passavo oltre.

La ragazza ha aperto una porta, quasi in fondo alla parete destra; siamo entrati in una grande cucina. La cucina era arredata come il resto della casa, al punto di non sembrare quasi più una cucina. La ragazza ha frugato dentro un paio di cassetti, per pura curiosità; ha aperto un frigorifero enorme e lo ha richiuso. C'era un impianto stereofonico su uno scaffale, collegato a una serie di altoparlanti a barilotto disposti lungo il profilo della parete. La ragazza ha schiacciato un paio di tasti, aspettato con una mano sul cursore del volume finché la cucina si è riempita di musica hawaiana. La musica si è allargata alla svelta; ha saturato lo spazio da parete a parete, fin negli angoli più nascosti.

Poi lei ha aperto una seconda porta. L'ho seguita: bilanciato adesso molto all'indietro. Oltre la porta c'era una sala da bagno immensa, azzurra e bianca. Siamo entrati, e i nostri passi venivano assorbiti uno dopo l'altro; non producevano alcun rumore. La musica hawaiana dilagava dalla cucina dietro di noi, ci sospingeva avanti. La ragazza è tornata indietro, ha chiuso la porta; girato la chiave. Ma la musica filtrava attraverso ogni spiraglio del legno, attraverso le porosità della parete. Ho guardato una vasca da bagno ovale al centro della stanza: azzurra e lucida, incassata nella moquette alta come erba. C'era un pappagallo ara in una gabbia di bambù appoggiata su un tavolino bianco. Mi sono accorto che era vivo solo quando ha girato la testa blu e gialla verso la parete.

La ragazza si è seduta per terra; ha acceso uno spinello sottile e lungo. Inalava a fondo: appoggiata alla parete, con i capelli boccoluti che le ricadevano all'indietro. Le ho detto «Ma tanto fumano tutti anche di là». Lei mi ha guardato con la testa inclinata, come dire «Be'?». Mi ha passato lo spinello, senza allungare il braccio fino in fondo. Mi sono seduto di fianco a lei, a gambe incrociate. Lei ha detto «Mia madre non vuole che fumi. Vado a tagliarla direttamente nel giardino». Me la sono immaginata che tagliava erba nel giardino: vestita come adesso, con un paio di forbici lunghe in mano; curva in avanti tra due cespugli di azalee.

Eravamo seduti paralleli sulla moquette folta, e dopo qualche minuto la musica hawaiana ha preso ad allagare il bagno. Mi sommergeva poco alla volta così com'ero seduto: saliva oltre le ginocchia. Mi sono alzato. Mi son visto in un grande specchio sulla parete di fronte, incorniciato di piccole lampade opaline. Mi sono aggiustato i capelli con un paio di buffetti. Vedevo la ragazza riflessa nello specchio: con le gambe raccolte, le mani sulle ginocchia. Mi guardava, ma non so se riusciva a vedere che io la guardavo indietro nello specchio. Le ho chiesto «Come ti chiami?», senza girarmi. Lei mi guardava di spalle; non ha nemmeno pensato a rispondere. Mi guardava con un'espressione minerale. Ha spento lo spinello sulla suola di una scarpa.

Ho aperto un armadietto sopra uno dei lavabi: c'erano tubetti di dentifricio al finocchio, spazzolini ancora impacchettati, crema per le mani al miele. C'erano scatole e scatole di sapone all'argilla verde, barattoli di shampoo alla cheratina. Passavo le dita tra gli scaffalini, per sentire la consistenza dei diversi oggetti.

Sono tornato a sedermi vicino alla ragazza: di fronte a lei. Lei era nella stessa identica posizione che avevo avuto io prima di alzarmi. Ci siamo guardati fisso, senza comunicarci molto. Avrei voluto cavarle informazioni sulla casa, ma non riuscivo ad articolare una domanda in modo compiuto. I pensieri mi si disponevano in testa con troppo anticipo sulle parole; si ramificavano fino a che era impossibile circoscriverli in alcun modo. Volevo davvero sapere chi viveva nella casa; come veniva usato questo bagno.

Ho chiesto alla ragazza «Allora, come cavolo ti chiami?». Lei ha girato lo sguardo, irritata. Le ho chiesto «È tua madre la padrona di casa?». Lei ha indicato di sì con la testa. Era seccata per la domanda, per la mia ansia evidente. Mi ha chiesto «Perché cavolo ti interessa?». Le ho detto «Non mi interessa affatto». Le nostre frasi tendevano a dissolversi appena pronunciate; tanto che dubitavo di stare parlando, o di aver parlato prima. Le ho chiesto «Conosci Marsha Mellows?». Lei ha detto «Certo». Non era questo che volevo chiederle; non in questi termini.

Ho steso una mano verso di lei, le ho toccato il collo con la punta delle dita. Il gesto mi si è dipinto in testa quando la mano non si era ancora mossa: mi è sembrato di vedere la stessa scena due volte, con impressioni appena diverse. Il collo della ragazza era liscio ed elastico in modo irreale; perfettamente omogeneo. L'ho appena toccata, e di colpo lei è rotolata verso di me: è rotolata sulla moquette bianca, fino a che aveva la testa all'altezza delle mie ginocchia. Mi è risalita poi lungo le gambe, con la bocca quasi a contatto del tessuto dei miei calzoni. Il suo fiato tiepido mi raggiungeva la pelle attraverso la trama della stoffa.

Sono tornato in cucina. Ho fermato la musica hawaiana; pescato da un contenitore di plexiglas una cassetta di jazz da supermarket. Dagli altoparlanti a barilotto sono usciti suoni di vibrafono, neutri. La ragazza è venuta fuori dal bagno, ha attraversato mezza cucina senza dire niente. Ha preso una mela da un cesto di vimini e si è messa a mangiarla con aria distratta. Mi ha chiesto «Cosa fai martedì sera?». Le ho detto «Non lo so». Lei ha fatto qualche altro passo; aperto la porta sulla grande sala bianca. Voci e rumori sono entrati di colpo, come acqua da una diga. Ho guardato la ragazza mentre usciva, e mi sembrava molto più lontana di com'era: rimpicciolita in una falsa prospettiva. Appena ha chiuso la porta si è sentito il vibrafono di nuovo.

Ho fatto un paio di giri attorno alla cucina, senza una ragione precisa. Anche la prospettiva dei mobili era falsa, esasperata lungo inclinazioni che mi impressionavano a tratti. Mi muovevo così lento che mi pareva di osservare la stanza da un punto di vista di rettile: in scie di sensazioni strascicate, filanti.

Ho aperto il grande frigorifero, mi sono abbassato sulle ginocchia a frugare tra gli scomparti. C'erano succhi di frutta di ogni genere, in piccole bottiglie di plastica opaca e contenitori di vetro da un gallone. C'erano cartoni di latte, di yogurt, di kefir; distinti per file a seconda del sapore. Ero accovacciato davanti al frigorifero aperto: con la testa quasi dentro, le mani sui grigliarini degli scomparti. Sentivo la leggera vibrazione fredda, il ronzio delle resistenze. Guardavo i colori dei succhi di frutta, come emergevano attraverso la plastica; i cubi, i parallelepipedi e le piramidi di cartone blu rosso e viola.

Ho aperto un piccolo cubo di kefir al mirtillo. L'ho bevuto a sorsi lunghi: dolce, freddo, denso com'era. Me ne è rimasta qualche goccia sulla punta del naso; ho passato l'indice a raccoglierla e l'indice mi è diventato appiccicoso. Ho aperto tre o quattro piccole bottiglie di succo di frutta; bevuto un paio di sorsi da ciascuna. Avrei voluto assaggiare tutto quello che c'era, e rovesciare il resto nel lavello.

Tra due piani di scaffali a sinistra del frigorifero c'era un lungo vetro orizzontale, scuro. Sono andato ad appoggiarmi

200

di gomito al ripiano più basso, e ho visto cinque o sei persone nude che si rotolavano su un grande letto. Non capivo se ero dal lato trasparente di un finto specchio, o solo davanti a una finestra. Era come guardare un acquario, o terrario forse, dove non è chiaro se chi osserva è a sua volta osservato. Ho preso un altro piccolo cubo di kefir, sono tornato a berlo appoggiato allo scaffale.

Guardavo attraverso il vetro, e di colpo mi è venuto in mente che forse Marsha Mellows se n'era tornata a casa. Me la sono immaginata che usciva da dove eravamo entrati; che guidava via veloce nella Mercedes bianca. Non riuscivo a capire quanto ero stato tra il bagno e la cucina; quanto tempo era passato dall'inizio della festa. Mi sembrava impossibile aver perso Marsha Mellows di vista; essermi tagliato fuori con la sedicenne che adesso in ogni caso era già fuori a cercare qualcun altro, o forse a dormire.

Mi è venuta smania di uscire subito; ma le mie idee erano molto più rapide dei movimenti che riuscivo a fare. Ho girato in circolo nella cucina almeno quattro volte, prima di trovare la pattumiera per buttarci i cubi vuoti di kefir. Sono stato qualche minuto a guardare come il coperchio si sollevava e richiudeva ogni volta che premevo il pedale. Ho pressato il pedale al ritmo del jazz da supermarket che usciva dallo stereo. Alla fine sono uscito; ma anche mentre chiudevo la porta mi sembrava di essere troppo lento.

La gente si era coagulata in gruppi più compatti, lungo le pareti e vicino alle scalette di collegamento. Le voci e i suoni adesso seguivano tracce indipendenti, su frequenze separate. L'orchestrina andava avanti per conto suo, produceva musica che girava in spirali su se stessa: liquida, acuta.

Ho camminato attorno a caso, senza vedere Marsha Mellows in nessuno dei gruppi. Gli invitati tendevano ad abbrancarsi l'un l'altro, stringersi due a due e tre a tre. Nessuno stava veramente in piedi: tutti erano reclinati all'indietro, o di lato. Tutti erano seduti o sdraiati per terra; su divani; su poltrone o sedie. Sono passato davanti al tavolo del buffet, ed era uno sfacelo di briciole e bicchieri mezzi vuoti, piatti di cartone sporchi.

C'era una vetrata in fondo al piano più alto, che si apriva su un giardino. Sono passato attraverso gruppi fitti di persone ai due lati del vetro; uscito all'aperto. C'erano molti più suoni e movimenti che dentro casa, molta più gente ancora attiva o sveglia. Alcuni altoparlanti a piede convogliavano fuori la musica dell'orchestrina, con una frazione di secondo di anticipo sui suoni che uscivano direttamente dalla sala. I due suoni si sovrapponevano con una falsatura, così da creare un'eco.

C'erano gruppi di persone che ballavano su una piattaforma circolare di cemento rosa, illuminate da faretti colorati. Sono stato a guardare in margine alla pista, senza decidermi ad attraversarla. Mi sembrava di potermi spostare solo lungo percorsi rettilinei; mi sembrava inutile tentare aggiramenti. Guardavo una piscina cinquanta metri oltre, illuminata al centro di un prato. Si sentivano grida e risate, rumori di tuffi e acqua smossa.

Ho fatto due o tre passi attraverso la pista, e quasi subito mi sono sentito ridicolo a camminare in mezzo alla gente che ballava; ho preso a girare secondo il ritmo generale. Ho seguito i movimenti di due ragazze alte e abbastanza belle, con capelli bagnati e camicie annodate in vita. Ma erano del tutto autoriflesse, impermeabili a qualunque mio sguardo o gesto o movimento. Ho ballato qualche minuto, finché la camicia mi si è appiccicata alla schiena e le gambe mi son venute pesanti; giravo ancora per vedere chi poteva interessarmi. Ma i giochi delle danze erano già fatti: non c'erano più fili di interesse con cui legare persone sfuse. Guardavo una signora grassa che faceva ruotare attorno a sé un tipo alto e fiacco, senza curarsi di adeguare alla musica il ritmo delle gambe.

Sono uscito dalla pista, sull'erba del prato. Mi sono tolto le scarpe; ho fatto due o tre passi a caso, giusto per sentire l'umido sotto le piante dei piedi. Sono andato verso la piscina: lento, senza molta energia. Il rumore di acqua smossa era più forte della musica; le voci e le risatine e i gesti rapidi attorno al bordo. Mi sono fermato dove già arrivavano gli spruzzi più lunghi. Mi sono seduto sull'erba a gambe raccolte; vedevo l'idea di alzarmi in una prospettiva lontana.

C'era una coppia seduta vicino a me: lei bionda e sottile, appoggiata di mento alle ginocchia; lui ricciuto e alto, rovesciato su un fianco. Lui ha detto qualcosa a proposito della serata. Mi è venuto in mente che sentivo la sua voce ogni giorno alla radio. Era strano vederlo lì rovesciato sull'erba, così poco simile al suo modo di parlare nell'aspetto. Cercava a tutti i costi di fare conversazione con me, più che altro per avere spunti per scherzi o brevi racconti a effetto. La ragazza lo stava a sentire senza dire niente; senza neanche guardarlo molto. Ogni tanto rideva, quando lui aveva tirato a conclusione una barzelletta. Ridevo anch'io allo stesso modo: senza alcun riferimento con quello che lui diceva. A un certo punto lui mi ha appoggiato una mano sulla spalla; ha detto «Siamo grandi amici adesso, eh?».

Mi sono alzato di forza, sono andato fino al bordo della piscina. Sono stato a guardare qualche minuto quelli che si tuffavano, finché l'acqua sulla camicia non mi ha dato fastidio. Mi sono tolto i vestiti, li ho appoggiati sull'erba asciutta a qualche metro di distanza. Sono tornato indietro un paio di volte perché dal bordo della piscina mi pareva di non vederli più.

Di fianco alla piscina c'era una vasca di acqua calda a getti di vapore, come una grande tinozza interrata. Sono andato verso la vasca, e ho visto Marsha Mellows sdraiata tra due o tre donne e un paio di uomini: con la testa reclinata all'indietro, i capelli raccolti alla nuca. Le sono arrivato alle spalle, le ho dato un colpetto col palmo. Lei si è girata verso di me, lenta. Sul palmo mi è rimasta l'impressione della sua nuca bagnata: la consistenza dei capelli raccolti e fermati con un pettinino d'avorio, la curvatura della testa. Mentre lei si girava, quest'impressione si è mescolata in modo perfetto al suo sguardo.

Sono entrato nella vasca di fianco a lei; stretto all'altro lato da un'attrice della televisione che ad ogni lieve spostamento alterava l'equilibrio dell'acqua. Marsha Mellows non ha detto molto; non ricordo bene cos'ha detto. Mi ricordo lo sguardo che aveva, la temperatura dell'acqua. Osservavo nella distanza quelli che continuavano a ballare sulla piattaforma: frenetici, scomposti, alla luce dei faretti.

In seguito siamo usciti dalla vasca, andati in giro per il prato a cercare i nostri vestiti. Marsha Mellows ha trovato quasi subito i suoi; se li è infilati senza molta attenzione, ridendo del mio modo di stare in piedi. Ho cercato i miei più a lungo, finché li ho visti vicino a un signore grasso addormentato sull'erba. Mi sono infilato la camicia, i calzoni: in equilibrio prima su un piede e poi sull'altro. I vestiti erano umidi, ma non in modo spiacevole. Mi sono infilato le scarpe. Ho attirato lo sguardo di Marsha Mellows; ho alzato il piede come per schiacciare la testa del signore addormentato. Lei mi guardava a due passi di distanza. Rideva, piano. È venuta vicino e mi ha detto in un orecchio «Non farlo. È Tim Howards».

Così ho pensato che alla fine ero al centro del mondo, che quando avevo dodici anni tenevo un manifesto di Tim Howards appeso in camera da letto, e adesso avrei potuto mettergli un piede in testa per far ridere Marsha Mellows; che la notte era solo a metà.

Sono andato fino al margine estremo del prato. Marsha Mellows era sul bordo della piscina. Si strofinava i capelli con un piccolo asciugamano arancione.

Ho guardato in basso, e di colpo c'era la città, come un immenso lago nero pieno di plancton luminoso, esteso fino ai margini dell'orizzonte. Ho guardato i punti di luce che vibravano nella distanza: quelli che formavano un'armatura sottile di paesaggio, fragile, tremante; quelli in movimento lungo percorsi ondulati, lungo traiettorie semicircolari, lungo linee intersecate. C'erano punti che lasciavano tracce filanti, bave di luce liquida; punti che si aggregavano in concentrazioni intense, fino a disegnare i contorni di un frammento di città e poi scomporli di nuovo, per separarsi e allontanarsi e perdersi sempre più nel buio. Li guardavo solcare gli spazi del tutto neri che colmavano inerti il vuoto, in attesa di assorbire qualche riflesso nella notte umida.

Indice

I GRANDI Tascabili Bompiani
Periodico quindicinale anno XVIII numero 977
Registr. Tribunale di Milano n. 133 del 2/4/1976
Direttore responsabile: Elisabetta Sgarbi
Finito di stampare nel mese di aprile 2006 presso
il Nuovo Istituto Italiano d'Arti Grafiche - Bergamo
Printed in Italy

Tracy - esigente

M 0132252717
S 00008560
TRENO DI PANNA
EDIZIONE 1

ANDREA
DE CARLO

BOMPIANI
MILANO

ISBN 88-452-5629-4